Langit I

Kinsang kasidlak sama sa usa ka batong hamili
nga talagsaon kaayo,
sama sa batong haspe, matin-aw morag kristal.
(Ang Pinadayag 21:11)

Langit I

Matin-aw ug Maanyag morag Kristal

Dr. Jaerock Lee

Langit I: Matin-aw ug Maanyag morag Kristal ni Dr. Jaerock Lee
Gimantala sa Urim Books (Tinugyanan: Kyungtae Noh)
73, Yeouidaebang-ro 22-gil, Dongjak-gu, Seoul, Korea
www.urimbooks.com

Ang tanang kinamatarung gireserba. Ang kining libro o mga bahin ngari dili mahimong ipahuwad sa bisan unsang porma, taguan sa sistema nga retrieval, o ipadala sa bisan unsang porma o sa bisan unsang paagi, sa-kuryente, sa-makina, pagpaseroks, pagtala o kon dili, kung wala'y naunang pagtugot nga gisulat gikan sa nagmantala.

Katungod Pagpanag-iyag Sinulat © 2016 ni Dr. Jaerock Lee
ISBN: 979-11-263-0042-6 04230
ISBN: 979-11-263-0041-9 (set)
Ang Paghubad Katungod Pagpanag-iyag Sinulat © 2013 ni Dr. Esther K. Chung. Gigamit nga may pagtugot.

Gimantala og una sa Korean pinaagi sa Urim Books kaniadtong 2002

Naunang Gimantala Enero 2016

Gihikay pagpatik ni Geumsun Vin
Gidibuho sa Editoryal nga Buhatan sa Urim Books
Giimprinta pinaagi sa Yewon Priting Company
Para sa dugang nga kasayuran pagduol sa: urimbook@hotmail.com

Paunang Pamulong

Ang Dios sa gugma dili lang magdala sa kada tumuluo ngadto sa dalan sa kaluwasan kondili magpadayag usab sa mga sekreto sa langit.

Sa pinakaminos kausa sa panahon sa kinabuhi, ang usa ka tawo mahimong may mga pangutana sama sa, "Asa man ko padulong human ang kinabuhi niining kalibotan?" o "Tinuod ba nga adunay langit ug impiyerno?"

Daghang mga tawo ang nangamatay na nga wala pa makapangita og mga tubag sa ingon ngadtong mga pangutana, o bisan pa sila nagtoo sa masunod nga kinabuhi, dili ang tanan ang makaangkon og langit kay dili ang tanan adunay tarong nga kahibalo. Ang langit ug impiyerno dili usa ka pantasya, kondili usa ka katinuoran sa espirituhanon nga kalibotan.

Sa usa ka bahin, ang langit usa ka maanyag kaayo nga dapit nga dili matandi sa bisan unsang butang niining kalibotan. Labina, ang kaanyag ug ang kalipay sa Bag-ong Herusalem, kon asa ang Trono sa Dios nahamtang, dili igo nga mahubit kay kini gibuhat

v

sa pinakamaayong mga materyal ug uban ang langitnon nga mga kabatid.

Sa pikas nga bahin, ang impiyerno puno sa walay katapusan, masulub-on nga kasakit, ug matunhayon nga pagsilot; ang makahaladlok nga kamatuoran niini gipatin-aw sa detalye sa libro nga Impiyerno. Ang langit ug ang impiyerno nahibaloan pinaagi ni Hesus ug ang mga Apostol, ug bisan karong adlawa, sila gipakita sa detalye pinaagi sa mga tawo sa Dios nga adunay mga tim-os nga mga pagtoo diha Niya.

Ang langit mao ang dapit kon asa ang mga anak sa Dios malipay sa kinabuhing dayon, ug dili-mahanduraw, maanyag, ug kahibulongan nga mga butang ang giandam alang kanila. Imo untang mahibaloan kini sa detalye kon motugot lang ang Dios nga ipakita kini nimo.

Padayon ko nga nag-ampo ug nagpuasa alang sa pito ka tuig aron mahibaloan kining langit ug nagsugod og dawat og mga tubag gikan sa Dios. Karon ang Dios nagpakita pa nako og mas halawom pa nga daghang mga sekreto sa espirituhanon nga kalibotan.

Kay tungod nga ang langit dili makita, lisod kini kaayo ihubit ang langit uban ang lengguwahe ug kahibalo niining kalibotan.

Paunang Pamulong

Adunay sad og mga dili-tarong nga pagsabot mahitungod niini. Mao kana nganong dili masugid sa detalye sa apostol nga si Pablo ang mahitungod sa Paraiso sa Ikatulong Langit nga iyang nakita sa usa ka panan-aw.

Ang Dios nitudlo sad nako og daghang mga sekreto mahitungod sa langit, ug sa daghang mga bulan niwali ko mahitungod sa malipayon nga kinabuhi ug nagkalain-lain nga mga dapit ug mga balus sa langit sumala sa gidak-on sa pagtoo. Pero, dili nako mawali ang tanan nakong natun-an sa detalye.

Ang rason nganong mitugot ang Dios nga ipahibalo ang mga sekreto sa espirituhanon nga kalibotan pinaagi niining libro mao aron mahimong maluwas ang pinakadaghang mga kalag ug dal-on sila ngadto sa langit, kon asa matin-aw ug maanyag morag kristal.

Akong gihatag ang tanang pagpasalamat ug himaya sa Dios alang sa pagtugot nako nga imantala ang *Langit I: Matin-aw ug Maanyag morag Kristal,* usa ka paghubit sa usa ka dapit nga matin-aw ug maanyag morag kristal, nga gipuno sa himaya sa Dios. Akong gilaum nga makasabot ka sa dakung gugma sa Dios nga magpakita nimo sa mga sekreto sa langit ug dal-on ang tanang tawo ngadto sa dalan sa kaluwasan aron maangkon usab nimo kini. Akong usab gilaum nga mudagan ka ngadto sa tuyo nga usa ka kinabuhing dayon sa Bag-ong Herusalem.

    Nagpasalamat ko kang Geumsun Vin, ang Direktor sa Editoryal nga Bureau ug ang iyang mga katabang, ug ang Taghubad nga Bureau alang sa ilang lisod nga trabaho sa pagmantala niining libro. Nag-ampo ko sa ngalan sa Ginoo nga pinaagi niining libro, daghang mga kalag ang maluwas ug malipay sa walay katapusan nga Bag-ong Herusalem.

Jaerock Lee

Introduction

Naglaum ko nga ang kada usa kaninyo makasabot sa mapailubon nga gugma sa Dios, matuman ang tibuok nga espiritu, ug mudagan ngadto sa Bag-ong Herusalem.

Ang tanang pasalamat ug himaya gihatag kanako sa Dios nga nidala sa daghang mga tawo aron tarong nga mahibaloan ang mahitungod sa espirituhanon nga kalibotan ug mudagan ngadto sa tuyo uban ang usa ka paglaum alang sa langit pinaagi sa pagmantala sa Impiyerno ug ang duha-ka-parte nga serye sa Langit.

Kining libro adunay napulo ka mga kapitulo ug tin-aw nga magpahibalo nimo mahitungod sa kinabuhi ug kaanyag, ug ang nagkalainlain nga mga dapit sa langit, ug ang mga balus nga gihatag sumala sa gidak-on sa pagtoo. Mao kini ang gipadayag sa Dios kang Reverend Dr. Jaerock Lee pinaagi sa inspirasyon sa Espiritu Santo.

Kapitulo 1: "Langit: Matin-aw ug Maanyag morag Kristal"

naghubit sa walay katapusan nga kalipay sa langit pinaagi sa pagtan-aw sa tibuok nga mga panagway niini, kon asa walay kinahanglan og bisan unsang Adlaw o Bulan aron mahayagan.

Kapitulo 2 "Ang Hardin sa Eden ug ang Huwatanan nga Dapit sa Langit" nagpatin-aw sa lokasyon, mga panagway, ug ang kinabuhi sa Hardin sa Eden, aron tabangan ka nga masayran og mas maayo ang langit. Kining kapitulo magsugid sad nimo mahitungod sa plano og kabubut-on sa Dios sa Iyang pagbutang sa kahoy sa kahibalo sa maayo ug dautan ug sa espirituhanon nga pagpaugmad sa mga tawo. Sa dugang pa, kini magsugid nimo mahitungod sa Huwatanan nga Dapit kon asa ang mga naluwas nga mga tawo maghuwat hangtud sa Adlaw sa Paghukom, uban ang kinabuhi nianang dapit, ug unsang klase sa mga tawo ang direkta nga makasulod sa Bag-ong Herusalem nga dili na maghuwat ngadto.

Kapitulo 3 "Ang Pito-ka-tuig nga Piging sa Kasal" nagpatin-aw sa Ikaduhang Pag-abot ni Hesukristo, ang Pito-ka-tuig nga Dakung Kalaotan, ang pagbalik sa Ginoo sa kalibotan, ang Milenyo, ug ang walay katapusan nga kinabuhi human niana.

Introduction

Kapitulo 4 "Mga Sekreto sa Langit nga Gitagoan Sukad sa Pagbuhat" naghisakop sa mga sekreto sa langit nga gipadayag pinaagi sa mga sambingay ni Hesus ug magsugid nimo kon unsaon pag-angkon sa langit, kon asa adunay daghang mga puyananan.

Kapitulo 5 "Unsaon Man Kanato Pagpuyo sa Langit?" nagpatin-aw sa katas-on, kabug-aton, ug kolor sa panit sa espirituhanon nga lawas, unsaon kanato pagpuyo. Kauban ang daghang mga sanglitanan sa malipayon nga kinabuhi sa langit, kining kapitulo usab mag-awhag nimo nga makusganon nga muabanse ngadto sa langit uban ang daku nga paglaum alang niini.

Kapitulo 6 "Paraiso" nagpatin-aw sa Paraiso nga mao ang pinakamubo nga lebel sa langit, apang mas maanyag ug mas malipayon kaysa niining kalibotan. Kini naghubit sad sa klase sa mga tawo nga makasulod sa Paraiso.

Kapitulo 7 "Ang Unang Gingharian sa Langit" nagpatin-aw sa kinabuhi ug mga balus sa Unang Gingharian, kon asa magbalay sa kadtong mga nidawat ni Hesukristo ug nisulay nga mabuhi sumala sa pulong sa Dios.

Kapitulo 8 "Ang Ikaduhang Gingharian sa Langit" nagpatin-aw sa kinabuhi ug mga balus sa Ikaduhang Gingharian kon asa musulod ang kadtong dili hingpit nga makatuman sa pagkabalaan apang nibuhat sa ilang mga katungdanan. Kini nagpalutaw sad sa importansya sa pagkamasinugtanon ug pagbuhat sa katungdanan sa usa ka tawo.

Kapitulo 9 "Ang Ikatulong Gingharian sa Langit" nagpatin-aw sa kaanyag ug himaya sa Ikatulong Gingharian, kon asa dili matandi sa Ikaduhang Gingharian. Ang Ikatulong Gingharian mao ang dapit alang lang sa kadtong nisalikway pahilayo sa tanan nilang mga sala –bisan pa ang mga sala sa ilang kinaiya – pinaagi sa ilang mga paningkamot ug sa tabang sa Espiritu Santo. Kini nagpatin-aw sa gugma sa Dios nga nagtugot sa mga pagtilaw ug mga pagsulay.

Katapusan, Kapitulo 10 "Bag-ong Herusalem" nagpailaila sa Bag-ong Herusalem, ang pinakamaanyag ug pinakahimayaon nga dapit sa langit, kon asa nahamtang ang Trono sa Dios. Kini naghubit sa klase sa mga tawo nga makasulod sa Bag-ong

Introduction

Herusalem. Kining kapitulo magtakop pinaagi sa paghatag sa mga mambabasa ug usa ka paglaum pinaagi sa mga sanglitanan sa mga balay sa duha ka tawo nga makasulod sa Bag-ong Herusalem.

Ang Dios niandam sa langit nga matin-aw ug maanyag morag kristal alang sa Iyang pinalangga nga mga anak. Gusto Niya nga maluwas ang pinakadaghang tawo ug nagpaabot sa pagkakita sa Iyang mga anak nga musulod sa Bag-ong Herusalem.

Naglaum ko sa ngalan sa Ginoo nga ang tanang mambabasa sa *Langit I: Matin-aw ug Maanyag morag Kristal* makasabot sa dakung gugma sa Dios, matuman ang tibuok nga espiritu uban ang kasingkasing sa Ginoo, ug makusganon nga mudagan ngadto sa Bag-ong Herusalem.

__Geumsun Vin__
Direktor sa Editoryal nga Bureau

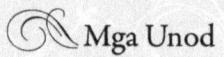
Mga Unod

Paunang Pamulong
Introduction

Kapitulo 1 **Langit: Matin-aw ug Maanyag morag Kristal • 1**
    1. Bag-ong Langit ug Bag-ong Kalibotan
    2. Ang Suba sa Tubig nga Nagahatag sa Kinabuhi
    3. Ang Trono sa Dios ug ang Kordero

Kapitulo 2 **Ang Hardin sa Eden ug ang Huwatanan nga Dapit sa Langit • 23**
    1. Ang Hardin sa Eden Kon Asa si Adan Nipuyo
    2. Ang mga Tawo Gipaugmad sa Ibabaw sa Yuta
    3. Ang Huwatanan nga Dapit sa Langit
    4. Ang mga Tawo nga Dili Magpabilin sa Huwatanan nga Dapit

Kapitulo 3 **Ang Pito-ka-tuig nga Piging sa Kasal • 55**
    1. Ang Pagbalik sa Ginoo ug ang Pito-ka-tuig nga Piging sa Kasal
    2. Ang Milenyo
    3. Ang Langit Gibalus human ang Adlaw sa Paghukom

Kapitulo 4 **Mga Sekreto sa Langit nga Gitagoan Sukad sa Pagbuhat • 83**
    1. Ang mga Sekreto sa Langit Gipadayag Sukad sa Panahon ni Hesus
    2. Mga Sekreto sa Langit nga Gipadayag sa Katapusan sa Panahon
    3. Sa Balay sa Akong Amahan Adunay Daghang Puy-anan

Kapitulo 5 **Unsaon Man Kanato Pagpuyo sa Langit? • 119**
   1. Usa ka Kasagaran nga Estilo sa Kinabuhi sa Langit
   2. Bisti sa Langit
   3. Pagkaon sa Langit
   4. Transportasyon sa Langit
   5. Kalingawan sa Langit
   6. Pagsimba, Edukasyon, ug Kultura s Langit

Kapitulo 6 **Paraiso • 149**
   1. Ang Kaanyag ug Kalipay sa Paraiso
   2. Unsang Klase sa mga Tawo ang Muadto sa Paraiso?

Kapitulo 7 **Ang Unang Gingharian sa Langit • 167**
   1. Ang Kaanyag niini ug ang Kalipay Labaw sa Paraiso
   2. Unsang Klase sa mga Tawo ang Muadto sa Unang Gingharian?

Kapitulo 8 **Ang Ikaduhang Gingharian sa Langit • 183**
   1. Maanyag nga Kaugalingong mga Balay nga Gihatag sa Kada Usa
   2. Unsang Klase sa mga Tawo ang Muadto sa Ikaduhang Gingharian?

Kapitulo 9 **Ang Ikatulong Gingharian sa Langit • 203**
   1. Ang mga Anghel Magasilbi sa Kada Anak sa Dios
   2. Unsang Klase sa mga Tawo ang Muadto sa Ikatulong Gingharian?

Kapitulo 10 **Bag-ong Herusalem • 223**
   1. Ang mga Tawo sa Bag-ong Herusalem Makita ang Dios nga Inatubangay
   2. Unsang Klase sa mga Tawo ang Muadto sa Bag-ong Herusalem?

Kapitulo 1

Langit: Matin-aw ug Maanyag morag Kristal

1. Bag-ong Langit ug Bag-ong Kalibotan
2. Ang Suba sa Tubig nga Nagahatag sa Kinabuhi
3. Ang Trono sa Dios ug ang Kordero

Unya iyang gipakita kanako
ang suba sa tubig nga nagahatag sa kinabuhi,
nga matin-aw morag kristal,
nga nagagula gikan sa trono
sa Dios ug sa trono sa Kordero
latas sa taliwala sa kadalanan sa siyudad.
Sa masigkadaplin sa suba diha ang kahoy nga
nagahatag sa kinabuhi,
nga may napulog-duha
ka matang sa mga bunga,
nga nagapamunga matag-bulan;
ug tambal ang mga dahon sa kahoy
alang sa pag-ayo sa kanasuran.
Ug didto wala nay bisan unsang tinunglo;
ug didto ang trono sa Dios ug sa Kordero,
ug ang Iyang mga ulipon magasimba niya;
sila magasud-ong sa iyang nawong,
ug ang Iyang ngalan anha
sa ilang mga agtang.
Ug didto wala nay gabii;
ug sila dili na magkinahanglag kahayag
sa suga o sa adlaw,
kay ang Ginoong Dios
mao may ilang kahayag;
ug sila magahari hangtud sa kahangturan.

- Ang Pinadayag 22:1-5 -

Daghang mga tawo ang mahibulong ug mangutana, "Giingon kini nga kita adunay usa ka malipayon nga kinabuhi sa kahangturan sa langit – unsang klaseng dapit man kini?" Kon maminaw ka sa mga testimonya sa kadtong nakaadto sa langit, imong madunggan nga ang kadaghanan sa kanila nilahos sa usa ka taas nga langub-agianan. Mao kini tungod kay ang langit anaa sa usa ka espirituhanon nga kalibotan, kon asa lahi kaayo gikan sa kalibotan kon asa ikaw nagpuyo.

Ang kadtong nagpuyo niining tulo-ka-dimensiyonal nga kalibotan wala nakahibalo sa detalye mahitungod sa langit. Nakahibalo ka mahitungod niining makahibulong nga kalibotan, sa taas nga bahin sa tulo-ka-dimensiyonal nga kalibotan, kon magsugid lang nimo ang Dios mahitungod niini o kon ang imong espirituhanon nga mata buksan. Kon imong mahibaloan ang mahitungod niining espirituhanon nga kalibotan sa detalye, dili lang malipay ang imong kalag, kondili ang imong pagtoo sad madali nga mutubo ug ikaw palanggaon sa Dios. Busa, ang Dios nisugid nimo sa mga sekreto sa langit pinaagi sa daghang mga sambingay ug ang apostol nga si Juan nagpatin-aw mahitungod sa langit sa detalye sa Libro nga Pinadayag.

Unya, unsang klase man nga dapit ang langit ug unsaon man sa mga tawo pagpuyo ngadto? Ikaw sa madali makakita sa langit, matin-aw ug maanyag morag kristal, kon asa giandam sa Dios aron ipagkigbahin ang Iyang gugma sa Iyang mga anak sa kahangturan.

3

1. Bag-ong Langit ug Bag-ong Kalibotan

Ang unang langit ug ang unang kalibotan nga gibuhat sa Dios matin-aw ug maanyag morag kristal, apan sila gitunglo tungod sa pagkamasupakon ni Adan, ang unang tawo. Usab, ang paspas ug daku nga pag-ugmad sa siyensiya ug teknolohiya nikontamina niining kalibotan, ug daghan pang mga tawo nagtawag og proteksiyon sa kalikopan karong mga adlawa.

Busa, sa pag-abot sa panahon, isalikway sa Dios ang unang langit ug ang unang kalibotan ug ipadayag ang usa ka bag-ong langit ug usa ka bag-ong kalibotan. Bisan pa kining kalibotan nakontamina na ug nadunot, kini kinahanglan pa gihapon sa pagpadaku ug mga tinuod nga mga anak sa Dios nga kon kinsa mahimo ug makasulod sa langit.

Sa sinugdanan, ang Dios nibuhat sa kalibotan, ug unya usa ka tawo, ug gidala ang tawo ngadto sa Hardin sa Eden. Gihatag Niya ang kinatas-an nga kagawasan ug kabuhong nga gitugotan siya sa tanang butang luwas lang sa pagkaon gikan sa kahoy sa kahibalo sa maayo ug dautan. Ang tawo, bisan pa niana, gipanamastasaman ang bugtong nga butang nga gidili sa Dios ug pagkahuman gipagula niadtong kalibotan, ang unang langit ug ang unang kalibotan.

Tungod kay nahibaloan sa makagagahom nga Dios nga ang kaliwat sa tawo muadto sa dalan sa kamatayon, Iyang giandam si Hesukristo bisan sa wala pa magsugod ang panahon, ug gipapanaug siya niining kalibotan sa tukma nga panahon.

Busa, kinsa man ang mudawat ni Hesukristo nga gilansang ug nabanhaw mausab sa usa ka bag-o nga binuhat ug muadto sa bag-ong langit ug bag-ong kalibotan ug malipay sa bag-ong kinabuhi.

Asul nga Kalangitan sa Bag-ong Langit nga Matin-aw morag Kristal

Ang kalangitan sa bag-ong langit nga giandam sa Dios gipuno sa hinlo nga hangin aron buhaton kini nga tinuod nga matin-aw, ug dalisay, ug hinlo dili pareho sa hangin niining kalibotan. Handurawa ang usa ka matin-aw ug taas nga kalangitan uban ang dalisay nga puti nga mga panganod. Unsa kaha ka kahibulongan ug katahom niini!

Unya nganong buhaton man sa Dios ang kalangitan ug asul? Sa espirituhanon, ang kolor nga asul maghimo nimo nga magbati og kailaumon, katas-on, ug kaulay. Ang tubig sama sa ka dalisay sa panagway niini nga asul. Sa pagtan-aw nimo sa kalangitan, imo sad mabati nga nabag-o ang imong kasingkasing. Gibuhat sa Dios ang kalangitan niining kalibotan sa panagway nga asul kay Iyang gibuhat ang imong kasingkasing nga hinlo ug nihatag nimo ug kasingkasing nga magpangita sa Mamumugna. Kon imong makumpisal, sa pagtan-aw sa asul, matin-aw nga kalangitan, "Ang akong Mamumugna anaa ngadto sa itaas. Iyang gibuhat ang tanang butang nga maanyag kaayo!" ang imong kasingkasing mahinlo ug ikaw mapugos nga magpadulong sa usa ka maayong kinabuhi.

Unsa man kon ang tanang kalangitan dalag ang kolor? Imbes nga magbati og kahamugaway, ang mga tawo magbati og kagil-as ug kalibog, ug ang pipila mahimong mag-antos gikan sa mga problema sa pangisip. Sama niini, ang mga hunahuna sa tawo mahimong mairog, mabag-o, o maglibog sumala sa nagkalainlain nga mga kolor. Mao kana nganong gibuhat sa Dios ang kalangitan sa bag-ong langit nga asul ug gibutang ang dalisay nga puti nga mga panganod aron ang Iyang mga anak mahimong malipayon nga makapuyo uban ang mga kasingkasing nga matinaw ug maanyag morag kristal.

Bag-ong Kalibotan sa Langit nga Gibuhat sa Dalisay nga Bulawan ug mga Hamili nga mga Bato

Unya, morag unsa man ang bag-ong kalibotan sa langit? Sa bag-ong kalibotan sa langit, kon asa gibuhat sa Dios nga hinlo ug matin-aw morag kristal, walay yuta o abog. Ang bag-ong kalibotan gigambalay lang sa dalisay nga bulawan ug mga hamili nga bato. Unsa ka makapadani kini nga makasulod sa langit kon asa adunay mga masinaw nga dalan nga gibuhat gikan sa dalisay nga bulawan ug mga hamili nga bato!

Kining kalibotan gibuhat sa yuta, kon asa mausab sa paglabay sa panahon. Kining pag-usab magpahibalo nimo mahitungod sa walay-bali nga kamatayon. Ang Dios nitugot sa tanang mga tanom nga mutubo, magbunga, ug mutongtong sa yuta aron imong masabtan nga ang kinabuhi adunay katapusan niining kalibotan.

Ang langit gibuhat sa dalisay nga bulawan ug mga hamili nga bato nga dili mausab kay ang langit mao ang tinuod ug walay katapusan nga kalibotan. Usab, sama nga ang mga tanom magtubo niining kalibotan, sila magtubo sad sa langit kon itanom. Pero, dili sila mamatay o madunot dili sama sa kadtong anaa niining kalibotan.

Dugang pa, bisan pa ang mga kabungtoran ug mga kastilyo gibuhat sa dalisay nga bulawan ug mga hamili nga bato. Unsa kaha ka masinaw ug kaanyag kini sila! Kinahanglan nimong adunay usa ka tinuod nga pagtoo aron dili musipyat nimo kining kaanyag ug kalipay sa langit nga dili igo nga maipadayag sa bisan unsang mga pulong.

Pagkawagtang sa Unang Langit ug ang Unang Kalibotan

Unsa man ang mahitabo sa unang langit ug unang kalibotan inig tungha niining maanyag nga bag-ong langit ug bag-ong kalibotan?

> *Ug unya nakita ko ang usa ka dakung trono nga maputi ug ang naglingkod niini, gikan sa kang kinsang atubangan ang yuta ug ang kalangitan nanagpangalagiw, ug walay dapit nga hingkaplagan alang kanila* (Ang Pinadayag 20:11).

> *Ug unya nakita ko ang usa ka bag-ong langit ug ang usa ka bag-ong yuta; kay ang unang langit ug ang unang yuta nangahanaw na man, ug ang dagat wala na* (Ang Pinadayag 21:1).

Sa paghukom sa mga tawo nga gipaugmad niining kalibotan taliwala sa maayo ug dautan, ang unang langit ug ang unang yuta mawala na. Kini nagpasabot nga sila dili hingpit nga mawagtang apan hinoon ibalhin sa ubang dapit.

Unya, nganong ibalhin man sa Dios ang unang langit ug unang yuta imbes nga hingpit kini sila nga kuhaon? Mao kana tungod kay ang Iyang mga anak nga nagpuyo sa langit moiliw sa unang langit ug unang yuta kung Iya silang hingpit nga tangtangon. Bisan pa sila niantos sa kasubo ug mga kalisod sa unang langit ug unang yuta, mingawon sila niini usahay kay kini sa kausa nahimong ilang puy-anan. Busa, sa pagkahibalo niini, ang Dios sa gugma mubalhin kanila sa ubang bahin sa kalibotan, ug dili hingpit nga kuhaon sila.

Ang kalibotan kon asa ikaw nagpuyo usa ka walay katapusan nga kalibotan, ug daghan pa kaayong ubang mga kalibotan. Busa ang Dios mubalhin sa unang langit ug unang yuta sa usa ka suok sa mga kalibotan ug mutugot sa Iyang mga anak nga mobisita kanila og kinahanglan.

Walay mga Luha, Kasubo, Kamatayon, o mga Sakit

Ang unang langit ug unang yuta, kon asa ang anak sa Dios nga naluwas pinaagi sa pagtoo mabuhi, walay tunglo usab ug puno sa kalipay. Sa Ang Pinadayag 21:3-4, imong makita nga walay mga luha, kasubo, kamatayon, pagbangotan, o mga kasakit sa langit tungod ang Dios anaa ngadto.

> *Ug nadungog ko gikan sa trono ang usa ka dakung tingog nga nag-ingon, "Tan-awa, ang puloy-anan sa Dios anaa uban sa mga tawo, ug Siya magapuyo ipon kanila ug sila mahimong Iyang katawhan, ug ang Dios gayud mao ang magpakig-uban kanila ug mahimong ilang Dios, ug iyang pagapahiran ang tanang luha gikan sa ilang mga mata; ug ang kamatayon wala na; ug wala na usab unyay pagminatay, ni paghilak, ni kasakit, kay ang unang mga butang nangagi na."*

Unsa ka masubo kini kon ikaw nagutom ug bisan ang imong mga anak nanghilak alang sa pagkaon kay sila gigutom? Unsa man ang pulos kon ang usa ka tawo muanha ug miingon, "Gigutom ka og pag-ayo nga nagtulo ang imong mga luha," ug pahiran ang imong luha, apan wala maghatag nimo og bisan unsa? Unsa, man, ang tinuod nga tabang? Hatagan ka niya og bisan unsa nga makaon aron ikaw ug ang imong mga anak dili magutman. Sa pagkahuman lang ana, nga ikaw ug ang imong mga anak muundang og hilak.

Sama niini, aron isulti nga ang Dios mupahid sa kada luha gikan sa imong mga mata nagpasabot nga kung ikaw naluwas og muadto sa langit, wala na'y mga pagkayugot o mga kabalaka kay wala na'y mga luha, kasubo, kamatayon, pagkaguol, o mga kasakit sa langit.

Sa usa ka bahin, bisan pa nagtoo ka sa Dios o wala, mupuyo ka niiining yuta uban ang bisan unsang klase nga kasubo. Ang mga kalibotanon nga mga tawo magguol og pag-ayo bisan pa sa gamay lang nga pagkawala. Sa pikas nga bahin, kadtong nagtoo magguol uban ang gugma ug kalooy alang sa kadtong wala pa maluwas.

Sa imong pag-adto sa langit, bisan pa niana, dili na ikaw magkabalaka mahitungod sa kamatayon, o ang pagpakasala sa ubang mga tawo o pagkahagbong ngadto sa walay katapusan nga kamatayon. Dili na ikaw mag-antos gikan sa mga sala, busa wala na'y bisan unsang klase sa kasubo.

Niining yuta, kon mapuno ka sa kasubo, mag-agulo ikaw. Sa langit, bisan pa niana, wala na'y kinahanglan og pag-agulo kay wala na'y bisan unsang mga kasakit o mga kabalaka. Ang anaa lang mao ang walay katapusan nga kalipay.

2. Ang Suba sa Tubig nga Nagahatag sa Kinabuhi

Sa langit, ang Suba sa Tubig nga Nagahatag sa Kinabuhi, nga matin-aw morag kristal, nag-agas taliwala sa daku nga kadalanan. Ang Pinadayag 22:1-2 nagpatin-aw nga kining Suba sa Tubig nga Nagahatag sa Kinabuhi, ug ikaw malipay sa paghanduraw lang niini.

Unya iyang gipakita kanako ang suba sa tubig nga nagahatag sa kinabuhi, nga matin-aw morag kristal, nga nagagula gikan sa trono sa Dios ug sa trono sa Kordero latas sa taliwala sa kadalanan sa siyudad. Sa masigkadaplin sa suba diha ang kahoy nga nagahatag sa kinabuhi nga may napulog-duha ka matang sa mga bunga, nga nagapamunga matagbulan; ug tambal ang mga dahon sa kahoy alang sa pag-ayo sa kanasuran.

Kausa nakalangoy ko sa usa ka matin-aw nga dagat sa Pasipiko, ug ang tubig matin-aw kaayo nga makita kanako ang mga tanom ug mg isda niini. Anindot kaayo kini nga nalipay ko kaayo nga anaa ko didto. Bisan niining kalibotan, mabati nimo ang imong kasingkasing nga nabag-o ug nahinlo kon imong tanawon ang matin-aw nga tubig. Unsa kaha ikaw ka mas malipayon sa langit kon asa anaa ang Suba sa Tubig nga Nagahatag sa Kinabuhi, nga matin-aw morag kristal, nag-agas taliwala sa daku nga kadalanan!

Ang Suba sa Tubig nga Nagahatag sa Kinabuhi

Bisan niining kalibotan, kung imong tan-awon ang hinlo nga dagat, ang sinag sa adlaw makita pinaagi sa aliki ug maanyag nga musidlak. Ang Suba sa Tubig nga Nagahatag sa Kinabuhi sa langit makita nga asul sa malayo, apan kung imo kining tan-awon gikan sa mas duol nga distansya, kini matin-aw kaayo, maanyag, walay lama, ug dalisay nga imong masulti nga kini "matin-aw morag kristal."

Ngano, man, ang Suba sa Tubig nga Nagahatag sa Kinabuhi nag-agas pagula gikan sa Trono sa Dios ug sa Kordero. Sa espirituhanon, ang tubig nagpasabot sa pulong sa Dios, kon asa mao ang pagkaon sa kinabuhi, ug makaangkon ka sa kinabuhing dayon pinaagi sa pulong sa Dios. Nag-ingon si Hesus sa Juan 4:14, *"Apan bisan kinsa nga magainom sa tubig nga akong igahatag niya dili na gayud pagauhawon; kay ang tubig nga akong igahatag niya mahimong diha sa sulod niya usa ka tubod sa tubig nga magatubo ngadto sa pagkakinabuhing dayon."* Ang pulong sa Dios mao ang Tubig sa Pagkakinabuhing Dayon nga naghatag og kinabuhi nimo, ug mao kana nganong ang Suba sa Tubig nga Nagahatag sa Kinabuhi nag-agas pagula gikan sa Trono sa Dios ug sa Kordero.

Unsa, man, ang lasa sa Tubig nga Nagahatag sa Kinabuhi? Kini mao ang usa ka butang nga tam-is kaayo nga dili nimo masinati niining kalibotan, ug mabati nimo ang kabaskog sa imong pag-inom niini. Ang Dios nihatag sa Tubig nga Nagahatag sa Kinabuhi sa mga katawhan, apan human sa Pagkahagbong ni Adan, ang tubig niining yuta gitunglo kuyog sa uban pang mga butang. Sukad niadto, ang mga tawo wala makatilaw sa

Tubig nga Nagahatag sa Kinabuhi niining yuta. Imo lang kining matilawan human nimong makaadto sa langit. Ang mga tawo niining kalibotan nag-inom og kontaminado nga tubig, ug sila nagpangita alang sa mga artipisyal nga ilimnon sama sa softdrink imbes nga tubig. Sa sama, ang tubig niining kalibotan dili makahatag og kinabuhing dayon, apan ang Tubig nga Nagahatag sa Kinabuhi, sa langit, ang pulong sa Dios, magahatag og kinabuhing dayon. Kini mas matam-is sa dugos ug mga pagtulo gikan sa kalaba, ug kini naghatag og kabaskog sa imong espiritu.

Ang Suba Nag-agas Palibot sa Langit

Ang Suba sa Tubig nga Nagahatag sa Kinabuhi nga nag-agas gikan sa Trono sa Dios ug sa Kordero sama sa dugo nga nagpadayon sa kinabuhi pinaagi sa pagsirkular sa sulod sa imong lawas. Nagdagan kini palibot sa langit nga nag-agas taliwala sa daku nga kadalanan, ug nagbalik sa Trono sa Dios. Ngano, man, ang kining Suba sa Tubig nga Nagahatag sa Kinabuhi nagdagan palibot sa langit nga nag-agas taliwala sa dakung kadalanan?

Una sa tanan, kining Suba sa Tubig nga Nagahatag sa Kinabuhi mao ang pinakasayon nga agianan aron makaabot sa Trono sa Dios. Busa, aron makaabot sa Bag-ong Herusalem kon asa nahamtang ang Trono sa Dios, imo lang sundon ang kadalanan nga gibuhat sa dalisay nga bulawan sa masigkadaplin sa suba.

Ikaduha, sa sulod sa pulong sa Dios mao ang dalan ngadto sa langit, ug mahimo ka lang makasulod sa langit kung imong sundon kining dalan nga mao ang pulong sa Dios. Sama sa ingon ni Hesus sa Juan 14:6, *"Ako mao ang dalan, ug ang kamatuoran, ug ang kinabuhi; walay bisan kinsa nga makaadto sa Amahan, gawas kon pinaagi Kanako,"* adunay dalan ngadto sa langit sa pulong sa Dios sa kamatuoran. Kon ikaw mulihok sumala sa pulong sa Dios, mahimo kang makasulod sa langit kon asa ang pulong sa Dios, ang Suba sa Tubig nga Nagahatag sa Kinabuhi, nag-agas.

Sama niini, gidesinyo sa Dios ang langit pinaagi sa pagsunod lang sa Suba sa Tubig nga Nagahatag sa Kinabuhi, makaabot ka sa Bag-ong Herusalem nga nagbalay sa Trono sa Dios.

Bulawan ug Pilak nga mga balas sa Kilid sa Suba

Unsa man ang anaa sa kilid sa Suba sa Tubig nga Nagahatag sa Kinabuhi? Imong unang makita ang bulawan ug pilak nga mga balas nga nalatag og layo ug haluag. Ang balas sa langit lingin ug humok kaayo nga dili kini gayud mupilit sa bisti bisan pa nga imo kining yatak-yatakan.

Usab, adunay daghang ayahay nga mga bangko nga gidekorasyonan og bulawan ug mga hamili nga bato. Kon mulingkod ka sa bangko uban ang imong mga pinalangga nga mga higala ug masadya nga magkahinabi, mga matahom nga anghel ang musilbi kaninyo.

Niining yuta, imong dayegon ang mga anghel, apan sa langit ang mga anghel motawag nimo og "amo" ug musilbi nimo sa imong gusto. Kon gusto nimo og pipila ka mga prutas, ang anghel magdala og prurtas sa usa ka basket nga gidekorasyonan og mga hamili nga bato o mga bulak ug idaho dayon nimo ang basket.

Sa dugang pa, sa masigkadaplin sa Suba sa Tubig nga

Nagahatag sa Kinabuhi anaa ang mga maanyag nga daghang kolor nga mga bulak, mga langgam, mga insekto, ug mga mananap. Kini sila magsilbi sad nimo isip nga usa ka amo ug mahimo kang makigbahin sa imong gugma kanila. Unsa kaha ka kahibulongan ug kamaaanyag kining langit uban niining Suba sa Tubig nga Nagahatag sa Kinabuhi!

Ang Kahoy nga Nagahatag sa Kinabuhi sa Masigkadaplin sa Suba

Ang Pinadayag 22:1-2 nagpatin-aw sa detalye sa kahoy nga nagahatag sa kinabuhi sa kada daplin sa Suba sa Tubig nga Nagahatag sa Kinabuhi.

Unya iyang gipakita kanako ang suba sa tubig nga nagahatag sa kinabuhi, nga matin-aw morag kristal, nga nagagula gikan sa trono sa Dios ug sa trono sa Kordero, latas sa taliwala sa kadalanan sa siyudad. Sa masigkadaplin sa suba, diha ang kahoy nga nagahatag sa kinabuhi nga may napulog-duha ka matang sa mga bunga, nga nagapamunga matag-bulan; ug tambal ang mga dahon sa kahoy alang sa pag-ayo sa kanasuran.

Ngano, man, nga gibutang sa Dios ang kahoy nga nagahatag sa kinabuhi nga nagpamunga og napulog-duha ka matang sa mga bunga, sa kada daplin sa suba?

Sa pinakauna, gusto sa Dios nga mabati sa tanan Niyang mga anak nga nakasulod sa langit ang kaanyag ug kinabuhi sa langit.

Gusto sad Niya nga pahinumdumon sila nga sila nagpamunga sa bunga sa Espiritu Santo kon sila mulihok sumala sa pulong sa Dios, sama sa pagkaon kanila sa pagkaon gikan sa singot sa ilang agtang.

Kinahanglan nimong mahimatngonan ang usa ka butang dinhi. Ang pagpamunga og napulog-duha ka mga matang wala nagpasabot nga ang usa ka kahoy magbunga og napulog-duha ka mga matang, kondili napulog-duha ka mga nagkalain-lain nga mga klase sa mga kahoy nga nagahatag sa kinabuhi ang nagbunga sa kada matang. Sa Biblia, makita nimo ang napulog-duha ka mga anak ni Jacob, ug pinaagi niining napulog-duha ka mga tribo, ang nasud sa Israel giporma ug ang mga pungsod nga nidawat sa Kristiyanismo gipatindog sa tibuok kalibotan. Bisan si Hesus gipili ang napulog-duha ka mga tinun-an, ug ang Maayong Balita giwali ug gipakatap sa tanang mga kanasuran pinaagi kanila ug sa ilang mga tinun-an.

Busa, ang napulog-duha ka mga matang sa kahoy nga nagahatag sa kinabuhi nagsimbolo nga bisan kinsa sa bisan asa nga nasud, kon siya magsunod sa pagtoo, mahimong magbunga sa bunga sa Espiritu Santo ug makasulod sa langit.

Kon ikaw mukaon og maanyag ug daghang kolor nga bunga sa kahoy nga nagahatag sa kinabuhi, mabag-o ka ug mabati ang kalipay. Usab, sa pagkuha niini, mailisan dayun kini og uban, busa kini sila dili mahurot. Ang mga dahon sa kahoy nga nagahatag sa kinabuhi sulop nga berde ug sinaw, ug mupabilin nga ingon ana sa kahangtoran kay kini sila dili usa ka butang nga matagak o makaon. Kining berde ug sinaw nga mga dahon mas daku kaysa mga dahon sa kahoy niining kalibotan, ug kini sila nagtubo sa mahan-ayun nga paagi.

3. Ang Trono sa Dios ug ang Kordero

Ang Pinadayag 22:3-5 nagpatin-aw sa lokasyon sa Trono sa Dios ug Trono sa Kordero nga anaa taliwala sa langit.

> *Didto wala nay bisan unsang tinunglo; ug didto ang trono sa Dios ug sa Kordero, ug ang iyang mga ulipon magasimba Niya; sila magasud-ong sa Iyang nawong, ug ang Iyang ngalan anha sa ilang mga agtang. Ug didto wala nay gabii; ug sila dili na magkinahanglag kahayag sa suga o sa Adlaw, kay ang Ginoong Dios mao may ilang kahayag; ug sila magahari hangtud sa kahangturan.*

Ang Trono Anaa Taliwala sa Langit

Ang langit mao ang walay katapusan nga dapit kon asa ang Dios magahari uban ang gugma ug ang pagkamatarung. Sa Bag-ong Herusalem nga makita taliwala sa langit, didto anaa ang Trono sa Dios ug sa Kordero. Ang Kordero dinhi mao si Hesukristo (Exodo 12:5; Juan 1:29; 1 Pedro 1:19).

Dili ang tanan makasulod sa dapit kon asa ang Dios kasagaran nagpuyo. Kini makita sa usa ka espasyo sa ubang dimensiyon gikan sa Bag-ong Herusalem. Ang Trono sa Dios niining dapit mas maanyag kaayo ug mas mahayag kaysa kadtong usa nga anaa sa Bag-ong Herusalem.

Ang Trono sa Dios sa Bag-ong Herusalem mao kon asa ang Dios sa Iyang Kaugalingon manaog inig simba sa Iyang mga anak o adunay mga piging. Ang Pinadayag 4:2-3 nagpatin-aw sa paglingkod sa Dios sa Iyang Trono.

> *Dihadiha nahisulod ako sa Espiritu; ug tan-awa, dihay usa ka trono sa langit, ug sa trono dihay naglingkod. Ug ang naglingkod niini may panagway nga morag mutya nga haspe ug cornalina, ug ang trono giliyukan sa usa ka balangaw nga morag bulok sa esmeralda.*

Sa palibot sa Trono adunay kaluhaan ug upat ka mga ansiyano nga naglingkod, nga gisul-uban og mga puti nga sinena nga adunay bulawan nga mga korona sa ilang mga ulo. Sa atubang sa Trono anaa ang Pito ka mga Espiritu sa Dios ug ang dagat sa bildo, nga morag krista. Sa tunga ug sa palibot sa Trono anaa ang upat ka buhi nga mga binuhat ug daghang mga langitnon nga mga panon ug mga anghel.

Sa dugang pa, ang Trono sa Dios gipayongan og mga suga. Maanyag kaayo kini, kahibulongan, halangdon, maligdong, ug daku kaayo nga kini lapas sa pagsabot sa tawo. Usab, ang natoo nga bahin sa Trono sa Dios mao ang Trono sa Kordero, ang atong Ginoong Hesus. Kini matino nga halain sa Trono sa Dios, apan ang Dios nga Trinidad, ang Amahan, ang Anak ug ang Espiritu Santo, adunay pareho nga kasingkasing, mga kinaiya, ug gahom.

Daghan pang mga detalye mahitungod sa Trono sa Dios ipatin-aw sa *Ikaduhang Libro sa Langit* nga gitituluhan nga *"Gipuno sa Himaya sa Dios."*

Walay Gabii ug Walay Adlaw

Ang Dios magahari sa ibabaw sa langit ug sa kalibotan uban ang Iyang gugma ug hustisya gikan sa Iyang Trono, kon diin kini hayag uban ang balaan ug maanyag nga siga sa himaya. Ang Trono nga anaa taliwala sa langit ug sa kiliran sa Trono sa Dios mao ang Trono sa Kordero, ug kini nagsidlak sad sa siga sa himaya. Busa, ang langit wala nagkinahanglan sa Adlaw o sa Bulan, o sa bisan unsa pang uban nga siga o kuryente nga mupahayag niini. Walay gabii o adlaw sa langit.

Lain pay ako, Sa Mga Hebreohanon 12:14 nag-awhag nimo nga *"Panglimbasugi ang pagpakigdinaitay uban sa tanang tawo, ug ang pagkabinalaan nga kon wala kini walay bisan kinsa nga makakita sa Ginoo."* Si Hesus sa Mateo 5:8 nisaad nimo nga *"Bulahan ang mga maputli ug kasingkasing kay makakita sila sa Dios."*

Busa, kadtong mga tumuluo nga gitangtang na ang tanang dautan gikan sa ilang mga kasingkasing ug hingpit nga nagmatinumanon sa pulong sa Dios mahimong makakita sa nawong sa Dios. Kutob sa maanggid sila sa Ginoo, ang mga tumuluo pagabulahan niining kalibotan, ug usab mupuyo nga mas duol sa Trono sa Dios sa langit.

Unsa kaha ka malipayon ang mga tawo kon ilang makita ang nawong sa Dios, musilbi Niya, ug makig-ambit og gugma uban Niya sa kahangtoran! Bisan pa niana, dili nimo direkta nga matan-aw ang Adlaw tungod sa kasilaw niini, kadtong wala maanggid sa kasingkasing sa Dios dili makakita sa Dios gikan sa duol nga distansiya.

Papangalipay sa Tinuod nga Kalipay sa Kahangtoran didto sa Langit

Mahimo kang malipay sa tinuod nga kalipay sa bisan unsang imong buhaton didto sa langit kay mao kini ang pinakamaayo nga gasa nga giandam sa Dios uban ang sobra kaayo nga gugma alang sa Iyang mga anak. Ang mga anghel musilbi sa mga anak sa Dios, ingon sa gisulti Sa Mga Hebreohanon 1:14, *"Dili ba silang tanan mga espiritu man lamang nga sulogoon, nga gipadala aron sa pag-alagad, alang kanila nga maoy magapanunod sa kaluwasan?"* Kay ang mga tawo adunay nagkalainlain nga mga gidak-on sa pagtoo, bisan pa niana, ang kadakuon sa mga balay ug ang kadaghanon sa mga sulogoon nga anghel magkalainlain sumala sa kadakuon nga naanggid ang mga tawo sa Dios.

Sila pagasilbihan sama sa mga prinsipe o mga prinsesa kay ang mga anghel magabasa sa mga hunahuna sa ilang mga amo kon asa sila gidestino ug mag-andam sa bisan unsang ilang gusto. Sa dugang pa, ang mga mananap ug mga tanom magahigugma sa mga anak sa Dios ug musilbi kanila. Ang mga mananap sa langit magmatinumanon sa mga anak sa Dios nga walay kondisyon ug usahay magtilaw nga mubuhat og mga pikdot nga mga butang aron mahimuot kanila kay walay dautan kanila.

Unsa man ang mga tanom sa langit? Ang matag-usa nga tanom adunay maanyag ug walay-tumbas nga humot, ug inig duol sa mga anak sa Dios kanila, ilang ipagawas ang humot. Ang mga bulak naghatag og pinakamaayo nga humot alang sa mga anak sa Dios, ug ang humot muabot sa layo nga mga dapit. Ang humot usab maggama dayon inig kapagawas niini.

Usab, ang mga bunga sa napulog-duha ka mga klase sa kahoy

19

nga nagahatag sa kinabuhi adunay ilang kaugalingon nga lami. Kung imong mapanimahuan ang humot sa mga bulak o mukaon gikan sa kahoy nga nagahatag sa kinabuhi, bag-ohon ka og pag-ayo ug malipay nga dili kini matandi sa bisan unsang butang niining kalibotan.

Sa dugang pa, dili sama sa mga tanom niining yuta, ang mga bulak sa langit muyuhom inig paduol sa mga anak sa Dios kanila. Kini musayaw pa gani alang sa ilang mga amo ug ang mga tawo makahinabi sad kanila.

Bisan pa puksion sa uban ang bisan unsang bulak, dili kini masakitan o magguol, apan mahiuli pinaagi sa gahom sa Dios. Ang bulak nga gipuksi matunaw ngadto sa hangin ug mawala. Ang bunga nga gikaon sa mga tawo matunaw sad isip nga mga maanyag nga kahumot ug mawala pinaagi sa pagginhawa.

Adunay upat ka mga panahon sa langit, ug ang mga tawo malipay sa pagbaylo sa mga panahon. Mabati sa mga tawo ang gugma sa Dios nga malipay sa espesyal nga mga panagway sa kada panahon: tingpamulak, ting-init, tingtagak, ug tingtugnaw. Karon ang usa mahimong mangutana, "Mag-antos ba gihapon kita gikan sa kainiton sa ting-init ug sa katugnaw sa ting-tugnaw bisan pa sa langit?" Ang panahon sa langit, bisan pa niana, nagporma sa perpekto nga kondisyon alang sa mga anak sa Dios nga mabuhi, ug dili sila muantos gikan sa init o tugnaw nga panahon. Bisan pa nga ang mga espirituhanon nga mga lawas dili mabati ang tugnaw o init bisan pa sa tugnaw o init nga mga dapit, mahimo nila sa gihapon nga mabati ang kabugnaw o kaigang nga hangin. Busa walay usa nga mag-antos gikan sa init o tugnaw nga panahon sa langit.

Sa tingtagak, ang mga anak sa Dios mahimong malipay sa maanyag nga natagak nga mga dahon, ug sa tingtugnaw makita kanila ang puti nga niyebe. Mahimo kanilang malipay sa kanindot nga mas maanyag kaysa bisan unsang butang niining kalibotan. Ang rason nganong gibuhat sa Dios ang upat ka mga panahon sa langit mao ang mapahibalo ang Iyang mga anak nga ang ilang tanan nga kinahanglan naandam na para sa ilang kalipayan sa langit. Usab, kini usa ka sanglitanan sa Iyang gugma aron matagbaw ang Iyang mga anak kon mingawon sila sa yuta kon asa sila gipaugmad hangtud nga mahimo silang mga tinuod nga anak sa Dios.

Ang langit anaa sa upat-ka-dimensiyon nga kalibotan nga dili matandi niining kalibotan. Puno kini sa gugma ug gahom sa Dios, ug adunay walay katapusan nga mga kalihokan ug mga aktibidad nga dili mahanduraw sa mga tawo. Daghan ka pang matun-an mahitungod sa matunhayon nga malipayon nga mga kinabuhi sa mga tumuluo sa langit sa Kapitulo 5.

Kadto lang mga ngalan nga nahisulat sa libro sa kinabuhi sa Kordero ang makasulod sa langit. Isip sa gisulat sa Ang Pinadayag 21:6-8, ang kadto lang nga nag-inom sa Tubig sa Kinabuhi ug nahimong mga anak sa Dios ang maganunod sa gingharian sa Dios.

Ug Siya miingon kanako, "Natapus na! Ako mao ang Alfa ug ang Omega, ang sinugdan ug ang katapusan. Niya nga giuhaw ihatag ko ang tubig nga walay bayad gikan sa tuboran sa tubig sa kinabuhi. Ang magamadaugon makapanag-iya niining maong paunlondon, ug Ako mahimong iyang Dios ug siya mahimong Akong anak. Apan alang sa mga talawan, ug sa mga dili matinoohon, ug sa mga malaw-ay, alang sa mga mamomono, ug sa mga makihilawason, ug sa mga lumayan, ug sa mga magsisimbag mga diosdios, ug sa tanang mga bakakon, ang ilang bahin mao ang paghiadto sa linaw nga nagasilaob sa kalayo ug asupri, nga mao ang ikaduhang kamatayon."

Hinungdanon kini nga katungdanan sa tawo nga mahadlok sa Dios ug bantayan ang Iyang mga sugo (Ecclesiastes 12:13). Busa kon wala nimo kahadloki ang Dios o mubali sa Iyang pulong ug magpadayon nga magpakasala bisan pa nga nahibaloan nimo nga nagpakasala ka, dili ka makasulod sa langit. Ang mga dautan nga tawo, mga mamomono, mga makihilawason, mga lumayan, mga magsisimbag mga diosdios nga lapas sa konsyensiya matinaw nga dili makaadto sa langit. Ilang gilinguglingogan ang Dios, nisilbi sa mga demonyo, ug nitoo sa mga langyaw nga mga diosdios nga nagsunod sa kaaway nga si Satanas ug ang yawa.

Usab, ang kadtong namakak sa Dios ug nanikas Niya, ug nagsulti ug nagtamastamas batok sa Espiritu Santo dili gayud makasulod sa langit. Sa akong pagpatin-aw sa libro nga *Impiyerno*, kining mga tawhana mag-antos sa walay katapusan nga pagsilot sa impiyerno.

Busa, nag-ampo ko sa ngalan sa Ginoo nga dili lang kaninyo dawaton si Hesukristo ug maangkon ang katungod nga mahimong anak sa Dios, apan usab malipay sa usa ka walay katapusan nga kalipayan niining maanyag nga langit nga matinaw morag kristal pinaagi sa pulong sa Dios.

Kapitulo 2

Ang Hardin sa Eden ug ang Huwatanan nga Dapit sa Langit

1. Ang Hardin sa Eden Kon Asa si Adan Nipuyo

2. Ang mga Tawo Gipaugmad sa Ibabaw sa Yuta

3. Ang Huwatanan nga Dapit sa Langit

4. Ang mga Tawo nga Dili Magpabilin sa Huwatanan nga Dapit

*Ug ang GINOONG Dios nagbuhat
ng usa ka tanaman sa silangan, sa Eden;
ug gibutang Niya didto
ang tawo nga Iyang giumol.
Ug nagpaturok si Jehova nga Dios
gikan sa yuta sa tanan nga kahoy
nga makapahimuot sa igtatan-aw
ug maayo nga kalan-on;
ug ang kahoy usab nga sa kinabuhi diha
sa taliwala sa tanaman,
ug ang kahoy sa pag-ila sa maayo
ug sa dautan.*

- Genesis 2:8-9 -

Si Adan, ang unang tawo nga gibuhat sa Dios, nipuyo sa Hardin sa Eden isip usa ka buhi nga espiritu nga nakig-ambit uban sa Dios. Human ang madugay nga panahon, si Adan naghimo og usa ka sala nga pagkamasupakon pinaagi sa pagkaon gikan sa kahoy sa pag-ila sa maayo ug sa dautan nga gidumilian sa Dios. Isip nga resulta, ang iyang espiritu, ang agalon sa tawo, namatay. Siya gipagula gikan sa Hardin sa Eden ug kinahanglan nga mupuyo niining yuta. Karon ang espiritu ni Adan ug ni Eba namatay ug ang pakig-ambit uban sa Dios naputol. Sa pagpuyo niining gitunglo nga yuta, unsa kaha sila gimingaw sa Hardin sa Eden?

Ang nakahibalo-sa-tanan nga Dios nakahibalo sa una pa mahitungod sa pagkamasupakon ni Adan ug niandam ni Hesukristo, ug niabli sa dalan sa kaluwasan inig abot sa panahon. Ang tanan nga naluwas pinaagi sa pagtoo magapanunod sa langit nga dili matandi bisan pa sa Hardin sa Eden.

Human og pagkabanhaw ni Hesus ug nisaka sa langit, nibuhat Siya og usa ka huwatanan nga dapit kon asa ang kadtong mga tawo nga naluwas magapabilin hangtud sa Adlaw sa Paghukom, nga nag-andam og mga puy-anan alang kanila. Atuang tan-awon ang Hardin sa Eden ug ang Huwatan nga Dapit sa langit aron mas maayo nga masabtan ang langit.

1. Ang Hardin sa Eden Kon Asa si Adan Nipuyo

Ang Genesis 2:8-9 nagpatin-aw sa Hardin sa Eden. Dinhi

kon asa ang unang tawo ug unang babaye nga gibuhat sa Dios, Si Adan ug si Eba, nipuyo sa una.

> *Ug ang GINOONG Dios nagbuhat ug usa ka tanaman sa silangan sa Eden; ug gibutang niya didto ang tawo nga iyang giumol. Ug nagpaturok sang GINOONG Dios gikan sa yuta sa tanan nga kahoy nga makapahimuot sa igtatan-aw, ug maayo nga kalan-on: ug ang kahoy usab nga sa kinabuhi diha sa taliwala sa tanaman, ug ang kahoy sa pag-ila sa maayo ug sa dautan.*

Ang Hardin sa Eden mao ang usa ka dapit kon asa si Adan, usa ka buhi nga espiritu, mupuyo, busa kini kinahanglan nga buhaton sa usa ka dapit sa espirituhanon nga kalibotan. Unya, ang Hardin sa Eden ba sa pagkakaron mao gayud ang, balay sa unang tawo nga si Adan?

Ang Lokasyon sa Hardin sa Eden

Ang Dios nihisgot sa "mga langit" sa daghang mga dapit sa Biblia aron mapahibalo ka nga adunay mga espasyo sa espirituhahon nga kalibotan lapas sa kalangitan nga imong makita sa imong mga mata lang. Iyang gigamit ang pulong nga "mga langit" aron mapasabot ka sa mga espasyo nga gipanag-iyahan sa espirituhanon nga kalibotan.

> *Ania karon, iya sa GINOO nga imong Dios ang langit ug ang langit sa mga langit, ang yuta, uban*

ang tanan nga anaa niya (Deuteronomio 10:14).

Gibuhat Niya ang yuta pinaagi sa Iyang gahum, gitukod Niya ang kalibutan pinaagi sa Iyang kinaadman; gibuklad ang kalangitan pinaagi sa Iyang salabutan (Jeremias 10:12).

Dayegon ninyo Siya, kamong mga langit sa kalangitan, Ug kamong katubigan nga anaa sa ibabaw sa kalangitan! (Mga Salmo 148:4)

Busa, imong kinahanglan nga masabtan nga "ang mga langit" wala lang nagpasabot sa makita nga kalangitan sa imong mga mata. Mao kini ang Unang Langit kon asa ang Adlaw, ang bulan, ug ang mga bituon nabutang, ug anaa ang Ikaduhang Langit ug ang Ikatulong Langit nga naapil sa espirituhanon nga kalibotan. Sa 2 Mga Taga-Corinto 12, ang apostol nga si Pablo nagsulti mahitungod sa Ikatulong Langit. Ang tibuok nga langit gikan sa Paraiso ngadto sa Bag-ong Herusalem anaa sa kining Ikatulong Langit.

Ang apostol nga si Pablo nakaadto na sa Paraiso, kon asa mao ang dapit alang kadtong adunay pinakagamay nga pagtoo, ug kon asa mao ang pinakalayo gikan sa Trono sa Dios. Ug ngadto iyang nadungog ang mahitungod sa mga sekreto sa langit. Sa gihapon, iyang gibungat nga mao kining "mga butang nga wala gitugotan nga isulti."

Unya, unsa man nga klase sa espirituhanon nga kalibotan ang Ikaduhang Langit? Kini lahi gikan sa Ikatulong Langit, ug ang Hardin sa Eden apil dinhi. Ang kadaghanan sa mga tawo naghunahuna nga ang Hardin sa Eden nabutang niining kalibotan. Daghang mga biblikanon nga mga iskolar ug mga maniniksik nagpadayon og mga arkeolohikal nga mga pagpangita ug mga pagtuon sa palibot sa Mesopotamia ug sa ibabaw nga mga dapit sa Euphrates ug sa Tigris nga anaa taliwala sa Tunga-tunga nga Sidlangan (Middle East). Bisan pa niana, wala sila makadiskubre og bisan unsa asta karon. Ang rason nganong dili makita sa mga tawo ang Hardin sa Eden niining yuta mao kana nga kini anaa sa Ikaduhang Langit nga apil sa espirituhanon nga kalibotan.

Ang Ikaduhang Langit mao usab ang dapit alang sa mga dautan nga mga espiritu kon asa gipagula gikan sa Ikatulong Langit human sa rebelyon ni Lusiper. Ang Genesis 3:24 nagsulti nga, *"Busa gipapahawa niya ang tawo, ug gibutang niya sa may silangan sa tanaman sa Eden ang mga querubin, ug ang siga sa usa ka espada nga nagalisoliso, aron sa pagbantay sa dalan sa kahoy sa kinabuhi."* Gihimo kini sa Dios aron mapugngan ang mga dautan nga espiritu sa pag-angkon og kinabuhing dayon pinaagi sa pagsulod sa Hardin sa Eden ug pagkaon gikan sa kahoy sa kinabuhi.

Ang mga Ganghaan padulong sa Hardin sa Eden

Karon dili gayud nimo masabtan nga ang Ikaduhang Langit anaa sa ibabaw sa Unang Langit, ug ang Ikatulong Langit anaa sa ibabaw sa Ikaduhang Langit. Dili nimo masabtan ang espasyo sa upat-ka-dimensiyon nga kalibotan ug ang sa ibabaw uban ang pagsabot ug kahibalo sa ikatulo-ka-dimensiyon nga kalibotan. Unya, giunsa man pagestraktura ang daghang mga langit? Ang ikatulo-ka-dimensiyon nga kalibotan nga imong makita ug ang espirituhanon nga mga langit morag gihimulag apan sa samang paagi sila gibalhin ug gidugtong. Adunay mga ganghaan nga nagdugtong sa ikatulo-ka-dimensiyon nga kalibotan ug ang espirituhanon nga kalibotan.

Bisan dili nimo sila makita, ang kining mga ganghaan nagdugtong sa Unang Langit ngadto sa Hardin sa Eden sa Ikaduhang Langit. Aduna sad og mga ganghaan nga nagpadulong ngadto sa Ikatulong Langit. Kining mga ganghaan wala mahimutang sa mataas kaayo, apan pareho lang sa gitas-on sa mga panganod nga imong makita pailaum gikan sa eroplano.

Sa Biblia, imong masabtan nga adunay mga ganghaan nga padulong sa langit (Genesis 7:11; 2 Mga Hari 2:11; Lucas 9:28-36; Mga Buhat 1:9; 7:56). Busa inig kaabli sa ganghaan sa langit, posible kini nga musaka sa lahi nga langit sa espirituhanon nga kalibotan ug kadtong naluwas pinaagi sa pagtoo mahimong makasaka ngadto sa Ikatulong Langit.

Kini sama sa Hades ug impiyerno. Kining mga dapit apil sad sa espirituhanon nga kalibotan ug adunay mga ganghaan nga nagpadulong usab niining mga dapit. Busa sa pagkamatay sa mga tawo nga walay pagtoo, manaog sila ngadto sa Hades, nga apil sa impiyerno, o direkta ngadto sa impiyerno lahos niining mga ganghaan.

Ang Espirituhanon ug Pisikal nga mga Dimensiyon Parehong-Anaa

Ang Hardin sa Eden, kon asa apil sa Ikaduhang Langit, anaa sa espirituhanon nga kàlibotan, apan kini lahi gikan sa espirituhanon nga kalibotan sa Ikatulong Langit. Dili kini hingpit nga espirituhanon nga kalibotan kay mahimo kining parehong-anaa sa pisikal nga kalibotan.

Sa ubang mga pulong, ang Hardin sa Eden mao ang usa ka tunga-tunga nga estado taliwala sa pisikal nga kalibotan ug sa espirituhanon nga kalibotan. Ang unang tawo nga si Adan usa ka buhi nga espiritu, apan sa gihapon aduna siyag pisikal nga lawas nga gibuhat gikan sa abog. Busa si Adan ug si Eba nagmabungahon ug nidaghan ngadto, nga nanganak sa mga bata sama sa paagi nga gibuhat nato (Genesis 3:16).

Bisan pa nga human og kaon sa unang tawo nga si Adan gikan sa kahoy sa pag-ila sa maayo ug dautan ug gipagula ngadto sa kalibotan, ang iyang mga anak nga nipabilin sa Hardin sa Eden buhi gihapon hangtud karon isip nga mga buhi nga espiritu, nga wala nakasinati og kamatayon. Ang Hardin sa Eden usa ka malinawon nga dapit kon asa walay kamatayon. Kini gipadagan pinaagi sa gahom sa Dios ug gidumala sa ilalom sa mga mando ug mga sugo nga gibuhat sa Dios. Bisan pa nga walay pagkalahi taliwala sa adlaw ug gabii, natural lang sa mga kaliwat ni Adan nga mahibaloan ang panahon nga mag-aktibo, ang panahon nga magpahulay, ug uban ba.

Usab, ang Hardin sa Eden adunay sama nga mga panagway niining kalibotan. Kini puno sa daghang mga tanom, mga mananap, ug mga insekto. Kini usab adunay walay katapusan ug maanyag nga kinaiyahan. Apan, walay taas nga mga bukid kondili mubo lang nga mga kabungtoran. Niining mga kabungtoran, adunay mga sama-sa-balay nga mga building, apan ang mga tawo magpahulay-lang-dili-mupuyo niining mga building.

Ang Dapit nga Bakasyunan ni Adan ug sa Iyang mga Anak

Ang unang tawo nga si Adan nipuyo sa madugay nga panahon sa Hardin sa Eden nga nagmabungahon ug nagpadaghan. Kay si Adan ug ang iyang mga anak mga buhi nga espiritu, mahimo silang libre nga makapanaog niining yuta lahos sa mga ganghaan sa Ikaduhang Langit.

Kay si Adan ug ang iyang mga anak nibisita sa yuta isip nga ilang bakasyunan nga dapit alang sa taas na panahon, angay nimong masabtan nga ang kasaysayan sa katawhan madugay na kaayo. Ang pipila naglibog niining kasaysayan sa unom-ka-libo-ka-tuig nga pang-edaron sa kasaysayan sa pagpaugmad sa tawo ug wala magtoo sa Biblia.

Kon imong tan-awon og maayo ang misteryoso nga karaang-panahon nga mga sibilisasyon, bisan pa niana, imong masabtan nga si Adan ug ang iyang mga anak kaniadto manaog niining yuta. Ang mga Piramidi ug ang Sphinx sa Giza, Ehipto, pananglitan, mao usab ang mga tunob sa tiil ni Adan ug ang iyang mga anak nga nipuyo sa Hardin sa Eden. Kining mga tunob sa tiil, nga nakit-an sa tibuok kalibotan, gitukod sa mas sopistikado ug mas abanse nga siyensiya ug teknolohiya, kon asa dili nimo masuon bisan uban ang moderno nga siyentipiko nga kahibalo karong adlawa.

Pananglitan, ang Piramidi nagsakop og mga kahibulongan nga matematikal nga mga kalkulasyon, ug mga heyometriyal ug astronomihikal nga kahibalo nga imo lang makita ug masabtan uban ang abanse nga mga pagtuon. Kini sila nagsakop og daghang mga sekreto nga imo lang matungkad kon imong masayran ang tukma nga mga kostelasyon ug ang panaglibot sa kalibotan. Pipila ka mga tawo naghunahuna nga ang kadtong mga misteryoso nga karaang-panahon nga mga sibilisasyon isip mga tunob sa mga langyaw gikan sa gawas nga espasyo apan sa Biblia, imong masulbad ang tanang butang nga bisan ang siyensiya dili makasabot.

Ang Tunob sa Sibilisayson sa Eden

Si Adan sa Hardin sa Eden adunay dili-mahanduraw nga kadakuon nga kahibalo ug kahanas. Kini mao ang resulta sa pagtudlo sa Dios ni Adan sa tinuod nga kahibalo, ug kining kahibalo ug kasayran gitigum ug gipalambo sa paglabay sa panahon. Busa alang kang Adan, kon kinsa nakaila sa tanang butang mahitungod sa kalibotan ug gibuntog ang yuta, dili kini gayud lisod nga itukod ang mga Piramidi ug ang Sphinx. Kay ang Dios direkta nga nitudlo ni Adan, ang unang tawo nakahibalo sa mga butang nga wala sa gihapon nimo mahibaloan o nakuptan uban ang moderno nga siyensiya.

Pipil ka mga piramidi gitukod uban ang kahanas ug kahibalo ni Adan, apan ang uban gitukod sa iyang mga anak, ug sa gihapon ang uban gitukod sa mga tawo niining kalibotan kon kinsa nagtilaw nga sundon ang mga pirimadi ni Adan human ang taas na panahon. Kining tanan nga mga pirimidi adunay malinaw nga mga teknolohikal nga kalahian. Kini tungod kay si Adan lang ang adunay gihatag-sa-Dios nga awtoridad nga mubuntog sa tanang binuhatan.

Si Adan nipuyo alang sa taas kaayo nga panahon sa Hardin sa Eden, usahay manaog niining yuta, apan gipagula gikan sa

Hardin sa Eden human og paghimog sala sa pagkamasupakon. Bisan pa niana, ang Dios wala magsira sa mga ganghaan nga nagdugtong sa yuta ug sa Hardin sa Eden alang sa pipila ka panahon human niana.

Busa, ang mga anak ni Adan nga nagpuyo gihapon sa Hardin sa Eden libre nga manaog sa yuta, ug sa ilang mas kadaghan nga pagpanaog, nagsugod sila og pagkuha sa mga anak sa tawo isip nga ilang mga kapikas (Genesis 6:1-4).

Unya, gisira sa Dios ang mga ganghaan sa kalangitan nga nagdugtong sa yuta ug sa Hardin sa Eden. Apan, ang pagbiyahe wala hingpit nga naundang, kondili nabutang kini sa usa ka mapig-oton nga kontrol nga dili sama sa una. Imong kinahanglan nga masabtan nga ang kadaghanan nga misteryoso ug wala-masulbad sa kaarang-panahon nga mga sibilisasyon mao ang mga tunob ni Adan ug sa iyang mga anak, nga nahabilin sulod sa panahon nga libre sila nga makapanaog nining yuta.

Kasaysayan sa mga Tawo ug ang mga Dinosaur sa Yuta

Ngano, man, nga kining dinosaur nabuhi sa yuta apan sa hinali nangawala? Kini mao sad ang usa sa importante kaayo nga mga ebidensiya nga nagsulti nimo kon unsa katigulang na ang kasaysayan sa tawo. Kini mao ang sekreto nga masulbad lang uban ang Bibila.

Ang Dios aktuwal nga nibutang sa mga dinosaur sa Hardin sa Eden. Sila mahinay, apan gipagula niining yuta kay sila nahagbong sa bitik ni Satanas sa sulod sa panahon kon asa si Adan libre nga makaadto og makabalik taliwala sa yuta ug sa Hardin sa Eden. Karon, ang mga dinosaur nga gipugos og puyo niining yuta kinahanglan sa kanunay nga mangita og mga butang aron kan-on. Dili-sama sa panahon nga sila nipuyo sa Harden sa Eden, kon asa ang tanang butang dagaya, kining yuta dili posible nga makagama og igo nga pagkaon alang sa mga dinosaur nga adunay dagku nga mga lawas. Ilang gikaon ang mga bunga, mga tanom, ug nagsugod og kaon sa mga mananap. Ila nang maguba ang palibot ug ang kan-onon. Sa ulahi nagdesisyon ang Dios nga dili na ipabilin ang mga dinosaur niining yuta, ug sila gipamatay sa kalayo gikan sa ibabaw.

Karong adlaw, daghang mga iskolar ang nakiglalis nga ang mga dinosaur nipuyo niining yuta alang sa taas nga panahon. Nag-ingon sila nga ang mga dinosaur nipuyo alang sa sobra sa usa ka gatus ug saysenta ka milyon ka tuig. Bisan pa niana, wala sa mga pag-angkon ang nagpatin-aw uban ang katagbaw nganong ang kadaghan nga mga dinosaur nga mitungha og kalit ug nawala sad og kalit. Usab, kon kining mga dagku nga mga dinosaur gipalambo alang sa taas nga panahon, unsa man ang ilang gikaon aron mupadayon nga mabuhi?

Sumala sa teyorya sa ebolusyon, sa wala pa mutungha ang daghang klaseng mga dinosaur, daghan pang mga mas kubus sa lebel nga mga buhing matang ang anaa didto, apan walay bisan usa nga pruweba ana. Sa kadaghanan, aron mapuaw ang bisag unsang klase nga pamilya sa mananap, kini magkaminos sa kadaghanon sa pag-agi sa pipila ka panahon, ug hingpit nga mawala. Ang mga dinosaur, bisan pa niana, kalit lang nga nawala.

Ang mga iskolar naglalis nga mao kini ang resulta sa usa ka kalit nga pagbaylo sa panahon, bayrus, radyisyon nga hinungdan sa usa ka pagbuto sa usa ka bituon, o pagbangga sa usa ka meteorite sa yuta. Apan, kon kining pagbaylo usa ka kagub-anan nga igo mupatay sa tanang mga dinosaur, ang uban pang mga mananap ug mga tanom ang unta napuaw sad. Ubang mga tanom, mga langgam, mga mananap, bisan pa niana, buhi tanan bisan pa karong adlawa, busa ang kamatuoran wala magsuporta sa teyorya sa ebolusyon.

Sa wala pa mutuhaw ang mga dinosaur niining yuta, si Adan ug si Eba nipuyo na sa Hardin sa Eden, nga usahay manaog sa yuta. Imong kinahanglan nga masabtan nga ang kasaysayan sa yuta taas kaayo.

Imong matun-an pa ang mas daghang detalye gikan sa "Mga Panudlo sa Genesis" nga akong giwali. Sukad karon, gusto kanako nga ipatin-aw ang maanyag nga kinaiya sa Hardin sa Eden.

Ang Maanyag nga Kinaiya sa Hardin sa Eden

Kumportable ka nga naghigda sa imong kilid sa usa ka uma nga puno sa presko nga mga kahoy ug mga bulak, nga nagdawat sa kahayag nga mahinay nga naglingkis sa tibuok nimong lawas, ug nagtan-aw sa asul nga kalangitan kon asa ang dalisay nga puti nga mga panganod ang naglutaw ug nagbuhat og lainlain nga mga klase sa porma.

Usa ka linaw ang maanyag nga nagsidlak sa ilalom sa bangilid, ug usa ka maaghop nga huyuhoy nga adunay matam-is nga mga kahumot sa mga bulak maglabaw nimo sa kadali. Mahimo kang malipayon nga makig-istorya sa imong mga hinigugma, ug mabati ang kalipay. Usahay mahimo kang muhigda sa haluag nga mga pastolan o usa ka tinapok nga mga bulak ug mabati ang matam-is nga humot nga mahinay nga nagtandog sa mga bulak. Mahimo sad ka nga muhigda sa landong sa usa ka kahoy, kon asa nagbunga og daghang dagku, ug mga makapagana nga mga bunga, ug mukaon sa mga bunga sa kadaghanon nga imong gusto.

Sa linaw ug sa dagat adunay daghang mga klase sa lain-lain nga kolor nga isda. Kung gusto nimo, mahimo kang muadto sa duol nga baybay ug malipay sa presko nga mga balod o sa puti nga mga balas nga nagsidlak uban sa sinadlaw. O, kung imong gipangandoy, mahimo kang mulangoy sama sa isda.

Matahom nga usa, mga kuneho o laksoy nga adunay maanyag, mahayag nga mga mata mupaduol nimo ug magbuhat og mga pikdot nga mga butang. Sa daku nga uma, daghang mga mananap ang malinawon nga magdula.

Mao kini ang Hardin sa Eden, kon asa adunay puno nga kalinaw nga pagdait ug kalipay. Daghang mga tawo niining kalibotan mahimong gusto nga mubiya sa ilang masako nga mga kinabuhi ug mukuha niining klase sa pagdait ug kahilom bisan lang sa kausa.

Dagaya nga Kinabuhi sa Hardin sa Eden

Ang mga tawo sa Hardin sa Eden makakaon ug malipay sa ilang kaugalingon sa ilang gusto bisan pa nga wala sila nagtrabaho alang sa bisan unsang butang. Walay pagkayugot, pagkabalaka, ug kini puno lang sa kalipay, kangaya, ug pagdait. Kay ang tanan gipadagan sa mga mando ug mga sugo sa Dios, ang mga tawo ngadto makapangalipay sa kinabuhing dayon bisan pa nga wala sila nitrabaho alang sa bisan unsang butang.

Sa Hardin sa Eden, kon asa adunay sama nga palibot niining

yuta, ang mga panagway niining yuta anaa sad. Apan, kay sila dili makontamina o mabaylo gikan sa panahon nga sila una nga gibuhat, mupabilin sila sa ilang tin-aw ug maanyag nga kinaiya dili-sama sa ilang kaatbang niining kalibotan.

Usab, bisan pa ang mga tawo sa Hardin sa Eden sa kasagaran wala magsul-ob og mga sinina, dili kanila mabati ang kaulaw ug dili magpanapaw kay sila walay kinaiya nga makakasala ug walay dautan sa ilang mga kasingkasing. Morag kining bag-ong panganak nga puya nga gawasnon nga nagdula nga hubo, hingpit nga walay-problema ug walay panumbaling og unsay hunahuna o isulti sa uban.

Ang palibot sa Hardin sa Eden angay sa mga tawo bisan pa nga wala sila nagsul-ot og bisan unsang sinena, busa wala sila magbati og bisan unsang kahigwaos nga hubo. Unsa kaha ka maayo kini kay walay bisan unsay lain sama sa mga insekto o mga tunok nga makahalit sa panit!

Pipila ka mga tawo ang nagsul-ob og mga sinena. Mga lideres kini sila sa usa ka tino nga kadakuon nga mga grupo. Adunay mga mando ug mga sugo sa Hardin sa Eden, usab. Sa usa ka grupo, adunay usa ka lider ug ang mga miyembro mutuman niya. Kining mga lideres nagsul-ob og mga sinena dili sama sa uban, apan nagsul-ob lang sila og mga sinena aron ipakita ang ilang position, dili aron tabunan, proteksiyonan, o dekorasyonan ang ilang mga kaugalingon.

Nanotahan sa Genesis 3:8 ang usa ka pagbaylo sa temperatura sa Hardin sa Eden *"Ug hingdunggan nila ang tingog sa GINOO nga Dios nga nagalakaw sa tanaman sa kabugnaw sa adlaw, ug nanagtago ang tawo ug ang iyang kapikas gikan sa atubangan sa GINOO nga Dios, sa taliwala sa mga kakahoyan sa tanaman."* Makasabot ka nga ang mga tawo adunay "kabugnaw" nga pagbati sa Hardin sa Eden. Apan, dili kini nagpasabot nga kinahanglan kanilang sington sa usa ka madilaabon nga init sa adlaw o mangurog sa usa ka mabugnaw nga adlaw sama sa ilang mabati niining yuta.

Ang Hardin sa Eden kanunay adunay pinakaayahay nga lebel sa temperatura, kaumog, ug hangin, aron walay kasambol nga gihinungdan sa pagbaylo sa panahon.

Usab, ang Hardin sa Eden walay adlaw ug gabii. Kini kanunay nga gilibotan og kahayag sa Dios nga Amahan ug kanunay nimong mabati ang adlawan. Ang mga tawo adunay panahon aron magpahulay, ug sahinon kanila ang panahon nga magaktibo gikan sa panahon aron magpahulay pinaagi sa pagbaylo sa temperatura.

Kining pagbaylo sa temperatura, bisan pa niana, wala nagpasabot nga makusganon nga mapataas o mapamubo niini aron mahimong mabati og kalit sa mga tawo ang kainit o ang kabugnaw. Apan mahimo kanila nga mabati ang kaayahay aron makapahulay sa usa ka maaghop nga huyuhoy.

2. Ang mga Tawo Gipaugmad sa Ibabaw sa Yuta

Ang Hardin sa Eden haluag ug daku kaayo nga dili nimo mahanduraw ang kadakuon niini. Kini mga usa ka bilyon ka beses ang kadakuon niining yuta. Ang Unang Langit kon asa ang mga tawo ang mabuhi lang alang sa setenta, o otsenta ka tuig morag walay katapusan, nga niabot gikan sa solar nga sistema ngadto lapas sa mga galaxy. Unsa man ka mas kadaku, unya, ang Hardin sa Eden, kon asa ang mga tawo magkadaghan nga dili makita ang kamatayon, kaysa Unang Langit.

Sa samang paagi, bisan unsa ka maanyag, dagaya, ug kadaku sa Hardin sa Eden, dili kini matandi sa bisag unsang dapit sa langit. Bisan pa ang Paraiso, kon asa mao ang Huwatanan nga Dapit sa langit, mas maanyag ug mas malipayon nga dapit. Ang kinabuhing dayon sa Hardin sa Eden lahi kaayo gikan sa kinabuhing dayon sa langit.

Busa, paagi sa eksaminasyon sa plano sa Dios ug pila ka mga tikang sa pagpagula ni Adan gikan sa Hardin sa Eden ug gipaugmad niining yuta, makita nimo kon unsa ka lahi ang Hardin sa Eden gikan sa Huwatanan nga Dapit sa langit.

Ang Kahoy sa Pag-ila sa Maayo ug Dautan sa Hardin sa Eden

Ang una tawo nga si Adan mahimong makakaon sa bisan unsang butang nga iyang gusto, buntogon ang tanang binuhatan, ug mupuyo sa kahangtoran sa Hardin sa Eden. Apan, kung imong basahon ang Genesis 2:16-17, ang Dios nagsugo sa tawo nga, *"Makakaon ka sa tanan nga kahoy sa tanaman; apan sa kahoy nga sa pag-ila sa maayo ug sa dautan dili ka magkaon niini, kay sa adlaw nga mokaon ka niini, mamatay ka gayud."* Bisan pa nga ang Dios nihatag ni Adan og usa ka pagkadaku nga awtoridad aron mabuntog ang tanang binuhatan ug ang kabubut-on, Iyang mapig-oton nga gidili ni Adan ang pagkaon gikan sa kahoy sa pag-ila sa maayo ug dautan. Sa Hardin sa Eden, adunay daghang mga klase sa mabulakon, maanyag, ug lami nga mga bunga nga dili matandi sa kadtong anaa niining yuta. Ang Dios naghatag sa tanang bunga sa pagdumala ni Adan, aron iyang makaon ang kadaghanon niini sa iyang gusto.

Pwera lang sa bunga gikan sa kahoy sa pag-ila sa maay ug dautan. Paagi niini, kinahanglan nimong masabtan nga bisan pa nga nahibaloan na sa Dios nga si Adan mukaon gikan sa kahoy sa pag-ila sa maayo ug dautan, wala Niya gibayaan si Adan nga buhaton ang sala. Sa kadaghan sa mga tawo nga masaypan, kon ang Dios adunay intensiyon nga tilawan si Adan pinaagi sa pagbutang sa kahoy sa pag-ila sa maayo ug dautan, nga nakahibalo nag buhaton kini ni Adan, dili unta Niya mabaskog kaayo nga mandoan si Adan. Busa makita nimo nga ang Dios wala nagtuyo og butang sa kahoy sa pag-ila sa maayo ug dautan aron mapakaon si Adan gikan niini o sulayan siya.

Sama sa gisulat sa Santiago 1:13, *"Ayaw ipaingon ni bisan kinsa sa diha nga siya pagatintalon, 'Ako gitintal sa Dios'; kay ang Dios dili arang matintal ug dautan, ug walay bisan kinsa nga Iyang pagatintalon,"* Ang Dios sa Iyang Kaugalingon wala mageintal sa bisan kang kinsa.

Unya, nganong gibutang man sa Dios ang kahoy sa pag-ila sa maayo ug dautan sa Hardin sa Eden?

Kon mabati nimo ang kasadya, If you can feel joyful, kamaya, o kalipay. Kini tungod nga imong nasinatian ang kaatbang nga mga pagbati nga kasubo, kasakit, ug kalisud. Pinaagi sa samang butang, kung imong nasayran nga ang kaayohan, kamatuoran, ug kahayag maayo, kini tungod kay imong nasinatian ug nasayran ang kadautan, kabakakan, ug ang kangitngit dili-maayo.

Kon wala pa nimo masinatian kining kalabotan, dili nimo mabati sa imong kasingkasing unsa ka maayo ang gugma, kamaayohan, ug kalipay bisan pa imong nasayran sa imong ulo gikan sa pagdungog niini.

Pananglitan, ang usa ba ka tawo, nga wala kaagi og sakit o nakita ang ubang tawo nga nagsakit, makahibalo sa kasakit sa usa ka sakit? Kining tawhana dili gani makahibalo nga maayo kini nga himsog. Usab, kon ang usa ka tawo wala gayud sukad nga nagkinahanglan, unsaon man niya pagkahibalo mahitungod sa kawad-on? Kining klase sa tawo dili mabati nga "maayo" kini ang mudato, bisan unsa pa siya ka dato. Sa sama, kon ang usa wala mabati ang kawad-on, dili siya magkaaduna og usa ka tinuod nga mapasalamaton nga hunahuna gikan sa sulod sa iyang kasingkasing.

Kon wala masayri sa usa ang bili sa maayo nga mga butang nga aduna siya, dili niya masayran ang bili sa kalipay nga iyang gipangalipayan. Pero, kon nasinatian na sa usa ang kasakit sa usa ka sakit ug ang kasub-anan sa pagkawad-on, mahimo niyang magpasalamaton sa iyang kasingkasing alang sa kalipay nga gikan sa pagkahimsog ug pagkadato. Mao kini ang rason nganong gibutang sa Dios ang kahoy sa pag-ila sa maayo ug dautan.

Busa, si Adan ug si Eba, kon kinsa gipagula gikan sa Hardin sa Eden, nasinatian kining kalabotan ug nasabtan ang gugma ug kabulahan nga gihatag sa Dios kanila. Mao lang pagkahimo kanila nga tinuod nga mga anak sa Dios nga nasayran ang bili sa tinuod nga kalipay ug kinabuhi.

Bisan pa niana, wala nagtuyo ang Dios nga dal-on si Adan anang dalan. Si Adan nipili nga magmasupakon sa sugo sa Dios sa iyang kabubut-on. Sa Iyang kaugalingong gugma ug pagkamatarung, ang Dios niplano sa pagpa-ugmad sa tawo.

Ang Kabubut-on sa Dios sa Pagpa-ugmad sa Tawo

Sa pagpagawas sa mga tawo sa Hardin sa Eden ug nagsugod og pagpa-ugmad niining kalibotan, ilang kinahanglan nga masinatian ang tanan mga klase sa pag-antos sama sa mga pagluha, kasubo, kasakit, sakit, ug kamatayon. Apan kini magdala kanila aron mabati ang tinuod nga kalipay ug malipay sa kinabuhing dayon sa langit, sa ilang daku nga pagkamapasalamaton.

Busa, ang pagkahimo kanato nga Iyang tinuod nga mga anak paagi niining pagpa-ugmad sa tawo usa lang ka sanglitanan sa kahibulongan nga gugma ug plano sa Dios. Ang mga ginikanan dili maghunahuna nga usik kini sa tiyempo ang hanason ug usahay silotan ang ilang mga anak kon kini makabuhat og usa ka kalahian ug mahimong malamposon ang ilang mga anak. Usab, kon ang mga anak nagtoo sa ilang himaya nga madawat sa palaabuton, sila magpasyensiyahon ug daugon ang bisan unsang lisod nga mga sitwasyon ug mga kabilinggan.

Sa sama, kon imong hunahunaon ang kalipay nga imong pangalipayan sa langit, ang pag-ugmad niining yuta dili usa ka butang nga lisod o masakit. Hinoon, mapasalamaton ka alang sa pagpanginabuhi sumala sa pulong sa Dios kay ikaw naglaum alang sa himaya nga imong madawat sa ulahi.

Busa kinsa man ang hunahunaon sa Dios nga mas pinangga— ang kadtong tinuod nga mapasalamaton sa Dios human makasinati og daghang mga kalisdanan niining yuta, o ang mga tawo sa Hardin sa Eden nga wala tinuod nga nagtamod kon unsay may-anaa sila bisan pa nga nagpuyo sila sa usa ka maanyag ug dagaya nga palibot?

Gipaugmad sa Dios Si Adan, nga gipagula gikan sa Hardin sa Eden, ug nagpaugmad sa iyang mga kaliwat niining yuta aron mahimo silang Iyang tinuod nga mga anak. Sa pagkahuman niining pagpaugmad ug andam na ang mga balay sa langit, ang Dios magabalik. Kon ikaw mupuyo sa langit, magkaaduna ka og kinabuhing dayon kay bisan ang pinakamubo nga lebel sa langit dili matandi sa kaanyag sa Hardin sa Eden.

Busa, kinahanglan nimong masabtan ang kabubut-on sa Dios sa pagpaugmad ug mangimbisog nga mahimong Iyang tinuod nga anak nga naglihok sumala sa Iyang Pulong.

3. Ang Huwatanan nga Dapit sa Langit

Ang mga kaliwat ni Adan, nga nagmasupakon sa Dios, gidestino nga mamatay og kausa ra, ug tapus niana mag-atubang sa Daku nga paghukom (Sa Mga Hebreohanon 9:27). Apan, ang mga espiritu sa mga katawhan mga imortal, busa kinahanglan kanila nga muadto sa langit o impiyerno.

Bisan pa niana, dili sila muadto direkta sa langit o impiyerno, apan mupabilin sa Huwatanan nga Dapit sa langit o impiyerno. Unya unsa man nga klase sa dapit ang Huwatanan nga Dapit sa langit kon asa ang mga anak sa Dios mupabalin?

Sa Ulahi ang Espiritu sa Usa ka tawo Mubiya sa Iyang Lawas

Sa pagkamatay sa usa ka tawo, ang espiritu mubiya sa lawas. Human sa kamatayon, ang bisan kinsa nga wala masayud niini makurat og pag-ayo sa iyang pagkakita sa tukma nga kapareho nga tawo nga naghigda. Bisan pa nga siya usa ka tumuluo, unsa kaha ka kahibuludngan kini pagkahuman dayon pagbiya sa iyang espiritu sa iyang kaugalingong lawas?

Kon muadto ka sa ikaupat-nga-dimensiyon nga kalibotan gikan sa ikatulo-nga-dimensiyon sa kalibotan kon asa ikaw sa pagkakaron nagpuyo, ang tanang butang lahi kaayo. Ang lawas mabati nga gaan kaayo ug mabati nimo nga morag naglupad ikaw. Apan, dili ikaw mahimo nga magka-aduna og walay-limit nga kagawasnan bisan paghuman og gawas sa imong espiritu sa lawas.

Sama sa mga puya nga langgam nga dili pa diha-diha makalupad bisan pa nga natawo sila nga aduna nay pako, kinahanglan pa nimo ang panahon aron mapaangay ang imong kaugalingon sa espirituhanon ng kalibotan ug tun-an ang mga sukaronon nga mga butang.

Busa kadtong namatay nga adunay pagtoo ni Hesukristo sugaton sa duha ka mga anghel ug muadto sa Hitaas nga Lubnganan. Ngadto, ilang matun-an ang mahitungod sa kinabuhi sa langit gikan sa mga anghel ug mga profeta.

Kung imong basahon ang Biblia, imong masabtan nga adunay duha ka klase sa mga lulubngan. Ang mga katigulangan sa pagtoo sama ni Jacob ug ni Job nag-ingon nga muadto sila sa lulubngan human kanilang mamatay (Genesis 37:35; Job 7:9). Si Korah ug ang iyang grupo nga nikontra ni Moises, usa ka tawo sa Dios, nahagbong ngadto sa lulubngan nga buhi (Numbers 16:33).

Ang Lucas 16 naghubit sa usa ka dato nga tawo ug usa ka makililimos nga gihinganlan nga si Lazaro nga muadto sa mga lulubngan human silang mamatay, ug imong masabtan nga wala sila sa parehong "lulubngan." Ang dato nga tawo niantos og pag-ayo sa kalayo samtang si Lazaro nagpahulay sa kilid ni Abraham sa malayo.

Sa sama, adunay usa ka lulubngan alang sa kadtong mga naluwas samtang adunay usa sad ka lulubngan alang sa kadtong mga wala naluwas. Ang lulubngan ni Korah ug iyang mga tawo, ug ang dato nga tawo nasangko ngadto sa Hades, kon asa gitawag sad nga "Ubos nga Lulubngan," nga apil sa impiyerno, apan ang lulubngan kon asa si Lazaro nasangko mao ang Ibabaw nga Lulubngan nga apil sa langit.

Magpabilin og Tulo-ka-adlaw sa Ibabaw nga Lulubngan

Sa sulod sa panahon sa Daang Kasabotan, ang kadtong naluwas nihuwat sa Ibabaw nga Lulubngan. Kay si Abraham, ang katigulangan sa pagtoo, mao ang gipadumala sa Ibabaw nga Lulubngan, ang makililimos nga si Lazaro anaa sa kilid ni Abraham sa Lucas 16. Bisan pa niana, human mabanhaw ang Ginoo ug nisaka palangit, kadtong naluwas dili na muadto sa Ibabaw nga Lulubngan, sa kilid ni Abraham. Sila magapabilin sa Ibabaw nga Lulubngan alang sa tulo ka adlaw, ug unya muadto sa bisan asa nga dapit sa Paraiso. Mao kana, sila muuban na sa Ginoo sa Huwatan nga Dapit sa langit.

Sama sa ingon ni Hesus sa Juan 14:2, *"Sa balay sa akong Amahan anaay daghang puy-anan; kon dili pa, moingon ba unta ako kaninyo; nga moadto ako aron sa pag-andam ug luna lang kaninyo,"* human sa Iyang pagkabanhaw ug ang pagsaka ngadto sa langit, ang atong Ginoo nag-andam na og dapit alang sa kada usa nga mga tumuluo. Busa, kay ang Ginoo nagsugod na og andam sa mga dapit alang sa mga anak sa Dios, ang kadtong naluwas nga nipabilin sa Huwatanan nga Dapit sa langit, bisan asang dapita sa Paraiso.

Ang pipila nahibulong unsaon man pagpuyo sa daghan kaayong naluwas nga mga tawo sa Paraiso, apan walay kinahanglan nga magkabalaka. Bisan pa ang Sistema nga Solar kon asa apil ang yuta usa lang ka tulbok kumpara sa galaxy. Unya, unsa man kadaku ang galaxy? Kumpara sa tibuok nga kalibotan, ang usa ka galaxy usa lang ka tulbo. Unya unsa man kadaku ang kalibotan?

Sa dugang pa, kining kalibotan usa lang sa kadaghanon niini, busa imposible tungkaron ang kadakuon sa tibuok nga kalibotan. Kon kining pisikal nga kalibotan daku kaayo, unsa pa ka mas daku ang espirituhanon nga kalibotan?

Ang Huwatanan nga Dapit sa Langit

Unya, unsa man nga klase sa dapit ang Huwatanan nga Dapit sa langit kon asa kadtong naluwas nagpabilin human sa tulo ka adlaw nga pahiuyon sa Ibabaw nga Lubnganan?

Inig kakita sa mga tawo niining maanyag nga talan-awon, magsulti sila, "Kini mao ang Paraiso sa yuta," o Sama kini sa Hardin sa Eden!" Ang Hardin sa Eden, bisan pa niana, dili matandi sa bisan unsang kaanyag niining kalibotan. Ang mga tawo sa Hardin sa Eden nabuhi sa kining kahibulongan, morag-damgo nga mga kinabuhi nga puno sa kalipay, pagdait, ug kasadya. Apan, kini maayo lang tan-awon sa mga tawo niining yuta. Inig kaadto nimo sa langit, kanang panahon imong paphaon dayon.

Sama sa Hardin sa Eden nga dili matandi niining yuta, ang langit dili matandi ngadto sa Hardin sa Eden. Adunay pundamental nga kalahian taliwala sa kalipayan sa Hardin sa Eden nga apil sa Ikaduhang Langit, ug ang kalipayan sa Huwatanan nga Dapit sa Paraiso sa Ikatulong Langit. Mao kini tungod nga ang mga tawo sa Hardin sa Eden dili tinuod nga mga anak sa Dios kon kinsang mga kasingkasing gipaugmad.

Tugoti ko og hatag og usa ka sanglitanan aron makatabang nimong masayran og mas maayo. Sa wala pa ang kuryente, ang mga katiguwangan nigamit og mga gas nga lampara. Kining mga lampara ngitngit kaayo kumpara sa de-kuryente nga mga suga sa karong adlawa, apan bilihon kaayo kaniadtong wala pay suga sa gabii. Humang mapalambo ang tawo ug nituon og gamit sa kuryente, bisan pa niana, nahimo kanatong magkade-kuryente nga mga suga. Sa kadtong naanad na og gamit sa mga gas nga suga, ang mga de-kuryente nga suga makahibulong kaayo ug sila nahibulong sa kahayag niini.

Kon imong ingnon nga kining yuta gipuno sa hingpit nga kangitngit nga walay bisan unsang suga, mahimong makaingon ka nga ang Hardin sa Eden mao ang kon asa aduna silay mga gas nga suga, ug ang langit mao ang dapit nga adunay mga de-kuryente nga suga. Sama nga ang gas nga suga ug ang de-kuryente nga suga hingpit nga lahi bisan pa sila mga suga, ang Huwatanan nga Dapit hingpit nga lahi gikan sa Hardin sa Eden.

Ang Huwatanan nga Dapit Anaa sa ngilit sa Paraiso

Ang Huwatananan nga Dapit sa langit anaa sa ngilit sa

Paraiso. Ang Paraiso mao ang dapit alang sa kadtong adunay pinakahamubo nga pagtoo, ug usab ang pinakalayo gikan sa Trono sa Dios. Kini daku kaayo nga dapit.

Ang kadtong naghuwat sa ngilit sa Paraiso nagtuon og espirituhanon nga kahibalo gikan sa mga profeta. Magtuon sila mahitungod sa Dios nga Triune, langit, ang mga mando sa espirituhanon nga kalibotan, ug uban pa. Ang kadakuon niining kahibalo walay-limit, busa walay katapusan sa pagtuon. Apan, ang pagtuon og espirituhanon nga mga butang dili gayud laay o lisod dili-sama sa pipila ka mga pagtuon niining yuta. Sa pagkadaghan sa imong pagtuon, nagkadaghan sad ang imong pagkahibulong ug pagpatin-aw, busa kining tanan mas maambong.

Bisan pa niining yuta, ang kadtong adunay hinlo ug maaghop nga mga kasingkasing mahimong makig-ambit sa Dios ug magangkon og espirituhanon nga kahibalo. Pipila sa kining mga tawhana makita ang espirituhanon nga kalibotan kay ang ilang espirituhanon nga mga mata naabli na. Usab, pipila ka mga tawo ang makasabot sa espirituhanon nga mga butang pinaagi sa inspirasyon sa Espiritu Santo. Mahimo silang makatuon mahitungod sa pagtoo o mga mando sa pagdawat og mga tubag sa mga pag-ampo, aron nga bisan niining pisikal nga kalibotan, mahimo kanilang masinatian ang gahom sa Dios nga apil sa espiritu.

Kon makatuon ka sa espirituhanon nga mga butang ug masinatian ang kadtong mga butang niining pisikal nga kalibotan, mahimo kang mas maabtik ug malipayon. Unya unsa man ikaw ka mas masadya ug malipayon kon makakat-on ka og espirituhanon nga mga butang og halawom sa Huwatanan nga

Dapit sa langit!

Pagdungog sa mga Balita Niining Kalibotan

Unsang klase sa kinabuhi ba ang gikalipayan sa mga tawo sa Huwatanan nga Dapit sa langit? Nasinatian kanila ang tinuod nga pagdait ug naghuwat sa pag-adto nila sa ilang mga balay sa kahangtoran sa langit. Wala sila magkulang sa bisan unsa, ug nalingaw sa kalipay ug kangaya. Wala lang sila nag-usik sa panahon, kondili nagpadayon sa pagtuon sa daghang mga butang gikan sa mga anghel ug sa mga profeta.

Sa ilang mga grupo, adunay gibutang nga mga lideres ug sila nabuhi sa kahan-ay. Sila gidilian nga manaog niining yuta, busa sila kanunay nga masusihon mahitungod sa unsa ang nahitabo nganhi. Dili sila masusihon mahitungod sa mga kalibotanon nga mga butang, apan masusihon mahitungod sa mga butang nga adunay iglabot sa gingharian sa Dios, sama sa 'Kumusta man ang iglesia nga akong gialagaran? Unsa man kadaku sa gihatag nga katungdanan niini ang natuman sa iglesia? Kumusta man ang palakat sa kalibotanon nga misyon?'

Busa gihimuot sila og pag-ayo inig kadungog kanila sa mga balita mahitungod niining kalibotan paagi sa mga anghel kon kinsa makapanaog niining yuta, o ang mga profeta sa Bag-ong Herusalem.

Ang Dios sa kausa nipakita kanako mahitungod sa pipila ka mga miyembro sa akong iglesia nga sa karon nagpabilin sa Huwatanan nga Dapit sa langit. Sila nag-ampo sa himulag nga mga dapit ug naghuwat nga madunggan ang mga balita mahitungod sa akong iglesia. Sila labi nga interesado sa katungdanan nga gihatag sa akong iglesia, kon asa mao ang kalibotan nga misyon ug pagtukod sa Kinadak-an nga Sangtuwaryo. Lipay kaayo sila sa kada panahon nga makadungog sila og maayo nga mga balita. Busa kon ilang madunggan ang mga balita mahitungod sa paghimaya sa Dios paagi sa atong mga krusada sa ubang pungsod, naghikabhikab sila ug nakuntento nga magbuhat sila og usa ka kapistahan.

Sa sama, ang mga tawo sa Huwatanan nga Dapit sa langit nagbuhat og malipayon ug makalilipay nga panahon, usahay sa pagkadungog sa mga balita mahitungod niining yuta.

Mapig-oton nga Kahan-ayan sa Huwatanan nga Dapit sa Langit

Ang mga tawo nga adunay lahi nga mga lebel sa pagtoo, nga makasulod sa lahi nga mga dapit sa sulod sa langit human ang Adlaw sa Paghukom, ang tanan magpabilin sa Huwatanan nga mga Dapit sa langit, apan ang mga kahan-ayan tukma nga tumanon. Ang mga tawo nga adunay kubus nga pagtoo magpakita sa ilang respeto sa kadtong adunay mas daku nga pagtoo pinaagi sa pagduko sa ilang mga ulo. Ang espirituhanon nga mga kahan-ayan wala gidesisyonan pinaagi sa posisyon niining kalibotan, kondili pinaagi sa kadakuon sa ilang pagkabalaan ug pagkamatinuohon sa gihatag-sa-Dios nila nga mga katungdanan.

Niining paagi, ang mga kahan-ayan mapig-oton nga gipatuman kay ang Dios sa pagkamatarung naghari sa ibabaw sa langit. Kay ang kahan-ayan gidesisyonan base sa kahayag sa suga, ang kadakukon sa pagkamaayo, ug ang kadakuon sa gugma sa kada tumuluo, walay makareklamo. Sa langit, ang tanan magtuman sa espirituhanon nga kahan-ayan kay walay dautan sa mga hunahuna sa naluwas.

Bisan pa niana, kining kahan-ayan ug lahi nga mga klase sa himaya wala nagpasabot nga ipatuman ang puwersado nga pagsugot. Kini anaa lang gikan sa gugma ug respeto gikan sa tinuod ug sinsero nga mga kasingkasing. Busa, sa Huwatanan nga Dapit sa langit, sila nagrespeto sa kadtong tanan nga nauna kanila sa kasingkasing ug nagpakita sa ilang respeto pinaagi sa pagduko sa ilang mga ulo, kay natural lang kanila nga mabati ang espirituhanon nga kalahian.

4. Ang mga Tawo nga Dili Magpabilin sa Huwatanan nga Dapit

Ang tanang tawo, nga magasulod sa iya-iya nga mga dapit sa langit human sa Adlaw sa Paghukom, sa karon nagpabilin sa gilit sa Paraiso, ang Huwatanan nga Dapit sa langit. Adunay, bisan pa niana, nga mga wala maapil. Ang kadtong muadto sa Bag-ong Herusalem, ang pinakamaanyag nga dapit sa langit, muadto og direkta ngadto sa Bag-ong Herusalem ug mutabang sa buluhaton sa Dios. Kining klase sa mga tawo, kon kinsa adunay kasingkasing nga sama sa Dios nga matin-aw ug maanyag morag kristal, nagpuyo sa espesyal nga gugma ug pag-atiman sa Dios.

Sila Mutabang sa Buluhaton sa Dios sa Bag-ong Herusalem

Asa man ang atong mga katigulangan sa pagtoo, nga gibalaan

51

ug nagmatinuohon sa tanang balay sa Dios, sama ni Elias, Enoch, Abraham, Moises, ug ang apostol nga si Pablo, nagpuyo karon? Sila ba nagpabilin sa ngilit sa Paraiso, ang Huwatanan nga Dapit sa langit? Dili. Kay tungod kining mga tawo hingpit nga gipabalaan ug puno nga nag-anggid sa kasingkasing sa Dios, sila anaa na sa Bag-ong Herusalem. Apan, kay ang Paghukom wala pa mahitabo, dili pa sila makaadto ngadto sa ilang puhon nga iya-iya nga, mga balay sa kahangtoran.

Unya, asa man sa Bag-ong Herusalem sila magpabilin? Sa Bag-ong Herusalem, kon asa adunay kinse ka gatus ka milya nga gilapdon, gilay-on, ug gitas-on, adunay usa kaparesan nga espirituhanon nga mga espasyo sa nagkalainlain nga mga dimensiyon. Adunay dapit alang sa Trono sa Dios, pipila ka mga dapit kon asa adunay mga balay nga gitukod, ug ubang mga dapit kon asa ang mga katigulangan sa pagtoo nga nisulod na sa Bag-ong Herusalem nagtrabaho uban ang Ginoo.

Ang atong mga katigulangan sa pagtoo nga nagpabilin na sa Bag-ong Herusalem gihidlaw na sa adlaw kon asa sila makasulod na sa mga dapit sa kahangtoran, samtang nagtabang sa buluhaton sa Dios uban ang Ginoo sa pag-andam sa atong mga dapit. Sila gihidlaw og pag-ayo sa pagsulod sa ilang mga balay sa kahangtoran kay sila makasulod lang ngadto human sa Ikaduhang Pag-abot ni Hesukristo sa kahanginan, ang Pito-ka-tuig nga Piging sa Kasal, ug ang Milenyum niining yuta.

Ang apostol nga si Pablo, nga gipuno sa usa ka paglaum alang sa langit, nibungat sa masunod sa 2 Timoteo 4:7-8.

Gibugno ko na ang maayong pakigbugnoay, natapus ko na ang akong pagdalagan sa lumba, gikabantayan ko ang pagtoo; sukad karon adunay ginatagana alang kanako nga korona sa pagkamatarung nga niadto unyang adlawa iganti kanako sa Ginoo, ang matarung nga Maghuhukom; ug dili lamang kanako ra kondili usab sa tanang mga nagahigugma sa iyang pagpadayag.

Ang kadtong nakigbugno sa maayong pakigbugno ug naglaum alang sa pagbalik sa Ginoo adunay tino nga paglaum alang sa dapit ug mga balus sa langit. Kining klase sa pagtoo ug paglaum mahimong magkadaku kon imong mas masayran og ang mahitungod sa espirituhanon nga kalibotan mao kana nganong akong gipatin-aw ang langit sa detalye.

Ang Hardin sa Eden sa Ikaduhang Langit o ang Huwatanan nga Dapit sa Ikatulong Langit mas maanyag gihapon kaysa niining kalibotan, apan bisan kining mga dapita dili matandi sa himaya ug katahom sa Bag-ong Herusalem kon asa mao ang nagbalay sa Trono sa Dios.

Busa, nag-ampo ko sa ngalan sa Ginoo nga dili ka lang mudagan ngadto sa Bag-ong Herusalem kuyog ang klase sa pagtoo ug paglaum ni apostol Pablo, kondili usab magdala og daghang mga kalag ngadto sa dalan sa kaluwasan pinaagi sa pagkatap sa Maayong Balita bisan pa ang kanang buluhaton magbungat sa imong kinabuhi.

Kapitulo 3

Ang Pito-ka-tuig nga Piging sa Kasal

1. Ang Pagbalik sa Ginoo ug ang Pito-ka-tuig nga Piging sa Kasal
2. Ang Milenyo
3. Ang Langit Gibalus human ang Adlaw sa Paghukom

*Bulahan ug balaan
ang tawo nga makaambit
sa nahaunang pagkabanhaw;
sa mga tawong ingon niini ang ikaduhang
kamatayon walay gahum sa pagbuot,
hinonoa sila mahimong mga saserdote
sa Dios ug ni Kristo
ug uban niya magahari sila
sa usa ka libo ka tuig.*

- Ang Pinadayag 20:6 -

Usa ka mudawat sa imong balus ug musugod sa kinabuhing dayon sa langit, muagi ka sa Paghukom sa Puti nga Trono. Sa wala pa ang adlaw sa Daku nga Paghukom, anaa ang Ikaduhang Pagbalik sa Ginoo sa kahanginan, ang Pito-ka-tuig nga Piging sa Kasal, ang pagbalik sa Ginoo sa yuta, ug ang Milenyo.

Kining tanan mao ang giandam sa Dios aron mahupay ang Iyang pinalangga nga mga anak nga gikabantayan ang ilang pagtoo niining yuta, ug mutugot kanila nga makatilaw og langit.

Busa, ang kadtong nagtoo sa Ikaduhang Pagbalik sa Ginoo ug naglaum nga makita Siya, kon kinsa mao ang atong pamanhonon, magapaabot sa Pito-ka-tuig nga Piging sa Kasal ug ang Milenyo. Ang pulong sa Dios nga gitala sa Biblia tinuod ug ang tanang mga panagna gituman na karong adlaw.

Kinahanglan kang mahimong usa ka maalam nga tumuluo ug suwayan ang imong pinakamaayo nga iandam ang imong kaugalingon isip nga Iyang pangasaw-onon, nga masabtan nga kon wala ka napukaw ug wala mabuhi sumala sa pulong sa Dios, ang adlaw sa Ginoo muari sama sa usa ka kawatan ug ikaw mabanlod ngadto sa kamatayon.

Atong tan-awon sa detalye ang mga makahibulong nga mga butang nga masinatian sa mga anak sa Dios usa pa sila muadto sa langit nga matin-aw ug maanyag morag kristal.

1. Ang Pagbalik sa Ginoo ug ang Pito-ka-tuig nga Piging sa Kasal

Ang apostol nga si Pablo nagsulat sa Mga Taga-Roma 10:9, *"Kay kon pinaagi sa imong baba magasugid ikaw nga si Hesus mao ang Ginoo, ug magatoo sa sulod sa imong kasingkasing nga siya gibanhaw sa Dios gikan sa mga patay, nan, maluwas ikaw."* Aron makaangkon og kaluwasan, dili lang nimong kinahanglan nga ibungat nga si Hesus mao ang imong Manluluwas kondili magatoo sad sa imong kasingkasing nga namatay Siya ug nabanhaw usab gikan sa mga patay.

Kon wala ka nagtoo sa pagkabanhaw ni Hesus, dili ka makatoo sa imong umaabot nga pagkabanhaw sa Ikaduhang Pag-abot sa Ginoo. Dili ka gani makatoo sa mismo nga pagbalik sa Ginoo. Kon dili ka makatoo sa pagka-anaa sa langit ug impiyerno, busa dili ka makaangkon sa kabaskog nga mabuhi sumala sa pulong sa Dios, ug dili ka makaangkon og kaluwasan.

Ang Kataposan nga Tuyo sa Kristohanon nga Kinabuhi

Nag-ingon kini sa 1 Mga Taga-Corinto 15:19, *"Kon niini rang kinabuhia may paglaum kita kang Kristo, nan, sa tanang mga tawo kita mao ang labing takus pagakaloy-an."* Ang mga anak sa Dios, dili-sama sa mga dili-tumuluo sa kalibotan, nagtambong sa mga serbisyo, ug nangalagad sa Ginoo sa daghang mga paagi kada Domingo. Aron mabuhi sumala sa pulong sa Dios, sila kanunay nga nagpuasa, ug maikagon nga nag-ampo sa sangtuwaryo sa Dios sa buntag sayo o sa gabiing daku bisan pa nga nagkinahanglan sila usahay og pahulay.

Usab, wala sila nagpangita sa ilang kaugalingon nga mga benepisyo, kondili nagsilbi sa ubang tawo ug nagsakripisyo sa ilang mga kaugalingon alang sa gingharian sa Dios. Mao kana nga kung walay mga langit, ang mga tumuluo ang labing takus nga pagakaloy-an. Apan, tino kini nga ang Ginoo magabalik aron dad-on ka sa langit, ug Siya nag-andam og maanyag nga dapit alang nimo. Iya kang balusan sumala sa unsang imong gipugas ug gibuhat niining kalibotan.

Si Hesus nag-ingon sa Mateo 16:27, *"Kay uban sa kahimayaan sa Iyang Amahan, moanhi ang Anak sa Tawo uban sa iyang mga anghel, ug unya pagabalusan niya ang matag-usa sa tumbas sa iyang mga binuhatan."* Nganhi, ang "pagabalusan niya ang matag-usa sa tumbas sa iyang mga binuhatan" wala lang simple nga nagpasabot pag-adto bisan asa sa langit o impiyerno. Bisan pa sa mga tumuluo nga muadto sa langit, ang balus ug himaya nga gihatag kanila nagkalahi sumala sa kung unsa sili nangabuhi niining kalibotan.

Pipila ang nagkayugot ug nahadlok nga madunggan nga ang Ginoo madali na lang mubalik. Apan, kon ikaw tinuod nga nahigugma sa Ginoo ug naglaum alang sa langit, natural lang kini nga mahidlaw ka ug maghuwat aron makita ang Ginoo sa madali. Kon ikaw nagsugid sa imong mga ngabil, "Nahigugma ko nimo, Ginoo," apan dili-gusto ug bisan pa nahadlok nga madunggan nga ang Ginoo madali na lang mubalik, dili kini maingon nga ikaw tinuod nga nahigugma sa Ginoo.

Busa, imong kinahanglan nga dawaton ang Ginoo nga imong pamanhonon uban ang kalipay pinaagi sa pagpaabot sa Iyang Ikaduhang Pag-ari sa imong kasingkasing ug nangandam sa imong kaugalingon isip nga usa ka pangasaw-onon.

Ang Ikaduhang Pag-abot sa Ginoo sa Kahanginan

Gisulat kini sa 1 Mga Taga-Tesalonica 4:16-17, *"Kay ang Ginoo gayud mao ang manaug unya gikan sa langit inubanan ug singgit sa pagsugo, ug sa tawag sa punoan sa mga anghel ug sa tingog sa trumpeta sa Dios, ug unya ang mga nangamatay diha kang Kristo mouna sa pagpamangon. Ug kita nga mga buhi pa nga mahabilin pagasakgawon ngadto sa mga panganud uban kanila sa pagsugat sa Ginoo diha sa kahanginan, ug sa ingon niini kita magapakig-uban na sa Ginoo sa tanang panahon."*

Sa pagbalik usab sa Ginoo sa kahanginan, ang kada anak sa Dios magbaylo ngadto sa usa ka espirituhanon nga lawas ug pagasakgawon ngadto sa kahanginan aron dawaton ang Ginoo. Adunay pipila ka mga tawo ang naluwas na ug namatay. Ang ilang mga lawas gilubong na apan ang ilang mga espiritu naghuwat sa Paraiso. Kining mga tawhana atong gitawag nga "natulog nganha sa Ginoo." Ang ilang mga espiritu makig-uban sa ilang espirituhanon nga mga lawas nga nausab gikan sa daan, namatay nga mga lawas. Pagasundan sila sa kadtong mudawat sa Ginoo nga wala makaagi og kamatayon, magbaylo sa espirituhanon nga mga lawas, ug pagasakgawon ngadto sa kahanginan.

Magahatag ang Dios og usa ka Piging sa Kasal sa Kahanginan

Sa pagbalik sa Ginoo sa kahanginan, ang tanan nga naluwas gikan sa panahon sa pagbuhat mudawat sa Ginoo isip nga usa ka pamanhonon. Niining panahon, ang Dios magasugod sa

Pito-ka-tuig nga Piging sa Kasal aron mahupay ang Iyang mga anak nga naluwas pinaagi sa pagtoo. Sila tukma nga makadawat sa mga balus alang sa ilang mga buhat unya, apan sa karon, ang Dios magahatag niining piging sa kahanginan aron mahupay ang tanan Niyang mga anak.

Pananglitan, kon ang usa ka heneral mubalik gikan sa usa ka daku nga kadaogan, unsa man ang buhaton sa hari? Hatagan Niya ang heneral og daghang mga klase sa mga balus alang sa halangdon nga mga serbisyo. Ang hari mahimong muhatag niya og usa ka balay, yuta, kuwarta nga balus, ug usab usa ka bangaw aron mabaylohan ang iyang mga serbisyo.

Pinaagi sa parehong butang, ang Ginoo magahatag sa Iyang mga anak sa dapit nga puy-anan ug mga balus sa langit human ang adlaw sa Daku nga Paghukom apan sa wala pa kana, magahatag sad Siya og usa ka Piging sa Kasal aron tugotan ang Iyang mga anak og kamaya ug makigbahin sa ilang kalipay. Bisan pa nga ang gibuhat sa tanan alang sa gingharian sa Dios niining kalibotan lahi, Iyang ihatag ang piging alang sa katinuoran nga sila naluwas.

Unya, asa man ang "kahanginan" kon hain ang Pito-ka-tuig nga Piging sa Kasal buhaton? Ang "kahanginan" nganhi wala nagpasabot sa kalangitan nga makita sa imong mga mata. Kon kining "kahanginan" mao lang ang kalangitan nga imong makita sa imong mga mata, ang kadtong naluwas magbuhat sa piging nga naglutaw sa kalangitan. Usab, tingali daghan na kaayo nga mga tawo ang naluwas na sukad sa pagbuhat, ug tanan sila dili makapabilin niining kalangitan sa yuta.

Sa dugang pa, ang piging naplano ug naandam og pag-ayo

sa detalye kay ang Dios sa Iyang kaugalingon magahatag niini aron mahupay ang Iyang mga anak. Adunay usa ka dapit nga gihatag ang Dios alang sa taas nga panahon. Kining dapit mao ang "kahanginan" nga giandam sa Dios alang sa Pito-ka-tuig nga Piging sa Kasal, ug kining espasyo anaa sa Ikaduhang Langit.

Ang "Kahanginan" Apil sa Ikaduhang Langit

Ang mga Taga-Efeso 2:2 nagsulti sa panahon nga *"nga niini nanaggawi kamo kaniadto uyon sa paagi niining kalibutana, uyon sa magbubuot sa kagandahan sa kahanginan, sa espiritu nga karon mao ang nagalihok diha sa mga tawong masupakon."* Busa ang "kahanginan" mao usab ang usa ka dapit kon asa ang mga dautan nga espiritu adunay awtoridad.

Bisan pa niana, ang dapit kon asa anaa ang Pito-ka-tuig nga Piging sa Kasal ug ang dapit kon asa ang mga dautan nga espiritu anaa dili pareho. Ang rason nga ang pareho nga pagpahayag nga "kahanginan" gigamit mao tungod nga pareho sila apil sa Ikaduhang Langit. Apan, bisan pa ang Ikaduhang Langit dili usa ka bugtong nga espasyo, kondili gibahinbahin ngadto sa pipila ka mga dapit. Busa ang dapit kon asa ang Piging sa Kasal buhaton ug ang dapit kon asa ang mga dautan nga espiritu anaa nahimulag.

Ang Dios nagbuhat sa usa ka bag-o nga espirituhanon nga kalibotan nga gitawag Ikaduhang Langit pinaagi sa pagkuha sa pipila ka bahin sa tibuok nga espirituhanon nga kalibotan. Unya Iya kining gibahin sa duha ka dapit. Ang usa mao ang Eden, kon hain mao ang dapit sa kahayag nga paghisakop sa Dios, ug ang usa ka dapit ang kangitngit nga gihatag sa Dios ngadto sa mga dautan nga espiritu.

Gibuhat sa Dios ang Hardin sa Eden, kon asa si Adan magapabilin hangtud musugod nga paugmaron sa tawo, sa este nga bahin sa Eden. Usab, gihatag sa Dios ang dapit sa kangitngit ngadto sa mga dautan nga espiritu ug gitugotan sila nga magpabilin ngadto. Kining dapit sa kangitngit ug ang Eden mapig-oton nga gibahin.

Ang Dapit sa Pito-ka-tuig nga Piging sa Kasal

Unya, asa man ang Pito-ka-tuig nga Piging sa Kasal buhaton? Ang Hardin sa Eden bahin lang sa Eden, ug daghang pang ubang mga espasyo sa Eden. Sa usa niining mga espasyo ang Dios nihatag og usa ka espasyo alang sa Pito-ka-tuig nga Piging sa Kasal.

Ang dapit kon asa ang Pito-ka-tuig nga Piging sa Kasal buhaton mas maanyag kaayo kaysa Hardin sa Eden. Adunay mga maanyag nga mga bulak ug mga kahoy. Mga suga nga daghang mga color ang masilawon nga magahayag, ug usa ka dili-mahubit nga kaanyag ug kahinlo nga naturalisa ang nagpalibot sa dapit.

Usab, kini halapad kaayo kay ang tanan nga naluwas sukad sa pagbuhat magapiging og dungan. Adunay usa ka daku kaayo nga kastilyo nganhi, ug kini igo ang kadukuon alang sa tanan nga giagda nga musulod sa piging. Ang piging buhaton niining kastilyo, ug adunay dili mahanduraw nga mga panahon sa kalipay. Karon, gusto kanakong agdahon kamo ngadto sa kastilyo alang sa Pito-ka-tuig nga Piging sa Kasal. Naglaum ko nga imong mabati ang kalipay isip nga pangasaw-onon sa Ginoo, kon kinsa mao ang kadungganan nga dinapit sa piging.

Pagtagbo sa Ginoo sa usa ka Mahayag ug Maanyag nga Dapit

Sa imong pag-abot sa hawanan sa piging, makita nimo ang usa ka masilakon nga kuwarto nga gipuno sa mahayag nga mga suga nga wala pa nimo sukad makita. Imong mabati nga ang imong lawas mas gaan pa kaysa mga balahibo. Sa imong pagtugpa sa berde nga sagbot, ang palibot nga dili pa makita sa una tungod sa kahayag kaayo nga mga suga magsugod nga makita sa imong mga mata. Imong makita ang usa ka kalangitan ug usa ka linaw nga matin-aw ug dalisay ingon sa masulaw ang imong mga mata. Kining linaw nagsidlak sama sa mga batong hamili nagbusilak sa ilang maanyag nga mga kolor sa kada mag-aliki ang tubig.

Ang tanang upat ka kilid napuno sa mga bulak ug ang mga berde nga kakahoyan naglibot sa tibuok nga dapit. Ang mga bulak nagduyan-duyan nga morag nagwara-wara nimo ug imong mapanimahoan ang lapnot, maanyag, ug matam-is nga mga kahumot nga wala pa nimo mapanimahoan sukad. Sa madali ang mga langgam nga daghang mga kolor manganha ug mag-abi-abi nimo uban sa ilang pagkanta. Sa linaw, kon asa matin-aw kaayo nga imong makita ang mga butang sa ilawom gikan sa ibabaw, kahibulongang maanyag nga isda ang magpagula sa ilang mga ulo ug mag-abi-abi nimo.

Bisan pa ang sagbot kon asa ikaw nagbarog sama sa kahumok sa gapas. Ang hangin nga nagbuhat sa imong mga bisti mahinay nga magtapaytapay og putos nimo. Nianang panahona, usa ka mabaskog nga kahayag muanha sa imong mga mata ug imong makita ang usa ka tawo nga nagbarog taliwala niaanang hayag.

Ang Ginoo Mugakos Nimo, Nga Nag-ingon "Akong pangasaw-onon, gihigugma ko ikaw"

Uban ang maaghop nga yuhom sa Iyang nawong, ikaw tawgon Niya nga muduol Niya ngadto sa Iyang mga butkon nga nag-abli og daku. Sa imong pagsaka ngadto Niya, ang Iyang nawong klaro nga makita. Imong makita ang Iyang nawong sa unang panahon, apan nakahibalo ka og pag-ayo kon kinsa Siya. Siya mao ang Ginoong Hesus, ang imong pamanhonon, kon kinsa mao ang imong hinigugma ug mahidlawon gayud nga gustong makita. Niining panahona, magsugod og agas ang mga luha sa imong mga aping. Dili ka makaundang og hilak kay ikaw gipahanumdum sa mga panahon nga ikaw gipaugmad niining yuta.

Imong makita sa atubang ang Ginoo karon nga pinaagi Niya mahimo kang mudaog sa kalibotan bisan pa sa pinakalisod nga mga sitwasyon ug sa imong pag-atubang sa daghang mga paglutos ug mga pagtilaw. Ang Ginoo muanha diha nimo, mugakos nimo sa Iyang dughan, ug musulti nimo, "Akong pangasaw-onon, naghuwat ako alang niining adlawa. Gihigugma Ko ikaw."

Inig kadungog niini, daghan pang mga luha ang mutagak. Unya ang Ginoo maaghop nga mupahid sa imong mga luha ug mas hugot nga mugunit nimo. Sa imong pagtan-aw sa Iyang mga mata, imong mabati ang Iyang kasingkasing. "Nakahibalo ako sa tanan mahitungod nimo. Nakahibalo ako sa tanan nimong mga pagluha ug mga kasakit. Aduna lang og kalipay ug kasadya."

Unsa man ka taas nimong gikahidlawan kining panahona? Kon anaa ka sa Iyang mga butkon, anaa ka sa kinatas-an nga pagdait, ug kalipay ug ang kadagaya magputos sa imong tibuok lawas.

Karon, imong madunggan ang usa ka mahinay, halawom, ug maanyag nga tingog sa pagdayeg. Unya, ang Ginoo magakupot sa imong kamot ug magdala nimo ngadto sa dapit kon hain ang pagdayeg gikan.

Ang Hawanan sa Piging Puno sa Nagkalain-lain nga Kolor sa mga Suga

Unya, imong makita ang usa ka masiga, nga nagsidlak nga kastilyo nga masilakon ug maanyag kaayo. Sa imong pagbarog sa atubang sa ganghaan sa kastilyo, kini mag-abli og hinay ug mugula ang hayag nga mga suga gikan sa kastilyo. Sa imong pag-adto sa kastilyo uban ang Ginoo nga morag gibira ka sa sulod sa suga, adunay usa ka daku nga hawanan nga dili nimo makita ang tumoy niini. Ang hawanan nga gidekorasyonan sa maanyag nga mga ornamento ug mga butang, ug puno kini sa nagkalainlain nga mga kolor ug hayag nga mga suga.

Ang mga tingog sa pagdayeg nagtin-aw na karon, ug kini mahinay nga naglibot sa tibuok nga hawanan. Sa katapusan, ang Dios maga-anunsiyo sa pagsugod sa Piging sa Kasal uban ang santing nga tingog. Ang Pito-ka-tuig nga Piging sa Kasal magasugod, ug kini mabati sama sa pagkatuman sa hitabo sa imong damgo.

Nakahibalo ka ba sa kalipayan niining panahona? Bitaw, dili ang tanan nga anaa sa piging mahimong makig-uban sa Dios sama niini. Ang kadto lang nga adunay mga katakos ang makasunod Niya og duol ug mahimong gakson Niya.

Busa, imong kinahanglan nga iandam ang imong kaugalingon

isip nga usa ka pangasaw-onon ug musalmot sa langitnon nga kinaiya. Apan, bisan pa ang tanang mga tawo ang mugunit sa kamot sa Dios, ilang mabati ang pareho nga kalipayan ug kapuno.

Maglipay sa Kamaya nga mga Panahon uban ang Pagkanta ug Pagsayaw

Inig sugod sa Piging sa Kasal, mukanta ka ug musayaw uban ang Ginoo, nga nagsaulog sa ngalan sa Dios nga Amahan. Musayaw ka uban ang Ginoo, makighinabi mahitungod sa mga panahon niining yuta, o mahitungod sa langit kon hain ikaw magapuyo.

Makighinabi sad ikaw mahitungod sa gugma sa Dios nga Amahan ug maghimaya Niya. Mahimo kang adunay mga kahibulongan nga mga pakig-istorya uban ang mga tawo kon kinsa gusto nimong makig-uban alang sa taas nga panahon.

Sa imong pagkalipay sa prutas nga natunaw sa imong baba, ug imnon ang Tubig sa Kinabuhi nga nag-agas gikan sa Trono sa Amahan, ang piging matam-is nga magapadayon. Dili ikaw, bisan pa niana, kinahanglan nga mupabalin sa kastilyo alang sa tibuok nga pito ka tuig. Sa kada panahon, mugawas ka sa kastilyo ug magbuhat og mga masadya nga mga panahon.

Unya, unsa mang mga malipayon nga mga aktibidad ug mga hinabo nga naghuwat nimo sa gawas sa kastilyo? Mahimo kang magkuha og panahon sa pagpanglipay sa maanyag nga naturalisa nga nakighigala sa mga lasang, mga kahoy, mga bulak, ug mga langgam. Makalakaw ka uban ang imong mga hinigugma nga mga tawo sa mga dalan nga gidekorasyonan og mga maanyag nga mga bulak, makighinabi kanila, o usahay magdayeg sa Ginoo sa pagkanta ug pagsayaw. Usab, adunay daghang mga butang nga imong makalipayan sa daku ug abli nga mga dapit. Panaglitan, ang mga tawo musakay sa mga sakayan sa linaw uban ang mga hinigugma, o uban ang Ginoo mismo. Mahimo kang mulangoy, o malipay sa daghang mga klase sa paglingaw ug mga dula. Daghang mga butang nga naghatag nimo og dili mahanduraw nga kalipay ug kamaya igahatag sa detalyado nga pag-atiman ug gugma sa Dios.

Sulod sa Pito-ka-tuig nga Piging sa Kasal walay suga nga pagapalongon. Lagi, ang Eden mao ang usa ka dapit sa kahayag ug walay gabii ngadto. Sa Eden, dili ka kinahanglan nga magtulog ug magpahulay sama sa imong buhaton niining yuta. Bisan unsa ka taas kang nangalipay, dili ikaw kapuyon, ug hinoon magkasamot ka og kamaya ug kalipay.

Mao kini nganong dili nimo mabati ang paglatay sa panahon, ug ang pito ka tuig mag-agi ingon sa pito ka adlaw, o bisan pito ka oras. Bisan pa kung ang imong mga ginikanan, mga anak nga wala makasaka ug nag-antos gikan sa Dakung Kasakitan, ang panahon maglakat og kusog kaayo uban ang kasadya ug kalipay nga dili nimo sila mahinumduman.

Pagpasalamat ug Daghan alang sa Pagluwas

Ang mga tawo sa Hardin sa Eden ug ang Piging sa Kasal nga mga bisita magkita, apan dili sila makaadto ug makabiya. Usab, ang mga dautan nga espiritu makakita sa Piging sa Kasal ug makita sad nimo sila. Lagi, ang mga dautan dili maghinumdum nga muduol sa piging nga dapit, apan makakita sila gihapon niini. Sa pagkakita sa piging ug sa kalipay sa mga bisita, ang mga dautan nga espiritu mag-antos og daku nga kasakit. Alang kanila, ang dili pagkahimo nga magdungag og dala bisan usa pa ka tawo sa impiyerno ug paghatag sa mga tawo sa Dios isip nga Iyang mga anak usa ka dili-maantos nga kasakit.

Sa sukwahi, pinaagi sa pagtan-aw sa mga dautan nga espiritu, mapahinumdum ka kon unsa sila kadaghang nisulay aron lamonon ka nga morag nagdahunog nga leon samtang ikaw gipaugmad niining yuta.

Unya, magkasamot ka og mapasalamaton alang sa grasya sa Dios nga Amahan, ang Ginoo, ug ang Espiritu Santo kung kinsa mao ang nagpanalipod nimo gikan sa gahom sa kangitngit ug nagdala nimo aron mahimong usa ka anak sa Dios. Usab, mas daghan kang mapasalmaton sa kadtong nitabang nimo nga mupadulong sa dalan sa kinaubhi.

Busa ang Pito-ka-tuig nga Piging sa Kasal dili lang panahon aron magpahulay ug mapahupay alang sa kasakit sa pagpaugmad niining yuta, kondili usa sad ka panahon aron mapahanumdum sa mga panahon sa yuta ug magpasalamaton og samot alang sa gugma sa Dios.

Imo sad mahanumduman ang mahitungod sa kinabuhing dayon sa langit nga mas makalilipay kaysa Pito-ka-tuig nga Piging sa Kasal. Kining kalipayan sa langit dili matandi sa Pito-ka-tuig nga Piging sa Kasal.

Ang Pito-ka-Tuig nga Daku nga Kasakitan

Samtang ang malipayon nga piging sa kasal ang gibuhat sa kahanginan, ang Pito-ka-tuig nga Daku nga Kasakitan nahinabo niining yuta. Tungod sa klase sa kadakuon sa Daku nga Kasakitan nga wala pa ug dili gayud, ang kadaghanan sa yuta giguba ug ang kadaghanan sa mga tawo gibilin aron mamatay.

Lagi, ang pipila kanila ang naluwas pinaagi sa unsang gitawag nga "hagdaw nga kaluwasan." Adunay daghan nga nahabilin niining yuta human ang Ikaduhang Pag-abot sa Ginoo kay sila wala gayud nagtoo, o dili tarong nga nagtoo. Apan, sa ilang paghinulsol sa panahon sa Pito-ka-tuig nga Daku nga Kasakitan ug nahimong mga martir, mahimo silang maluwas. Mao kini ang gitawag nga "hagdaw nga kaluwasan."

Ang pagkahimo nga usa ka martir sa panahon sa Pito-ka-tuig nga Daku nga Kasakitan, bisan pa niana, dili sayon. Bisan pa nga nagdesisyon sila nga mahimong usa ka martir sa sinugdanan, ang kadaghanan sa kanila sa ulahi naglimod sa Ginoo tungod sa mga madagmalon nga mga pagpaantos ug mga paglutos nga gihatag sa anti-Kristo kon kinsa nagpugos kanila nga dawaton ang marka nga "666."

Sila sa kanunay mabaskog nga nagbalibad nga dawaton ang sinyales kay sa ilang pagdawat, nakahibalo sila nga panag-iyahan sila ni Satanas. Apan, kini usa ka butang nga dili sayon gayud nga pas-anon ang mga pagpaantos nga giubanan sa kinaupsan nga mga kasakit.

Usahay bisan pa nga malampasan sa usa ang mga pagpaantos, mas lisod pa kaayo nga tan-awon ang iyang hinigugma nga mga miyembro sa pamilya nga gipaantos. Mao kana nga lisod kaayo nga maluwas pinaagi niining "hagdaw nga kaluwasan." Sa dugang pa, kay ang mga tawo dili makadawat og bisan unsang tabang gikan sa Espiritu Santo sa sulod niining panahon, mas lisod kaayo nga padayonon ang pagtoo.

Busa, naglaum ko nga wala sa mga mambabasa ang mag-atubang sa Pito-ka-tuig nga Dakung Kasakitan. Ang rason nganong akong gipatin-aw ang mahitungod sa Pito-ka-tuig nga Kasakitan mao ang pahibaloon ka nga ang mga hitabo nga gitala sa Biblia mahitungod sa katapusan sa tion takdo nga gituman og tumanon.

Usa pa ka rason mao usab alang sa kadtong mahabilin sa yuta human ang mga anak sa Dios pagasakgawon sa kahanginan. Samtang ang mga tinuod nga mga tumuluo musaka ngadto sa kahanginan ug magbuhat sa Pito-ka-tuig nga Piging sa Kasal, ang timawa nga Pito-ka-tuig nga Dakung Kasakitan mahitabo niining yuta.

"Ang mga Martir Mag-angkon og Hagdaw nga Kaluwasan"

Human sa pagbalik sa Ginoo sa kahanginan, adunay pipila ang maghinulsol sa ilang dili-tarong nga pagtoo ni Hesukristo uban sa mga tawo nga dili makasaka ngadto sa kahanginan.

Unsa ang magdala kanila ngadto sa "hagdaw nga kaluwasan" mao ang pulong sa Dios nga giwali pinaagi sa iglesia nga nagpakita og daku sa mga buhat sa gahom sa Dios sa katapusan nga tion. Ilang mailhan og unsaon maluwas, unsang klase sa mga hitabo ang mabuklad, ug unsaon nila paglihok sa mga kalibotanon nga hitabo nga gipanagna pinaagi sa pulong sa Dios.

Busa adunay pipila ka mga tawo nga naghinulsol gayud sa atubang sa Dios ug naluwas pinaagi sa pagkahimo og mga martir. Kini gitawag nga "hagdaw nga kaluwasan." Lagi, apil niining mga tawhana mao ang mga Israelinhon. Ilang mahibaloan ang mahitungod sa "Mensahe sa Krus" ug masabtan si Hesus, kung asa wala kanila mailhi isip nga ang Mesiyas, nga mao ang tinuod nga Anak sa Dios ug ang Manluluwas alang sa tanang katawhan. Unya sila maghinulsol ug mahimong kabahin sa "hagdaw nga kaluwasan." Sila manag-uban aron patubuon ang ilang mga pagtoo, ug ang pipila nila makasabot sa kasingkasing sa Dios ug mahimong mga martir aron maluwas.

Niining paagi, ang mga kasulatan nga nagpatin-aw sa pulong sa Dios dili lang makatabang aron mapadaku ang pagtoo sa daghang mga tumuluo, kondili sila usab nagdula og usa ka importante kaayo nga papel alang sa kadtong wala pa masakdaw sa kahanginan. Busa, angay nimong masabtan ang makahingangha nga gugma ug kalooy sa Dios, kung kinsa nihatag sa tanang butang alang sa kadtong maluwas bisan pa human sa Ikaduhang Pag-abot sa Ginoo sa kahanginan.

2. Ang Milenyo

Ang mga pangasaw-onon nga nakahuman sa Pito-ka-tuig nga Piging sa Kasal ang manaog niining yuta ug maghari uban ang Ginoo alang sa usa ka libo ka tuig (Ang Pinadayag 20:4). Sa pagbalik sa Ginoo sa yuta, Iya kining pagahinloan. Una Niyang patin-awon ang hangin ug unya buhaton ang tanang naturalisa nga maanyag.

Pagbisita sa Tanang Palibot sa Bag-ong Ginhinloan nga Yuta

Sama sa bag-ong gikasal nga magtiayon nga muadto sa usa ka

hanimon, muadto ka sa mga biyahe uban ang Ginoo ang imong pamanhonon sulod sa Milenyo human ang Pito-ka-tuig nga Piging sa Kasal. Asa, unya, ang gusto nimong labi nga bisitahon?

Ang mga anak sa Dios, ang mga pangasaw-onon sa Ginoo, gusto bisitahan kining yuta nganhi kay kini madali na kanilang biyaan. Ang Ginoo magabalhin sa tanang butang sa Unang Langit, sama sa yuta kon hain ang pagpaugmad sa tawo gibuhat, ang Adlaw, ug ang bulan sa ubang espasyo human ang Milenyo.

Busa, human ang Pito-ka-tuig nga Piging sa Kasal, ang Dios nga Amahan maanyag nga magpuno usab sa yuta ug mutugot nimo nga maghari niini uban ang Ginoo alang sa usa ka libo ka tuig una kini Niya ibalhin. Kini usa ka naplano na nga daan nga proseso sulod sa kabubut-on sa Dios nga Iyang gibuhat ang tanang butang sa langit ug yuta alang sa unom ka adlaw, ug nipahulay sa ika-pito nga adlaw. Kini usab alang nimo nga dili magkasubo sa pagbiya sa yuta pinaagi sa pagtugot nimo nga maghari alang sa usa ka libo ka tuig. Malipay ka sa makalilipay nga panahon sa paghari uban ang Ginoo alang sa usa ka libo ka tuig niining maanyag nga gipunog usab nga yuta. Pagbisita sa tanang dapit nga wala pa nimo maadtoan samtang nagpuyo ka niining yuta, imong mabati ang kalipay ug kasadya nga wala pa nimo mabati sa una.

Paghari sa Usa ka Libo ka Tuig

Sulod niining panahona, walay kaaway nga si Satanas ug ang yawa. Sama sa kinabuhi sa Hardin sa Eden, aduna lang og pagdait ug pahulay niining ayahay nga mga kalikopan. Usab, ang kadtong naluwas ug ang Ginoo magapabilin niining yuta, apan wala sila nagpuyo uban ang mga unudnon nga mga tawo nga nabuhi gikan sa Dakung Kasakitan. Ang naluwas nga mga tawo ug ang Ginoo magapuyo sa gihimulag nga dapit nga pareho sa usa ka harianon nga palasyo o kastilyo. Sa ubang mga pulong, ang mga espirituhanon magapuyo sa sulod sa kastilyo, ug ang mga unudnon sa gawas sa kastilyo kay ang espirituhanon ug ang unudnon nga mga lawas dili magkuyog sa usa ka dapit.

Ang mga espirituhanon nga mga tawo nagbaylo na sa espirituhanon nga mga lawas ug adunay kinabuhing dayon. Busa sila mabuhi nga naghumot sa mga aroma sama sa kahumot sa mga bulak, apan usahay sila makakaon sad uban ang mga unudnon nga mga tawo kon sila mag-uban. Apan, bisan pa sila magkaon, dili sila magkalibang sama sa mga unudnon nga mga tawo. Bisan pa kon nagkaon sila og pisikal nga pagkaon, kini matunaw sa hangin paagi sa pagginhawa.

Ang unudnon nga mga tawo magakonsentrar sa pagpadaghan kay dili daghan ang mga nakaluwas gikan sa Pito-ka-tuig nga Dakung Kasakitan. Niining panahona, walay mga sakit o dautan kay ang hangin hinlo, ug ang kaaway nga si Satanas ug ang yawa wala ngadto. Kay ang kaaway nga si Satanas ug ang yawa nga nagdumala sa kadautan gibilanggo sa di-matungkad nga lungag, ang Bung-aw, ang walay-pagkamatarung ug ang dautan sa kinaiyahan sa tawo dili makabuhat og impluwensiya (Ang Pinadayag 20:3). Usab, kay walay kamatayon, ang yuta mapuno napud og daghang mga tawo.

Unya, unsa man ang kan-on sa mga unudnon nga mga tawo? Sa pagpuyo ni Adan ug ni Eba sa Hardin sa Eden sila nagkaon lang og mga bunga ug mga balili nga nagahatag og binhi (Genesis

1:29). Human si Adan ug ni Eba nisupak sa Dios ug gipagawas sa Hardin sa Eden, sila nagsugod og kaon sa mga hilamon sa kapatagan (Genesis 3:18). Human ang baha ni Noah, ang kalibotan nagkadugang og dautan ug ang Dios nitugot sa tawo nga mukaon og karne. Imong makita nga sa pagkadugang og dautan sa kalibotan, mas nagkadautan ang pagkaon nga gikaon sa mga tawo.

Sa sulod sa Milenyo, ang mga tawo nagkaon og mga ani sa kapatagan o mga bunga sa kakahoyan. Dili sila mukaon og bisan unsang karne, sama sa gibuhat sa mga tawo sa wala pa ang baha ni Noah, kay walay dautan ug pagpatay. Usab, kay ang tanang sibilisasyon giguba pinaagi sa mga giyera sulod sa Dakung Kasakitan, sila magbalik sa primitibo nga pinaagi sa kinabuhi ug magkadaghan sa yuta nga gipuno og usab sa Ginoo. Sila magsugod og usab sa dalisay nga naturalisa, kon hain dili kontaminado, malinong, ug maanyag.

Sa dugang pa, bisan pa nga nakasinati sila sa usa ka gipalambo nga sibilisasyon sa wala pa ang Dakung Kasakitan ug adunay kahibalo, ang karong moderno nga sibilisasyon dili mahuman sa sulod sa usa o duha ka gatus ka tuig. Apan, sa paglakat sa panahon ug ang mga tawo magtipon sa ilang kaalam, mahimo kanilang matuman ang usa ka sibilisasyon sa karong adlawa nga lebel sa katapusan sa Milenyo.

3. Ang Langit Gibalus human ang Adlaw sa Paghukom

Human ang Milenyo, ang Dios magabuhi sa kaaway nga si

Satanas ug sa yawa sa makadiyot nga gibilanggo sa Bung-aw, ang di-matungkad nga lungag (Revelation 20:1-3). Bisan pa nga ang Ginoo sa Iyang kaugalingon ang naghari niining yuta aron mudala sa unudnon nga mga tawo nga nabuhi sa Dakung Kasakitan ug ang ilang mga kaliwat sa kaluwasang dayon, ang ilang pagtoo dili tinuod. Busa, ang Dios nagtugot sa kaaway nga si Satanas ug ang yawa nga magtental kanato.

Daghang mga unudnon nga mga tawo ang malimbongan sa kaaway nga yawa ug mupadulong ngadto sa dalan sa kagub-anan (Ang Pindayag 20:8). Busa ang mga tawo sa Dios usab masabtan ang rason nga kinahanglan buhaton sa Dios ang impiyerno ug ang dakung gugma sa Dios nga gustong makaangkon og tinuod nga mga anak pinaagi sa pagpaugmad sa tawo.

Ang dautang nga mga espiritu nga gibuy-an sa makadiyot usab igalabay sa di-matungkad nga lungag, ug ang Dakung Paghukom sa Puting Trono ang mahinabo (Ang Pinadayag 20:12). Unya, unsaon man pagbuhat sa Dakung Paghukom sa Trono nga Maputi?

Ang Dios Magapangulo sa Paghukom sa Puti nga Trono

Adtong Hulyo 1982, samtang nag-ampo ko alang sa pag-abli sa usa ka iglesia, akong nahibaloan ang mahitungod sa Dakung Paghukom sa Puti nga Trono sa detalye. Ang Dios nagpakita kanako sa usa ka hitabo kon hain ang Dios naghukom sa tanan. Sa atubang sa Trono sa Dios nga Amahan, nagtindog ang Ginoo ug si Moises, ug sa palibot sa Trono adunay mga tawo nga nagdula sa papel nga hukmanan.

Dili-sama sa mga hukom niining kalibotan, ang Dios hingpit ug dili masala. Apan, Siya sa gihapon magahukom uban ang Ginoo nga nagsilbi isip nga pasiugda sa gugma, Si Moises isip nga prosekyutor uban sa balaod, ug ubang mga tawo isip nga mga miyembro sa pasiugda. Ang Pinadayag 20:11-15 tukma nga nagsaysay og unsaon sa Dios paghukom.

> *Ug unya nakita ko ang usa ka dakung puti nga trono ug ang naglingkod niini, gikan sa kang kinsang atubangan ang yuta ug ang kalangitan nanagpangalagiw, ug walay dapit nga hingkaplagan alang kanila. Ug nakita ko ang mga patay, mga dagku ug mga gagmay, nga nanagtindog sa atubangan sa trono, ug dihay mga libro nga gipamuklad; usab dihay laing libro nga gibuklad, nga mao ang libro sa kinabuhi; ug ang mga patay gipanaghukman pinasikad sa nahisulat diha sa mga libro, pinasikad sa ilang mga binuhatan. Ug ang dagat mitugyan sa mga patay nga diha niini, ang kamatayon ug ang Hades mitugyan sa mga patay nga diha kanila; ug ang tanan gipanaghukman pinasikad sa ilang binuhatan. Unya ang kamatayon ug ang Hades gisalikway ngadto sa linaw nga kalayo. Mao kini ang ikaduhang kamatayon, ang linaw nga kalayo. Ug kon ang ngalan ni bisan kinsa dili makaplagan nga nahisulat diha sa libro sa kinabuhi, siya isalikway ngadto sa linaw nga kalayo.*

"Ang dakung puti nga trono" nganhi nagpasabot sa Trono

sa Dios, kung kinsa mao ang hukom. Ang Dios, nga naglingkod sa trono nga hayag kaayo nga matan-aw nga morag "puti," magabuhat sa katapusan nga paghukom uban ang gugma ug pagkamatarung aron ipadala ang tahop, dili ang trigo, ngadto sa impiyerno.

Mao kana nganong kini usahay gitawag nga Dakung Paghukom sa Puti nga Trono. Ang Dios tukma nga magahukom sumala sa "libro sa kinabuhi" nga nagtala sa mga lihok sa kada tawo.

Ang Wala Maluwas Mabanlod Ngadto sa Impiyerno

Sa atubangan sa Trono sa Dios, dili lang adunay usa ka libro sa kinabuhi kondili usab uban pang mga libro nga nagtala sa tanang binuhatan sa kada tawo nga wala mudawat sa Ginoo o walay tinuod nga pagtoo (Ang Pinadayag 20:12).

Gikan sa panahon nga ang mga tawo natawo ngadto sa panahon nga ang Ginoo mutawag sa ilang espiritu, ang kada usa nga lihok gitala niining mga libro. Pananglitan, ang pagbuhat og mga maayo nga buhat, pagpanumpa sa usa ka tawo, paghapak sa usa ka tawo, o pagkasuko sa mga tawo gitala tanan pinaagi sa mga kamot sa mga manulonda.

Sama nga imong itala ug tipigan ang tino nga mga pakighinabi o mga kalihokan alang sa taas nga panahon pinaagi sa video o mga audio nga pagtala, ang mga manulonda nagsuwat ug nagtala sa tanang mga sitwasyon sa mga libro sa langit pinaagi sa mando sa makagagahom nga Dios. Busa, Ang Dakung Paghukom sa Puti nga Trono mahinabo nga walay bisan unsang sala. Unsaon man, unya, buhaton ang pagghukom.

Ang wala maluwas nga mga tawo pagahukman og una. Kining mga tawhana dili makaatubang sa Dios aron mahukman kay sila mga makakasala. Sila pagahukman lang sa Hades, ang Huwatanan nga Dapit sa impiyerno. Bisan pa nga dili sila mag-atubang sa Dios, ang paghukom pagabuhaton sama sa pagkamapig-oton nga morag kini gibuhat sa atubang sa Dios.

Sa mga makakasala, ang Dios una nga maghukom sa kadtong mas bug-at ang mga sala. Human sa paghukom sa kadtong wala maluwas, sila tanan-tanan mupadulong ngadto bisan hain sa linaw nga kalayo o sa linaw nga nasunog nga asupri ug pagasilotan sa kahangtoran.

Ang Naluwas Mudawat sa mga Balus sa Langit

Human makumpleto ang paghukom sa kadtong wala naluwas nianang paagi, ang paghukom sa mga balus sa kadtong naluwas magasunod. Sumala sa gisaad sa Ang Pinadayag 22:12, *"Tanawa, moabut ako sa dili madugay, nga magadala sa Akong ipamalus, sa pagbayad ngadto sa matag-usa sumala sa iyang binuhatan,"* ang mga dapit ug mga balus sa langit nan pagasusihon.

Ang paghukom alang sa mga balus pagabuhaton sa pagdait sa atubang sa Dios kay kini alang sa mga anak sa Dios. Ang paghukom sa mga balus magpadayon gikan sa pagsugod sa kadtong adunay pinakadaku ug pinakadaghang mga balus, ug unya ang mga anak sa Dios magasulod sa ilang mga iya-iya nga mga dapit.

Ug didto wala nay gabii; ug sila dili na

Langit I

magkinahanglag kahayag sa suga o sa Adlaw, kay ang Ginoong Dios mao may ilang kahayag; ug sila magahari hangtud sa kahangtoran (Ang Pinadayag 22:5).

Bisan sa daghang mga kahasol ug mga kalisod niining kalibotan, unsa ka malipayon kini kay aduna kay paglaum sa langit! Ngadto, magapuyo ka uban ang Ginoo sa kahangtoran uban lang ang kalipay ug kangaya apan walay mga pagluha, kasubo, kasakit, o kamatayon.

Ako lang gisasysay ang kadiotayan mahitungod sa Pito-ka-tuig nga Piging sa Kasal ug ang Milenyo kon hain ikaw magahari uban ang Ginoo. Kining mga panahon–usa lang ka pasiuna sa kinabuhi sa langit–malipayon kaayo, unsa man kaha ka mas malipayon ug mas kasadya ang kinabuhi sa langit? Busa, angay kang mudagan ngadto sa imong dapit ug mga balus nga giandam alang nimo sa langit hangtud sa panahon nga ang Ginoo magabalik aron kuhaon ka.

Nganong ang atong mga katigulangan sa pagtoo nagsulay og pag-ayo ug niantos og daghan kaayo aron pilion ang mapiot nga dalan sa Ginoo, imbes nga ang sayon nga dalan niining kalibotan? Sila nipuasa ug niampo sa daghang mga gabii aron isalikway pahilayo ang ilang mga sala ug hingpit nga ihalad ang ilang mga kaugalingon kay aduna silay paglaum alang sa langit. Kay sila nitoo sa Dios nga magabalus kanila sa langit sumala sa ilang mga binuhatan, mabaskugon sila nga nagsulay og pag-ayo aron mahimong balaan ug magmatinuohon sa tanang balay sa

Dios.

Busa, nag-ampo ko sa ngalan sa Ginoo nga dili ka lang musalmot sa Pito-ka-tuig nga Piging sa Kasal ug muadto sa mga butkon sa Ginoo, kondili usab magpabilin nga duol sa Trono sa Dios sa langit pinaagi sa pagsulay sa imong pinakamaayo uban ang madilaabon nga paglaum alang sa langit.

Kapitulo 4

Mga Sekreto sa Langit nga Gitagoan Sukad sa Pagbuhat

1. Ang mga Sekreto sa Langit Gipadayag Sukad sa Panahon ni Hesus
2. Mga Sekreto sa Langit nga Gipadayag sa Katapusan sa Panahon
3. Sa Balay sa Akong Amahan Adunay Daghang Puy-anan

Kanila mitubag siya nga nag-ingon,
"Kaninyo gitugot ang pagpakasabut
sa mga tinagoan mahitungod
sa gingharian sa langit,
apan kanila wala kini itugot.
Kay siya nga adunay iya pagahatagan
ug labaw pa,
ug makabaton siya sa kadagaya;
apan siya nga walay iya,
pagakuhaan sa bisan unsa nga anaa niya.
Mao kini ang hinung-dan ngano nga magasulti
ako kanila pinaagig mga sambingay;
kay bisan tuod sila magatutok,
dili man sila makakita,
ug bisan tuod sila magapaminaw,
dili man sila makabati, ni makasabut."

Kining tanan gipamulong ni Hesus ngadto
sa mga panon sa katawhan pinaagig mga
sambingay; ug wala gayud siyay gikasugilon
kanila nga dili pinaagig mga sambingay.
Sa ingon niini natuman
ang gisulti pinaagi sa profeta nga nagaingon:
"Sa akong baba magabungat ako
sa pagsulti pinaagig mga sambingay;
igapamulong Ko ang mga butang tinago
sukad pa sa pagkatukod sa kalibutan."

- Mateo 13:11-12, 34-35 -

Usa ka adlaw, sa paglingkod ni Hesus sa baybayon, daghang mga tawo ang nitapok. Unya si Hesus nisulti kanila og daghang mga butang sa mga sambingay. Ang mga disipolo ni Hesus nangutana Niya niining panahona, *"Nganong nagsulti ka man kanila sa mga sambingay?"* Si Hesus nitubag kanila:

Kaninyo gitugot ang pagpakasabut sa mga tinagoan mahitungod sa gingharian sa langit, apan kanila wala kini itugot. Kay siya nga adunay iya pagahatagan ug labaw pa, ug makabaton siya sa kadagaya; apan siya nga walay iya pagakuhaan sa bisan unsa nga anaa niya. Mao kini ang hinung-dan ngano nga magasulti Ako kanila pinaagig mga sambingay; kay bisan tuod sila magatutok, dili man sila makakita, ug bisan tuod sila magapaminaw, dili man sila makabati ni makasabut. Ug diha kanila maayo gayud nga pagkatuman ang panagna ni Isaias nga nagaingon: 'Manimati ug manimati kamo apan dili gayud kamo makasabut, ug magatutok ug magatutok kamo, apan dili gayud kamo makakita; kay nahabol ang kasingkasing niining mga tawhana, ug ang ilang mga dalunggan magalisud sa pagpakabati, ug ang ilang mga mata ginapiyong nila, sa kahadlok nga tingali unyag makakita sila pinaagi sa ilang mga mata, ug makabati sila pinaagi sa ilang mga dalunggan, ug makasabut sila pinaagi sa ilang kasingkasing, ug managbalik sila Kanako aron ayohon ko sila.' Apan bulahan gayud ang inyong mga mata kay makakita man kini; ug ang inyong mga dalunggan kay makabati man kini. Sa pagkatinuod, magaingon ako kaninyo, nga daghan ang mga profeta ug mga tawong matarung nga nangandoy sa pagtan-aw unta sa inyong nakita, apan wala sila niini makakita; ug sa pagpamati unta sa inyong nabatian, apan wala sila niini makabati (Mateo 13:11-17).

Sama sa giingon ni Hesus, daghang mga profeta ug mga matarung ang dili makakita o makadungog sa mga sekreto sa gingharian sa langit bisan pa nga gusto kanilang makita ug madunggan kini.

Apan, kay si Hesus, kung kinsa mao ang Dios sa Iyang Kaugalingon sa mismong kinaiya, nanaog niining yuta (Philippians 2:6-8), kini gitugot alang sa mga sekreto sa langit aron mapadayag sa Iyang mga disipolo.

Sa gisulat sa Mateo 13:35, *"Sa ingon niini natuman ang gisulti pinaagi sa profeta, nga nagaingon: 'Sa akong baba magabungat ako sa pagsulti pinaagig mga sambingay; igapamulong ko ang mga butang tinago sukad pa sa pagkatukod sa kalibutan',"* si Hesus nisulti pinaagi sa mga sambingay aron tumanon ang gisulat sa mga Kasulatan.

1. Ang mga Sekreto sa Langit Gipadayag Sukad sa Panahon ni Hesus

Sa Mateo 13, adunay daghang mga sambingay mahitungod

sa langit. Kini mao tungod nga kung walay mga sambingay, dili nimo masabtan ug makaplagan ang mga sekreto sa langit bisan pa nga ikaw magbasa sa Biblia sa pila ka beses.

Ang gingharian sa langit sama sa usa ka tawo nga nagpugas ug maayong binhi diha sa iyang uma (b. 24).

Ang gingharian sa langit samag liso sa mustasa nga gidala sa usa ka tawo ug gipugas niya diha sa iyang uma, kini mao ang labing gamay sa tanang mga liso, apan sa makatubo na, kini mao ang labing daku sa tanang tanum nga ulotanon ug mahimong kahoy, nga tungod niana ang mga langgam sa kalangitan modugok ug magahimog mga batuganan diha sa iyang mga sanga (b. 31-32).

Ang gingharian sa langit sama sa igpapatubo nga gikuha sa usa ka babaye ug gilubong niya diha sa tulo ka takus nga harina, hangtud gikapatuboan ang tanan (b. 33).

Ang gingharian sa langit sama sa usa ka bahandi nga nalubong ilalum sa usa ka uma, nga sa hingkaplagan kini sa usa ka tawo, iyang gibalik paglubong; ug tungod sa iyang kalipay siya milakaw ug iyang gibaligya ang tanan niyang kabtangan, ug iyang gipalit kadtong umaha (b. 44).

> *Usab, ang gingharian sa langit sama sa usa ka magpapatigayon nga nangitag mga hamiling mutya, ug sa pagkakaplag niya sa usa ka mutya nga bilihon kaayo, milakaw siya ug gipamaligya niya ang iyang tanang kabtangan ug iyang gipalit kadto* (b. 45-46).

> *Usab, ang gingharian sa langit sama sa usa ka pukot nga gitaktak ngadto sa dagat, ug nakakuhag mga isda nga nagkalainlain; ug sa napuno na kini, gipanagbutad sa mga tawo ngadto sa baybayon; ug sila nanglingkod ug ilang gipili ang mga maayong isda ug gibutang kini sa mga sudlanan, apan ang mga walay pulos ilang gisalibay* (b. 47-48).

Sa sama, si Hesus niwali mahitungod sa langit, kon hain anaa sa espirituhanon nga kalibotan, pinaagi sa daghang mga sambingay. Kay ang langit anaa sa dili-makita nga espirituhanon nga kalibotan, imo lang kining magunitan pinaagi sa mga sambingay.

Aron makuha ang kinabuhing dayon sa langit, kinahanglan kang mabuhi sa usa ka tarong nga kinabuhi sa pagtoo nga nakahibalo kung unsaon pag-angkon sa langit, unsang klase sa mga tawo ang magasulod ngadto, ug kanus-a kini matuman.

Unsa man ang pinakalabi nga tuyo sa pagsimba sa iglesia ug pagkabuhi sa usa ka kinabuhi sa pagtoo? Apan, kon dili ka makaadto sa langit bisan pa nga nisimba ka sa iglesia alang sa taas nga panahon, unsa man ikaw ka makaloloy?

Bisan pa sulod sa panahon ni Hesus, daghang mga tawo ang nagmasinugtanon sa balaod ug nipakita sa ilang pagtoo sa Dios, apan wala takos nga maluwas ug makasulod sa langit. Sa Mateo 3:2, alang niining rason, si Juan nga Bautista nagpasangyaw nga, *"Paghinulsol kamo, kay ang gingharian sa langit haduol na!"* ug giandam ang dalan sa Ginoo. Usab, sa Mateo 3:11-12, iyang giingnan nga mga tawo nga si Hesus mao ang Manluluwas ug ang Ginoo sa Dakung Paghukom, nga nag-ingon, *"Ako nagabautismo kaninyo sa tubig tungod sa paghinulsol, apan Siya nga nagapaulahi kanako labi pang gamhanan kay kanako, nga bisan gani sa Iyang mga sapin dili ako takus sa pagbitbit; ang Iyang igabautismo kaninyo mao ang Espiritu Santo ug kalayo. Ang Iyang paliran anaa na sa iyang kamot; pagahinloan Niya ang iyang giukan ug hiposon niya ang Iyang trigo ngadto sa dapa, apan ang mga uhot Iyang pagasunogon sa kalayo nga dili arang mapalong."*

Bagad, ang mga Israelinhon atong panahon wala lang napakyas sa pag-ila Niya isip ilang Manluluwas kondili Siya gilansang sad. Unsa kasubo kini nga asta karong adlaw sila nagahulat gihapon sa Mesiyas!

Ang mga Sekreto sa Langit Gipadayag ngadto sa Apostol nga si Pablo

Bisan pa ang Apostol nga si Pablo dili usa sa mga orihinal nga dose ka disipolo ni Hesus, wala sila nagpaulahi sa bisan kang kinsa sa pagsaksi mahitungod ni Hesukristo. Sa wala pa makit-an ni Pablo ang Ginoo, siya usa ka Pariseo kung kinsa mapig-oton nga gikabantayan ang balaod ug ang tradisyon sa mga katigulangan, ug usa ka Hudeo nga nagkupot sa pagkalungsoranon nga Romano sukad sa pagpakatawo, kung kinsa nisalmot sa una sa pagpanglutos sa mga Kristohanon.

Bisan pa niana, human sa pagkakita sa Ginoo sa dalan padulong sa Damascus, si Pablo nibaylo sa iyang hunahuna ug gidala ang daghang mga tawo ngadto sa dalan sa kaluwasan pinaagi sa pagtutuk sa ebanghelisasyon sa mga Hentil.

Ang Dios nakahibalo nga si Pablo magaantos gikan sa daku nga kasakit ug paglutos samtang nagwali sa Maayong Balita. Mao kana nganong iyang gipadayag ang makahingangha nga mga sekreto sa langit kang Pablo aron nga siya mudagan paingon sa dauganan (Mga Taga-Filipos 3:12-14). Ang Dios nitugot niya nga magwali sa Maayong Balita uban ang kinatas-an nga pangalipay nga adunay paglaum sa langit.

Kung imong basahon ang Pauline nga mga Epistola, imong makita nga nisulat siya nga puno sa inspirasyon sa Espiritu Santo mahitungod sa pagbalik sa Ginoo, mga tumuluo nga pagasakdawon sa kahanginan, ilang mga puy-anan sa langit, ang himaya sa langit, mga walay katapusan nga mga balus ug korona, ni Melchizedek ang matunhayon nga saserdote, ug ni Hesukristo.

Sa 2 Mga Taga-Corinto 12:1-4, nakigbahin si Pablo sa iyang espirituhanon nga mga kasinatian sa iglesia sa Corinto nga iyang gitukod, kon hain wala nabuhi sumala sa pulong sa Dios.

Kinahanglan ko ang pagpasigarbo, bisan pa nga walay makuha gikan niini; hisugatan ko pa ang mga panan-awon ug mga pinadayag gikan sa Ginoo. Nakaila ako ug tawo nga anaa kang Kristo nga napulo ug upat ka tuig na karon gisakgaw dala ngadto sa ikatulong langit kon diha ba siya sulod sa lawas o sa gawas, wala ako masayud, ang Dios mao lamang ang nasayud. Ug ako nasayud nga kining tawhana gisakgaw dala ngadto sa Paraiso kon diha ba siya sulod sa lawas o sa gawas, wala ako masayud, ang Dios mao lamang ang nasayud ug didto iyang hingdunggan ang mga pamulongpulong nga dili arang malitok, nga ginadili ang paglitok sa tawo.

Gipili sa Dios ang apostol nga si Pablo alang sa ebanghelisasyon sa mga Hentil, giputli siya uban ang kalayo, ug gihatagan og mga panan-aw ug mga padayag. Gidala siya sa Dios aron mabuntog ang tanang kalisdanan uban ang gugma, pagtoo, ug paglaum sa langit. Pananglitan, si Pablo nibungat nga siya gidala ngadto sa Paraiso sa Ikatulong Langit ug napulog upat ka tuig nahauna nga nadunggan ang mahitungod sa mga sekreto sa langit, apan makahingangha kaayo kini nga kadtong tawhana wala gitugotan nga magsugid.

Ang apostol mao ang usa ka tawo kung kinsa gitawag sa Dios ug hingpit nga nagmasinugtanon sa Iyang pagbuot. Bisan pa niana, adunay pipila ka mga tawo nga apil sa mga miyembro sa Corinto nga iglesia kung kinsa gilimbongan sa mga sala nga mga manunudlo ug gihukman ang apostol nga si Pablo.

Niining panahona, ang apostol nga si Pablo nitala sa mga kalisdanan nga iyang giantos alang sa Ginoo ug gipaambit ang iyang espirituhanon nga mga kasinatian aron dal-on ang mga Taga-Corinto aron mahimong maanyag nga mga pangasaw-onon sa Ginoo, nga naglihok sumala sa pulong sa Dios. Kini dili aron mahagbong sa iyang espirituhanon nga mga kasinatian, kondili padakuon ug pabaskugon ang iglesia ni Kristo pinaagi sa pagpanalipod ug pagkonpirma sa iyang pagkaapostol.

Unsa ang imong kinahanglan masabtan nganhi mao nga ang mga pana-aw ug ang mga pinadayag sa Ginoo mahatag lang sa kadtong tarong sa mga mata sa Dios. Usab, dili-sama sa mga miyembro sa Corinto nga iglesia kung kinsa gilimbongan pinaagi sa mga sala nga mga manunudlo nga naghukom ni Pablo, dili angay nga hukman nimo ang bisan kinsa nga nagtrabaho aron mapalapad ang gingharian sa Dios, nagluwas sa daghang mga tawo, ug giila sa Dios.

Ang mga Sekreto sa Langit Gipakita sa Apostol nga si Juan

Ang apostol nga si Juan mao ang usa sa mga napulog duha ka mga disipolo ug gihigugma ni Hesus og pag-ayo. Si Hesus sa Iyang kaugalingon wala lang nitawag niya nga usa ka "disipolo" kondili espirituhanon nga giamuma siya aron siya makapangalagad sa iyang manunudlo gikan sa duol nga distansya. Siya mainiton og ulo sa una nga gitawag siya nga usa ka "anak sa dalugdog," apan siya nahimong usa ka apostol sa gugma humang giusab pinaagi sa gahom sa Dios. Si Juan nisunod ni Hesus, nga nagpangita sa himaya sa langit. Siya usab usa sa mga disipolo nga nakadungog sa siete palabras nga gisulti ni Hesus sa krus. Siya matinuohon sa iyang mga katungdanan isip ng usa ka apostol, ug nahimong usa ka daku nga tawo sa langit.

Isip nga resulta sa usa ka mapig-ot nga paglutos sa Kristiyanismo pinaagi sa Romano nga Imperyo, si Juan gilabay ngadto sa nagbukal nga lana, apan wala gipatay ug gihiklin sa isla sa Patmos. Ngadto, siya nakig-ambit sa Dios og halaum ug gitala ang Pinadayag nga Libro nga puno sa mga sekreto sa langit.

Si Juan nisulat og daghan kaayong espirituhanon nga mga butang sama sa Trono sa Dios ug ang Kordero sa langit, pagsimba sa langit, ang upat ka buhi nga mga matang sa palibot sa Trono sa Dios, ang Pito-ka-tuig nga Dakung Kasakitan ug ang mga papel sa mga anghel, ang Piging sa Kasal sa Kordero ug ang Milenyo, ang Dakung Paghukom sa Puti nga Trono, impiyerno, Bag-ong Herusalem sa langit, ug ang dimatungkad nga lungag, ang Bung-aw.

Mao kana nganong ang apostol nga si Juan nag-ingon sa Ang Pinadayag 1:1-3 nga ang Libro gitala pinaagi sa mga pinadayag ug mga panan-aw sa Ginoo, ug siya nagsulat sa tanang butang kay ang tanang butang nga gisulat mahitabo sa dili madugay.

Ang pinadayag ni Hesukristo, nga gihatag niya sa Dios aron igapadayag ngadto sa iyang mga ulipon, ang mga butang nga kinahanglan magakahitabo sa dili madugay; Ug kini gipahibalo Niya pinaagi sa pagpadala sa iyang anghel ngadto sa iyang ulipon nga si Juan, nga nagmatuod sa tanan nga iyang nakita, sa pulong sa Dios ug sa gipanghimatud-an ni Hesukristo. Bulahan ang tawo nga ngadto sa kapunongan magabasa sa mga pulong sa propesiya, ug bulahan ang mga magapatalinghug ug magatuman sa nahisulat niini; kay ang panahon haduol na.

Ang pamulongpulong nga "ang panahon haduol na"

nagpasabot nga ang panahon importante kaayo aron magkaaduna og mga kwalipikasyon aron makasulod sa langit pinaagi sa pagkaluwas sa pagtoo.

Bisan pa nga muadto ka og simbahan matag semana, dili ka maluwas kondili kinahanglan aduna kay pagtoo uban ang mga buhat. Si Hesus nag-ingon nimo, *"Dili ang tanang magaingon Kanako, 'Ginoo, Ginoo', makasulod sa gingharian sa langit, kondili ang nagatuman sa kabubut-on sa akong Amahan nga anaa sa langit"* (Mateo 7:21). Busa kung dili ka mulihok sumala sa pulong sa Dios, tataw kini nga dili ka makasulod sa langit.

Busa, ang apostol nga si Juan nagpatin-aw sa mga hitabo ug mga propesiya nga mahitabo ug matuman sa dili madugay sa detalye gikan sa Ang Pinadayag 4 pasaka, ug nagtapos nga ang Ginoo magabalik ug ikaw magalaba sa imong bisti.

> *Tan-awa, moabut Ako sa dili madugay, nga magadala sa Akong ipamalus, sa pagbayad ngadto sa matag-usa sumala sa iyang binuhatan. Ako mao ang Alfa ug ang Omega, ang nahauna ug ang nahaulahi, ang sinugdan ug ang katapusan. Bulahan sila nga managlaba sa ilang mga bisti aron makabaton sila sa katungod sa pagpahimulos sa kahoy nga naghatag sa kinabuhi, ug sa pagsulod sa siyudad agi sa mga pultahan* (Ang Pinadayag 22:12-14).

Sa espirituhanon, ang bisti nagpasabot alang sa kasingkasing ug lihok sa usa ka tawo. Ang paglaba sa bisti nagpasabot sa paghinulsol sa mga sala ug pagsulay nga mabuhi sumala sa pagbuot sa Dios.

Busa sa kadakuon nga pagkabuhi nimo sumala sa pulong sa Dios, magaagi ka sa mga pultahan hangtud makasulod ka sa pinakamaanyag nga langit, ang Bag-ong Herusalem.

Busa, angay nimong masabtan nga sa pagkadaku sa pagtubo sa imong pagtoo, mas maayo ang imong puy-anan sa langit.

2. Mga Sekreto sa Langit Gipadayag sa Katapusan sa Panahon

Atong utingkayon ang mga sekreto sa langit nga gipadayag ug magbunga sa katapusan sa panahon pinaagi sa mga sambingay ni Hesus sa 13.

Iyang ihimulag ang Dautan gikan sa Matarung

Sa Mateo 13:47-50, si Hesus nag-ingon nga ang gingharian sa langit sama sa usa ka pukot nga gipanaog ngadto sa linaw ug nidakop og tanang mga klase sa isda.

> *Usab, ang gingharian sa langit sama sa usa ka pukot nga gitaktak ngadto sa dagat ug nakakuhag mga isda nga nagkalainlain; ug sa napuno na kini, gipanagbutad sa mga tawo ngadto sa baybayon; ug sila nanglingkod ug ilang gipili ang mga maayong isda ug gibutang kini sa mga sudlanan, apan ang mga walay pulos ilang gisalibay. Sama unya niana ang mahitabo inigkatapus na sa kapanahonan; ang mga anghel manggula ug ang mga dautan ilang lainon*

gikan sa mga matarung, ug ilang isalibay kini ngadto sa hudno nga magadilaab; didto ang mga tawo managpanghilak ug managkagot sa ilang mga ngipon.

"Ang dagat" nganhi nagpasabot sa kalibotan, "ang isda" sa tanang mga tumuluo, ug ang mananagat nga nagtaktak sa pukot ngadto sa dagat ug nakakuhag isda, ang Dios. Unsa man, unya, ang buot ipasabot sa Dios nga itaktak ang usa ka pukot, gipanagbutad kini sa pagkapuno, ug gipili ang maayong isda sa mga sudlanan ug gisalibay ang walay pulos? Kini mao aron pahibaloon ka nga sa katapusan sa panahon, ang mga manulonda manggula og pilion ang mga matarung, sa langit ug isalibay ang mga dautan ngadto sa impiyerno.

Karong adlawa, daghang mga tawo naghunahuna nga sila tino nga musulod sa gingharian sa langit kung ilang dawaton si Hesukristo. Si Hesus, bisan pa niana, tin-aw nga nag-ingon, *"Ang mga anghel manggula ug ang mga dautan ilang lainon gikan sa mga matarung, ug ilang isalibay kini ngadto sa hudno nga magadilaab"* (Mateo 13:50). "Ang matarung" nganhi nagpasabot sa kadtong gitawag nga "matarung" pinaagi sa pagtoo ni Hesukristo sa ilang mga kasingkasing ug nagpakita sa ilang pagtoo uban ang mga lihok? "Matarung" ka dili tungod kay nasayod ka sa pulong sa Dios, kondili tungod lang kay ikaw nagtuman sa Iyang mga sugo ug naglihok sumala sa Iyang pagbuot (Mateo 7:21).

Sa Biblia, adunay mga "Pagbuhat," "Dili-pagbuhat," "Huptan," ug "Isalibay." Kadto lang nga mabuhi sumala sa pulong sa Dios ang mga "matarung" ug giila nga adunay espirituhanon, buhi nga pagtoo. Adunay mga tawo nga giingon nga sa kasagaran matarung, apan sila makategorya lang nga "matarung" sa panan-aw sa mga tawo o "matarung" sa panan-aw sa Dios. Busa, angay nimong mailhan ang kalahian taliwala sa pagkamatarung sa mga tawo ug diha sa Dios, ug mahimong usa ka matarung nga tawo sa panan-aw sa Dios.

Pananglitan, kung ang usa ka tawo naghunahuna sa iyang kaugalingon nga matarung og nangawat, kinsa man ang mudawat niya isip nga matarung? Kung kadtong nagtawag sa ilang mga kaugalingon nga "mga anak sa Dios," nagpadayon og paghimog mga sala ug wala mabuhi sumala sa pulong sa Dios, dili kini sila matawag nga "matarung." Kining klase sa mga tawo mao ang "dautan" nga nahiapil sa "matarung."

Tagsa nga Kalahi sa Katahom sa mga Lawas nga Langitnon

Kung imong dawaton si Hesukristo ug mabuhi lang sumala sa pulong sa Dios, ikaw magasidlak sama sa Adlaw sa langit. Ang apostol nga si Pablo nagsulat sa mga sekreto sa langit sa detalye sa 1 Corinto 15:40-41.

Adunay mga lawas nga langitnon ug aduna usab ang mga lawas nga yutan-on, apan lain ang kasanag sa mga yutan-on. Lain ang kasanag sa Adlaw, ug lain usab ang kasanag sa Bulan, ug lain ang kasanag sa mga bitoon; kay ang usa ka bitoon lahi man ug kasanag sa laing bitoon.

Langit I

Kay ang usa makaangkon lang sa langit pinaagi sa pagtoo, makatarongan lang nga ang himaya sa langit lahi sumala sa sa gidak-on sa pagtoo sa usa ka tawo. Mao kana nganong adunay kasanag sa Adlaw, ug sa Bulan, ug sa mga bitoon; bisan pa sa mga bitoon, ang ilang gidak-on sa kahayag lahi.

Atong tan-awon ang usa pa ka sekreto sa langit pinaagi sa sambingay sa usa ka liso sa mustasa sa Mateo 13:31-32.

> [Si Hesus] giasoyan sila sa lain pang sambingay, nganag-ingon, "Ang gingharian sa langit samag liso sa mustasa nga gidala sa usa ka tawo ug gipugas niya diha sa iyang uma; ug kini mao ang labing gamay sa tanang mga liso, apan sa makatubo na, kini mao ang labing daku sa tanang tanum nga ulotanon ug mahimong kahoy nga tungod niana ang mga langgam sa kalangitan modugok ug magahimog mga batuganan diha sa iyang mga sanga."

Ang usa ka liso sa mustasa sama sa kagamay sa usa ka pintok nga gimarka sa usa ka ballpen. Bisan pa kining gamay nga liso magatubo nga usa ka daku nga kahoy aron ang mga langgam sa kahanginan magabatug. Unya, unsa man ang gusto ni Hesus nga itudlo kanato pinaagi niining sambingay sa liso sa mustasa? Ang mga leksiyon nga matun-an mao nga ang mga langit maangkon pinaagi sa pagtoo, ug adunay mga nagkalainlain nga gidak-on sa pagtoo. Busa bisan pa kung aduna kay usa ka "gamay" nga pagtoo karon, mahimo nimo kining maamuma sa usa ka "daku" nga pagtoo.

Bisan pa ang Pagtoo nga sama sa Kagamay sa usa ka Liso sa Mustasa

Nag-ingon si Hesus sa Mateo 17:20 nga, *"Tungod sa kadiyutay sa inyong pagtoo; kay sa pagkatinuod, magaingon ako kaninyo, nga kon may pagtoo kamo nga ingon ug liso sa mustasa, makaingon kamo niining bukid, 'Bumalhin ka gikan dinhi ngadto didto', ug kini mobalhin; ug walay magamakuli alang kaninyo."* Sa pagtubag sa demanda sa Iyang mga disipolo, "Dugangi ang among pagtoo!" Si Hesus nitubag, "Ug ang mga apostoles miingon sa Ginoo, "Dugangi ang among pagtoo!" *"Kon kamo may pagtoo nga ingon ug liso sa mustasa, makaingon kamo niining kahoy nga sikomoro, 'Paibut ug patanum ka diha sa lawod'; ug kini mosugot kaninyo"* (Lucas 17:5-6).

Unsa man, unya, ang espirituhanon nga kahulogan niining mga bersikulo? Kini nagpasabot nga kon ang pagtoo ingon nga liso sa mustasa kagamay nagtubo ug nahimong usa ka daku nga pagtoo, walay bisan unsa nga imposible. Kon ang usa mudawat ni Hesukristo, ang pagtoo ingon sa liso sa mustasa kagamay ang igahatag niya. Kon iyang ipugas kining liso sa iyang kasingkasing, kini manurok. Kon kini mutubo ngadto sa usa ka daku nga pagtoo sa kadakuon sa usa ka daku nga kahoy kon asa daghang mga langggam ang mubatok, ang usa makasinati sa mga buhat sa gahom sa Dios nga gibuhat ni Hesus sama sa bulag nga nakakita, ang bungol nga nakadungog, ang amang nga nakasulti, ug ang patay nga nabalik sa pagkabuhi.

Kon naghunahuna ka nga aduna kay pagtoo, apan dili makapakita sa mga buhat sa gahom sa Dios ug aduna pay mga problema sa imong pamilya ug imong mga negosyo, kini tungod nga ang imong pagtoo nga ingon kagamay sa usa ka liso sa mustasa wala pa katubo ngadto sa kadakuon sa usa ka daku nga kahoy.

Ang Proseso sa Pagtubo sa Espirituhanon nga Pagtoo

Sa 1 Juan 2:12-14, ang apostol nga si Juan kadiyot nga nagpatin-aw sa pagtubo sa espirituhanon nga pagtoo.

> *"Nagasulat ako kaninyo, mga anak, kay ang inyong mga sala gipasaylo na tungod sa Iyang ngalan. Ako nagasulat kaninyo, mga amahan, kay kamo nakaila man Niya nga diha na sukad pa sa sinugdan. Nagasulat ako kaninyo, mga batan-on, kay inyo na mang gidaug ang dautan. Nagasulat ako kaninyo, mga anak, kay kamo nakaila man sa Amahan. Gisulatan ko kamo, mga amahan, kay kamo nakaila man niya nga diha na sukad pa sa sinugdan. Gisulatan ko kamo, mga batan-on, kay kamo kusgan man, ug ang pulong sa Dios nagapabilin diha kaninyo, ug inyong gidaug ang dautan."*

Angay nimong masabtan nga adunay usa ka proseso sa pagtubo sa pagtoo. Kinahanglan nimong ipalambo ang imong pagtoo ug magkaaduna og pagtoo sa mga amahan kon hain mahimo kang makaila sa Dios kung kinsa anaa na sukad pa sa sinugdanan nga panahon. Dila ka angay nga matagbaw sa lebel sa pagtoo sa mga anak kon kinsang mga sala gipasaylo pinaagi ni

Hesukristo.

Usab, si Hesus nag-ingon sa Mateo 13:33, *"Ang gingharian sa langit sama sa igpapatubo nga gikuha sa usa ka babaye ug gilubong niya diha sa tulo ka takus nga harina, hangtud gikapatuboan ang tanan."*

Busa, angay nimong masayran nga ang pagpatubo sa pagtoo ingon sa kagamay sa usa ka liso sa mustasa ngadto sa daku nga pagtoo mahimong matuman sama sa kadali sa igpapatubo nga nagtrabaho sa harina. Sama sa giingon sa 1 Corinto 12:9, ang pagtoo usa ka espirituhanon nga gasa nga gihatag nimo pinaagi sa Dios.

Langit nga Mapalit sa Tanan nga Aduna Ka

Kinahanglan nimong aktuwal nga maningkamot aron makaangkon og langit kay ang langit mahimo lang nga maangkon pinaagi sa pagtoo ug aduna kini'y proseso sa pagpatubo sa pagtoo. Bisan niining kalibotan, kinahanglan nimong magsulay og pag-ayo aron makaangkon og bahandi ug kabantog, dili aron magsulti mahitungod sa pagkuha og igo nga kuwarta aron makapalit, og panglitan, usa ka balay. Nagsulay ka og pag-ayo aron makapalit ug makamintinar niining mga butang, wala ni usa niini ang imong maangkon sa kahangtoran. Unsa man mas kadaghan, unya, nga ikaw magsulay aron makuha ang katahom ug puy-anan sa langit nga imong maangkon sa kahangtoran?

Si Hesus nag-ingon sa Mateo 13:44, *"Ang gingharian sa langit sama sa usa ka bahandi nga nalubong ilalum sa usa ka uma, nga sa hingkaplagan kini sa usa ka tawo, iyang gibalik*

Langit I

paglubong ug tungod sa iyang kalipay siya milakaw ug iyang gibaligya ang tanan niyang kabtangan, ug iyang gipalit kadtong umaha." Nagpadayon Siya sa Mateo 13:45-46, *"Usab, ang gingharian sa langit sama sa usa ka magpapatigayon nga nangitag mga hamiling mutya, ug sa pagkakaplag niya sa usa ka mutya nga bilihon kaayo, milakaw siya ug gipamaligya niya ang iyang tanang kabtangan ug iyang gipalit kadto."*

Busa, unsa man ang mga sekreto sa langit nga gipadayag pinaagi sa mga sambingay sa mga manggad nga gitagoan sa usa ka uma ug sa hamiling mutya? Si Hesus sa kasagaran nisugid og mga sambingay uban ang mga butang nga sayon lang makita sa matag-adlaw nga kinabuhi. Karon atong tan-awon ang sambingay sa "manggad nga gitagoan sa usa ka uma."

Adunay usa ka pobre nga mag-uuma nga nabuhi pinaagi sa pagkuha og adlaw-adlaw nga suhol. Usa ka adlaw, niadto siya sa trabaho sa paghangyo niya sa iyang silingan. Ang mag-uuma giingnan nga ang kadtong yuta pagawpaw na kay wala kini gigamit alang sa taas nga panahon, apan ang iyang silingin gusto nga magtanom niini og pipila ka mga prutas nga kahoy dili aron usikan ang yuta. Ang mag-uuma nisugot nga buhaton ang trabaho. Usa ka adlaw samtang nagpanhawan siya sa yuta ug nakasinati og usa ka butang nga gahi kaayo sa tumoy sa iyang pala. Gipadayon niya ang pagkawot og nakaplagan ang daghan kaayong manggad sa ilalom sa yuta. Ang mag-uuma nga nakadiskubre sa manggad nagsugod og hunahuna og mga paagi kon unsaon niya pag-angkon sa manggad. Gidesisyonan niya nga paliton ang yuta kon asa ang manggad gitagoan ug kay ang uma pagawpaw na ug hapit na makalas, gihunahuna sa mag-uuma nga ang tag-iya sa yuta mahimong mubaligya niini nga walay daghang kahasol.

Ang mag-uuma nibalik sa iyang balay, gihawan ang tanan niyang tanang gipanag-iyahan, ug nagsugod og baligya sa iyang mga kabtangan. Apan, wala siya'y pagmahay sa pagbaligya sa tanang butang nga may naa siya, kay siya nakadiskubre sa manggad, kon hain mas bilihon sa tanan nga may naa siya.

Ang Sambingay sa Manggad nga Gitagoan sa usa ka Uma

Unsa man ang kinahanglan nimong masabtan pinaagi sa sambingay sa manggad nga gitagoan sa usa ka uma? Akong gilaum nga imong masayran ang sekreto sa langit pinaagi sa pagtan-aw sa espirituhanon nga kahulogan sa sambingay sa manggad nga gitagoan sa usa ka uma sa upat ka mga aspeto.

Una, ang usa ka uma nagpasabot sa imong kasingkasing ug ang manggad nagpasabot sa langit. Kini nagpasabot nga ang langit, sama sa manggad, gitagoan diha sa imong kasingkasing.

Ang Dios nibuhat sa mga katawhan uban ang espiritu, ang kalag, ug ang lawas. Ang espiritu gibuhat nga agalon sa tawo aron makig-ambit sa Dios. Ang kalag gibuhat aron magtuman sa sugo sa espiritu, ug ang lawas gibuhat isip nga puy-anan alang sa espiritu ug sa kalag. Busa, ang usa ka tawo gibuhat sa una isip nga usa ka buhi nga espiritu sama sa giingon sa Genesis 2:7.

Sukad sa panahon nga ang unang tawo nga si Adan nibuhat sa sala nga pagkamasupakon, nan, ang espiritu, ang agalon sa

103

tawo, namatay ug ang kalag nagsugod og dula sa papel nga agalon. Ang mga tawo unya nahagbong ngadto sa daghan pang mga sala ug kinahanglan muadto sa dalan sa kamatayon kay dili na sila mahimong makig-ambit sa Dios. Sila karon mga tawo na sa kalag, kon hain anaa sa ilalom sa pagdumala sa kaaway nga si Satanas ug sa yawa.

Alang niini, gipadala sa Dios sa gugma ang Iyang usa ug bugtong nga Anak nga si Hesus niining kalibotan ug Siya gipalansang ug gipaagas ang Iyang dugo isip nga panghimayad nga sakripisyo aron matubos ang tanang katawhan gikan sa ilang mga sala. Tungod niini, ang dalan sa kaluwasan niabli alang kaninyo aron mahimong mga anak sa balaan nga Dios ug makig-ambit Niya usab.

Busa, kinsa man ang mudawat ni Hesukristo isip nga iyang personal nga Manluluwas magadawat sa Espiritu Santo, ug ang iyang espiritu mabuhi og usab. Usab, magadawat siya sa katungod nga mahimong anak sa Dios ug ang kalipay magapuno sa iyang kasingkasing.

Kini nagpasabot nga ang espiritu nakig-ambit sa Dios ug nagdumala sa kalag ug sa lawas usab isip nga agalon sa tawo. Kini nagpasabot sad nga siya nagkahadlok sa Dios ug nagmasinugtanon sa Iyang pulong, tumanon ang gihatag nga katungdanan sa tawo.

Busa, ang pagkabuhi sa espiritu sama sa pagkaplag sa manggad nga gitagoan sa uma kay ang langit karon anaa na sa imong kasingkasing.

Ikaduha, ang usa ka tawo nga nakaplagan ang manggad nga gitagoan sa usa ka uma ug pagkamalipayon nagpasabot

nga kon dawaton sa usa ka tawo si Hesukristo ug dawaton ang Espiritu Santo, ang patay nga espiritu mabuhi og usab, ug masabtan niya nga adunay langit sa iyang kasingkasing ug magkasadya.

Nag-ingon si Hesus sa Mateo 11:12, *"Sukad sa mga adlaw ni Juan nga Bautista hangtud karon ang gingharian sa langit nakaagum na sa mga paglugos, ug kini ginaagaw sa mga manglolugos pinaagig kusog."* Ang apostol nga si Juan nagsulat sad sa Ang Pinadayag nga 22:14, *"Bulahan sila nga managlaba sa ilang mga bisti, aron makabaton sila sa katungod sa pagpahimulos sa kahoy nga naghatag sa kinabuhi, ug sa pagsulod sa siyudad agi sa mga pultahan."*

Ang imong matun-an pinaagi niini mao nga dili ang tanan nga nakadawat ni Hesukristo muadto sa sama nga puy-anan sa gingharian sa langit. Sa kadakuon sa imong pakig-anggid sa Ginoo ug mahimong matud-anon, ikaw maganunod sa mas maanyag nga puy-anan sulod sa langit.

Busa, ang kadtong nahigugma sa Dios ug naglaum alang sa langit magalihok sumala sa pulong sa Dios sa tanang butang ug makig-anggid sa Dios pinaagi sa pagsalikway pahilayo sa tanan kanilang kadautan.

Ikaw magaangkon sa gingharian sa langit, sa kadaghanon nimong pun-on ang imong kasingkasing sa langit, kon asa aduna lang og kamaayohan ug kamatuoran. Bisan pa niining yuta, kon masabtan nimo nga adunay langit diha sa imong kasingkasing, malipay ikaw.

Mao kini ang klase sa kalipay ang imong masinatian sa imong unang pagkakita ni Hesukristo. Kon ang usa nga kinahanglang muadto sa dalan sa kamatayon apan niangkon og usa ka tinuod nga kinabuhi ug kahangtoran nga langit pinaagi ni Hesukristo, unsa kaha siya kamalipayon! Siya usab magpasalamaton kay siya makatoo sa gingharian sa langit diha sa iyang kasingkasing. Niining paagi, ang kalipay sa tawo nga nagkasadya alang sa pagkaplag sa manggad nga gitagoan sa usa ka uma nagpasabot sa kalipay sa pagdawat ni Hesukristo ug pagkaaduna og gingharian sa langit diha sa iyang kasingkasing.

Ikatulo, ang pagtago sa manggad human kining makaplagan nagpasabot nga ang patay nga espiritu sa usa nabuhi og usab ug gusto niyang mabuhi sumala sa pagbuot sa Dios, apan dili niya mabutang ang iyang determinasyon sa lihok kay wala niya nadawat ang gahom aron mabuhi sumala sa pulong sa Dios.

Ang mag-uuma dili dayon makalot ang manggad sa madali sa pagkaplag niya niini. Kinahanglan una niyang ibaligya ang iyang mga kabtangan ug paliton ang uma. Sa samang paagi, nasayod ka nga adunay langit og impiyerno ug unsaon nimo pagsulod sa langit sa panahon nga imong madawat si Hesukristo, apan dili dayon nimo mapakita ang imong lihok sa pagsugod nimo og paminaw sa pulong sa Dios.

Kay ikaw nabuhi sa dili-matarung nga kinabuhi nga masinupakon sa pulong sa Dios sa wala ka pa nidawat ni Hesukristo, adunay daghan pang nagpabilin nga dili-matarung diha sa imong kasingkasing. Apan, kon dili nimo itagbong pahilayo ang tanan nga bakak diha sa imong kasingkasing samtang nagkonpisal ka sa imong pagtoo sa Dios, si Satanas magpadayon og dala nimo ngadto sa kangitngit aron dili ka mahimong mabuhi sumala sa pulong sa Dios. Sama nga ang mag-uuma nipalit sa uma human sa pagbaligya sa tanang may anaa siya, makuha lang nimo ang manggad diha sa imong kasingkasing kon magsulay ka nga isalikway pahilayo sa imong hunahuna ang kabakakan ug magka-aduna og matinud-anon nga kasingkasing nga gusto sa Dios.

Busa, kinahanglan nimong sundon ang kamatuoran, kon hain mao ang pulong sa Dios, pinaagi sa pagdepende sa Dios ug sa madilaabon nga pag-ampo. Mao lang nga ang bakak masalikway pahilayo ug imong madawat ang gahom nga maglihok ug mabuhi sumala sa pulong sa Dios. Imong kinahanglan nga ipabilin sa imong hunahuna nga ang langit para lang sa kining klase nga mga tawo.

Ikaupat, ang pagbaligya sa tanan nga may anaa siya nagpasabot nga aron mabuhi og usab ang espiritu ug mahimong agalon sa usa ka tawo, kinahanglan nimong lumpagon ang tanan nga mga dili-matarung nga paghisakop sa kalag.

Inig pagkabuhi og usab sa patay nga espiritu, imong masabtan nga adunay langit. Kinahanglan nimong makaangkon og langit pinaagi sa paglumpag sa tanang mga hunahuna nga bakak, nga paghisakop sa kalag ug gidumala ni Satanas, ug pinaagi sa pagka-aduna og pagtoo nga gikuyogan sa lihok. Kini sama sa prinsipyo sa usa ka piso nga kinahanglan buk-on ang bayanan aron makagawas sa kalibotan.

Busa, kinahanglan nimong isalikway pahilayo ang tanang mga

buhat ug mga paninguha sa unod aron tibu-ok nga maangkon ang langit. Sa dugang pa, kinahanglan hingpit kang mahimo nga usa ka tawo nga tibuok sa espiritu nga nag-anggid sa langitnon nga kinaiya sa Ginoo (1 Tesalonica 5:23).

Ang mga buhat sa unod mao ang naglawas sa pagkadautan sa kasingkasing nga nagresulta sa buhat. Ang mga paninguha sa unod nagpasabot sa tanang mga kinaiya sa sala sa kasingkasing nga mahimong magresulta sa buhat sa bisan unsang oras, bisan pa kini wala pa niresulta sa buhat. Pananglitan, kon aduna kay pagdumot diha sa imong kasingkasing, kini mao ang paninguha sa unod, ug kon kining pagdumot nagresulta sa buhat sa paghapak sa usa ka tawo, kini usa ka buhat sa unod.

Mahugot nga nagsulti ang Mga Taga-Galacia 5:19-21 nga, *"Ug dayag kaayo ang mga buhat sa unod nga mao kini: pakighilawas, kahugaw, kaulag, pagsimbag mga diosdios, panglamat, mga dinumtanay, mga pakigbingkil, pangabubho, kapungot, iyaiyahay, sinupakay, pundokpundok, kasina, huboghubog, hudyaka-bahakhak, ug mga butang nga maingon-ingon niini, pasidan-an ko kamo, sama sa ako nang pagpasidaan kaninyo kaniadto, nga ang mga nagabuhat sa maong mga butang dili magapanunod sa gingharian sa Dios."*

Usab, sa Mga Taga-Roma 13:13-14 nag-ingon kanato, *"Maingon sa maadlaw, magkinabuhi kita nga maligdong, dili sa mga paghudyaka-bahakhak ug sa mga paghuboghubog, dili sa pakighilawas ug kalaw-ayan, dili sa pakig-away ug pagpangabubho. Hinonoa isul-ob ninyo ang Ginoong Hesukristo, ug ayaw kamo pagtagana alang sa unod, sa pagtagbaw sa mga pangibog niini,"* ug ang mga Taga-Roma 8:5 nag-ingon, *"Kay ang mga nagakinabuhi uyon sa unod mga makilawasnon sa ilang panghunahuna, apan ang mga nagakinabuhi uyon sa Espiritu nagapanghunahuna sa mga butang sa Espiritu."*

Busa, ang pagbaligya sa tanan nga may anaa ka nagpasabot sa paglumpag sa tanang bakak batok sa pagbuot sa Dios diha sa imong kalag ug pagsalikway pahilayo sa imong mga buhat ug mga paninguha sa unod, kon asa dili uyon sa pulong sa Dios, ug ang tanang uban pa nga imong gihigugma og pag-ayo kaysa paghigugma nimo sa Dios.

Kon magpadayon ka og pagsalikway pahilayo sa imong mga sala ug kadautan niining paagi, mas kadaghanan nga mas mabuhi og usab ang imong espiritu ug mahimo kang mabuhi sumala sa pulong sa Dios nga nagasunod sa paninguha sa Espiritu Santo. Sa katapusan, mahimo kang usa ka tawo sa espiritu ug makaangkon og langitnon nga kinaiya sa Ginoo (Mga Taga-Filipos 2:5-8).

Giangkon ang Langit sama sa Gituman sa Kasingkasing

Ang usa ka tawo nga nag-angkon sa langit pinaagi sa pagtoo mao ang usa ka tawo nga nagbaligya sa tanang may anaa siya pinaagi sa pagsalikway pahilayo sa tanang mga dautan ug pagtuman sa langit diha sa iyang kasingkasing. Sa katapusan, sa pagbalik sa Ginoo, ang langit nga maingon sa usa ka anino nahimong kamatuoran ug siya magkaaduna na og kahangtoran nga langit. Ang usa ka tawo nga nag-ankon sa langit mao ang pinakadatu nga tawo bisan pa nga iyang gilabay ang tanang butang pahilayo niining kalibotan. Bisan pa niana, ang usa ka tawo nga wala mag-angkon sa langit mao ang pinakawad-on nga tawo nga walay bisan unsang butang nga kamatuoran, bisan pa nga anaa niya ang tanang butang niining kalibotan. Mao kini tungod nga ang tanang butang nga imong kinahanglan anaa kang Hesukristo ug ang tanang butang gawas ni Hesukristo walay-bili kay human ang kamatayon, ang kahangtoran nga paghukom naghuwat.

Mao kana nganong si Mateo nisunod ni Hesus nga gibayaan ang iyang trabaho. Mao kana nganong si Pedro nisunod ni Hesus nga gibayaan ang iyang sakayan ug pukot. Bisan pa ang apostol nga si Pablo gihunahuna nga ang tanan nga iyang gipanag-iyahan mga basura human pagdawat ni Hesukristo. Ang rason nganong ang kining tanan nga mga apostol mahimo kini kay tungod nga gusto kanilang makaplagan ang manggad, kon hain mas bilihon kaysan bisan unsang butang niining kalibotan, ug nagkawot niini.

Sa samang paagi, kinahanglan nimong ipakita ang imong pagtoo uban ang paglihok pinaagi sa pagkamasinugtanon sa tinuod nga pulong ug sa pagsalikway pahilayo sa mga bakak nga batok sa Dios. Kinahanglan nimong tumanon ang gingharian sa langit diha sa imong kasingkasing pinaagi sa pagbaligya sa mga bakak sama sa pagkabadlongon, garbo, ug pagkamataas-taason nga imong gihunahuna hasta karon nga manggad diha sa imong kasingkasing.

Busa, dili ka angay nga magpangita sa mga butang niining kalibotan, kondili ibaligya ang tanan nga imong gipanag-iyahan aron tumanon ang langit diha sa imong kasingkasing ug maganunod sa kahangtoran nga gingharian sa langit.

3. Sa Balay sa Akong Amahan Adunay Daghang Puy-anan

Gikan sa Juan 14:1-3, imong makita nga adunay daghang mga puy-anan sa langit, ug si Hesukristo niadto aron mag-andam alang nimo og dapit sa langit.

> *Kinahanglan dili magkaguol ang inyong kasingkasing; sumalig kamo sa Dios, ug sumalig usab kamo Kanako. Sa balay sa Akong Amahan anaay daghang puy-anan; kon dili pa, moingon ba unta Ako kaninyo; nga moadto Ako aron sa pag-andam ug dapit lang kaninyo? Ug sa mahiadto na ako ug makaandam na akog dapit alang kaninyo, moanhi Ako pag-usab ug pagadawaton Ko kamo nganhi uban Kanako, aron nga diin gani Ako atua usab kamo.*

Ang Dios Niadto ug Nag-andam sa Imong Langitnon nga Dapit

Si Hesus niingon sa Iyang mga disipolo sa mga butang nga mahitabo una Siya dakpon aron ilansang. Samtang nagtan-aw sa Iyang mga disipolo, nga nagkaguol human madunggan mahitungod sa pagbudhi ni Judas Iscariote, ang paglimod ni Pedro, ug ang kamatayon ni Hesus, sila Iyang gipahupay pinaagi sa pagsulti kanila mahitungod sa mga puy-anan sa langit.

Mao kana nganong giingon Niya nga, "Sa balay sa Akong Amahan anaay daghang puy-anan; kon dili pa, moingon ba unta Ako kaninyo; nga moadto Ako aron sa pag-andam ug dapit lang kaninyo." Si Hesus gilansang ug tinuod nga nabanhaw human ang tulo ka adlaw, nga nagguba sa awtoridad sa kamatayon. Unya, human ang kuwarenta ka adlaw, nisaka Siya ngadto sa langit samtang daghang tawo ang nitan-aw, aron mag-andam og daghang mga dapit alang kaninyo.

Unya, unsa man ang buot ipasabot sa "Moadto Ako aron sa pag-andam ug dapit lang kaninyo." Sa gisulat sa 1 Juan 2:2, *"Ug si [Hesus] sa Iyang kaugalingon mao ang halad-pasighiuli alang sa atong mga sala; ug dili lamang sa ato rang mga sala, kondili sa mga sala usab sa tibuok kalibutan,"* kini nagpasabot nga gibuak ni Hesus ang bungbong sa mga sala taliwala sa mga tawo ug sa Dios, aron bisan kinsa ang mahimong makaangkon sa langit pinaagi sa pagtoo.

Og wala si Hesukristo, ang bungbong sa mga sala taliwala sa Dios ug nimo dili unta maguba. Sa Daang Kasabotan, inig kahimo sa usa ka tawo og mga sala, siya nihalad og usa ka mananap nga sakripisyo aron ipanghimayad alang sa iyang sala. Si Hesus, bisan pa niana, gihimo nga ikaw mapasaylo sa imong mga sala ug mahimong balaan pinaagi sa paghalad sa Iyang Kaugalingon isip nga usa sakripisyo (Mga Taga-Hebreohanon 10:12-14).

Pinaagi lang ni Hesukristo, nga mahimong maguba ang bungbong sa sala taliwala sa Dios ug nimo, ug imong madawat ang panalangin sa pagsulod sa gingharian sa langit ug magpangalipay sa maanyag ug malipayon nga kinabuhing dayon.

"Sa Balay sa Akong Amahan Anaay Daghang Puy-anan"

Si Hesus nag-ingon sa Juan 14:2, *"Sa balay sa akong Amahan anaay daghang puy-anan."* Ang kasingkasing sa

Ginoo kon kinsa gusto nga ang tanan maluwas nabutang niining bersikulo. Sa lahi, unsa man ang rason nganong si Hesus niingon nga, "Sa Balay sa Akong Amahan," imbes nga moingon "Sa gingharian sa langit"? Kini mao tungod nga ang Dios dili gusto sa "mga lungsoranon" kondili ang "mga anak" kon asa mahimo Siya nga makig-ambit sa Iyang gugma sa kahangtoran isip nga usa ka Amahan.

Ang langit gidumala sa Dios ug kini daku kaayo nga mapahiluna ang kadtong tanan nga naluwas pinaagi sa pagtoo. Usab, kini usa ka maanyag ug kahibulongan nga dapit nga dili matandi niining kalibotan. Sa gingharian sa langit, kon asa ang kadak-on dili mahanduraw, ang pinakamaanyag ug himayaon nga dapit mao ang Bag-ong Herusalem kon asa anaa ang Trono sa Dios. Sama nga adunay Blue House sa Seoul, ang kaulohan sa Korea, ug ang White House sa Washington, D.C., ang kaulohan sa Estados Unidos nga puy-anan sa presidente sa kada nasod, sa Bag-ong Herusalem mao ang Trono sa Dios.

Unya, asa man ang Bag-ong Herusalem? Kini anaa sa sentro sa langit, ug kini ang dapit kon asa ang mga tawo sa pagtoo, kon kinsa nipahimuot sa Dios, magapuyo sa kahangtoran. Sa sukwahi, ang pinakagawas nga bahin sa langit mao ang Paraiso. Sama sa usa ka kawatan sa usa ka pikas nga bahin ni Hesus, nga nidawat ni Hesukristo ug naluwas, ang kadto lang nga nidawat ni Hesukristo ug wala nagbuhat og bisan unsang butang alang sa gingharian sa Dios magapabilin ngadto.

Gihatag ang Langit Sumala sa Gidak-on sa Pagtoo

Nganong giandam man sa Dios ang daghang mga puy-anan sa

langit alang sa Iyang mga anak? Ang Dios matarung ug magpaani sa imong gipugas (Mga Taga-Galacia 6:7), ug magbalus sa kada tawo sumala sa unsa iyang gibuhat (Mateo 16:27; Ang Pinadayag 2:23). Mao kana nganong Iyang giandam ang mga puy-anan sumala sa gidak-on sa pagtoo.

Napanid-an sa Mga Taga-Roma 12:3, *"Kay pinaagi sa grasya nga gihatag kanako agdahon ko ang matag-usa kaninyo sa dili paghunahuna ug labaw kay sa angay niyang hunahunaon mahitungod sa iyang kaugalingon, kondili nga maghunahuna hinoon siya uban sa kaligdong, ang matag-usa sibo sa gidak-on sa pagtoo nga gibahin sa Dios niya."*

Busa, imong angay nga masabtan nga ang puy-anan ug himaya sa kada tawo sa langit magkalahi sumala sa gidak-on sa iyang pagtoo.

Depende sa kadakuon kon hain ikaw nag-anggid sa kasingkasing sa Dios, ang imong puy-anan sa langit pagahibaloon. Ang puy-anan sa kahangtoran nga langit susihon sumala sa kadaghan sa imong gituman ang langit diha sa imong kasingkasing isip nga usa ka espirituhanon nga tawo.

Pananglitan, atong ingnon nga ang usa ka bata ug usa ka hamtong nagkumpetensiya sa usa ka isport nga hitabo o nagdiskusyonay. Ang kalibotan sa mga bata ug ang sa mga hamtong lahi kaayo nga ang mga bata laayan nga makig-uban sa mga hamtong. Alang sa mga bata, ang paagi sa paghindumdom, ang lengguwahe, ug mga lihok lahi kaayo gikan sa kadtong iya sa mga hamtong. Masadya kini kon ang mga bata magdula uban ang ubang mga bata, mga batan-on kuyog ang mga batan-on, ug mga hamtong kuyog ang mga hamtong.

Kini sama sa espirituhanon. Kay ang espiritu sa tanan lahi, ang Dios sa gugma ug pagkamatarung nihimulag sa mga puy-anan sa langit sumala sa gidak-on sa pagtoo aron ang Iyang mga anak magapuyo sa kalipayan.

Ang Ginoo Muari human Mag-andam sa Langitnon nga mga Puy-anan

Sa Juan 14:3, gisaad sa Ginoo nga Siya magabalik ug dal-on ka sa gingharian sa langit human Niyang maandam ang mga puy-anan sa langit.

Kunohay adunay usa ka tawo nga sa kausa nidawat sa grasya sa Dios ug niagom og daghang mga balus sa langit kay siya matinuohon. Apan kon siya nibalik sa mga kalibotanon nga mga paagi, siya mabanlod gikan sa kaluwasan ug muadto sa impiyerno. Ug ang iyang daghang mga ganti mahimong walay bili. Bisan pa nga dili siya muadto sa impiyerno, ang iyang mga ganti sa gihapon mahimong walay nada.

Usahay kon iyang mapalaw ang Dios pinaagi sa pagpaulaw Niya bisan pa nga sa kausa siya nagmatinuohon, o kung siya nibalik og usa ka lebel o nagpabilin sa sama nga lebel sa iyang Kristohanon nga kinabuhi bisan pa kinahanglan niyang maghimo og pag-usbaw, ang iyang mga balus mawala.

Apan, ang Ginoo magahinumdum sa tanang butang nga imong gibuhat ug gisulayan alang sa gingharian sa Dios sa pagkamatinuohon. Usab, kung imong pabalaanon ang imong kasingkasing pinaagi sa sirkunsisyon niini sa Espiritu Santo, ikaw magauban sa Ginoo sa Iyang pagbalik ug ikaw pagabulahan nga muadto sa usa ka dapit nga morag Adlaw sa langit. Kay tungod gusto sa Ginoo nga ang tanan nga mga anak sa Dios perpekto, Iyang giingon, *"Ug sa mahiadto na ako ug makaandam na akog dapit alang kaninyo, moanhi Ako pag-usab ug pagadawaton Ko kamo nganhi uban Kanako, aron nga diin gani Ako atua usab kamo."* Gusto ni Hesus nga hinloan nimo ang imong kaugalingon sama nga ang Ginoo hinlo, nga nagkupot og hugot niining pulong sa paglaum.

Sa hingpit nga pagkahuman ni Hesus sa pagbuot sa Dios ug gihimaya Siya og daku, gihimaya sa Dios si Hesus ug gihatagan Siya og bag-ong pangalan: "Hari sa tanang hari, Ginoo sa tanang Ginoo." Sa samang paagi, sama sa pagkabalaan nimo sa Dios niining kalibotan, ang Dios magadala nimo sa himaya. Sa kadakuon sa imong pag-anggid sa Dios ug gihigugma sa Dios, ikaw mas duol nga magapuyo sa Trono sa Dios sa langit.

Ang mga puy-anan sa langit naghulat alang sa ilang mga agalon, ang mga anak sa Dios, sama sa mga pangasaw-onon nga giandam aron madawat ang ilang mga pamanhonon. Mao kana nganong ang apostol nga si Juan nagsulat sa Ang Pinadayag 21:2, *"Ug nakita ko ang balaang siyudad, ang bag-ong Jerusalem, nga nanaug gikan sa langit gikan sa Dios, gitagana maingon sa usa ka pangasaw-onon nga gidayandayanan alang sa iyang pamanhonon."*

Bisan pa ang pinakamaayo nga mga serbisyo sa usa ka maanyag nga pangasaw-onon niining kalibotan dili matandi sa kahupay ug kalipay sa mga puy-anan sa langit. Ang mga balay sa langit adunay tanan nga butang ug ihatag ang tanan pinaagi sa pagbasa sa hunahuna sa mga agalon aron sila mabuhi nga pinakamalipay sa kahangtoran.

Ginotahan sa Mga Proberbio 17:3 nga, *"Ang kolon tunawanan alang sa salapi ug ang hasohasan alang sa bulawan, Apan ang GINOO magasulay sa mga kasingkasing."* Busa, mag-ampo ko sa Ginoong Hesukristo nga imong masabtan nga ang Dios magapuro sa mga tawo aron mahimo sila nga Iyang tinuod nga mga anak, pabalaanon ang imong kaugalingon uban ang paglaum alang sa Bag-ong Herusalem, ug makusganon nga magabanse ngadto sa pinakamaayo nga langit pinaagi sa pagkamatinuohon sa tanang balay sa Dios.

Kapitulo 5

Unsaon Man Kanato Pagpuyo sa Langit?

1. Usa ka Kasagaran nga Estilo sa Kinabuhi sa Langit
2. Bisti sa Langit
3. Pagkaon sa Langit
4. Transportasyon sa Langit
5. Kalingawan sa Langit
6. Pagsimba, Edukasyon, ug Kultura s Langit

*Adunay mga lawas
nga langitnon ug aduna
usab ang mga lawas nga yutan-on,
apan lain ang kasanag sa mga yutan-on.
Lain ang kasanag sa Adlaw,
ug lain usab ang kasanag sa Bulan,
ug lain ang kasanag sa mga bitoon;
kay ang usa ka bitoon lahi man
ug kasanag sa laing bitoon.*

- 1 Mga Taga-Corinto 15:40-41 -

Ang kalipay sa langit dili matandi bisan pa sa pinakamaayo ug pinakamalipayon nga mga butang niining yuta. Bisan pa kon ikaw nangalipay sa imong kaugalingon kauban ang imong mga hinigugma sa usa ka baybay nga makita ang tulma, kining klase sa kalipay kadyot lang ug dili tinuod. Sa usa ka suok sa imong hunahuna, aduna sa gihapon og mga pagkabalaka nga atubangon humang mobalik ka sa imong inadlaw nga kinabuhi. Kon imong usbon kining klase sa kinabuhi alang sa usa ka buwan o duha, o alang sa usa ka tuig, dili madugay alaay na nimo ug magsugod ka og pangita og usa ka butang nga bag-o.

Bisan pa niana, ang kinabuhi sa langit, kon asa ang tanang butang matin-aw ug maanyag morag kristal, mao ang kalipay sa iyang kaugalingon kay ang tanang butang kanunay nga bag-o, misteryoso, masadya ug malipayon. Mahimo kang magkaaduna og malipayon nga panahon uban ang Dios nga Amahan ug ang Ginoo, o mahimo kang masadyaan sa imong mga kalingawan, paborito nga mga dula, ug ang tanang mga interesado nga butang kutob sa imong gusto. Atong tan-awon kon unsaon pagpuyo sa mga anak sa Dios sa pag-adto kanila sa langit.

1. Usa ka Kasagaran nga Estilo sa Kinabuhi sa Langit

Sa pagbag-o sa imong pisikal nga lawas ngadto sa espirituhanon nga lawas, kon asa sakop ang espiritu, ang kalag, ug ang lawas sa langit, mahimo nimong mailhan ang imong asawa, bana, mga anak, ug mga ginikanan niining yuta. Imo sad mailhan ang imong mga pastol o imong panon niining kalibotan. Ug imo sad mahinumduman ang unsang nakalimtan na niining yuta. Mahimo kang usa ka wais kaayo kay mahimo nimong masayran ug masabtan ang pagbuot sa Dios.

Pipila ang mahibulong, 'Ang ako bang mga sala ibisto sa langit?' Dili kini mao. Kon ikaw naghinulsol na, dili mahinumduman sa Dios ang imong mga sala isip sa pagkahalayo sa sidlakan gikan sa kasadpan (Mga Salmo 103:12), apan hinumdumon lang ang imong maayong mga buhat kay ang tanan nimong mga sala gipasaylo na inig abot nimo sa langit.

Unya, sa imong pag-abot sa langit, unsaon man nimo pag-usab ug pagkabuhi?

Ang Langitnon nga Lawas

Ang mga tawo ug mga mananap niining yuta adunay ilang kaugalingon nga mga korte aron ang kada buhi nga butang mailhan kon kini usa ka elepante, leon, usa ka agila, o usa ka tawo.

Sama sa adunay usa ka lawas uban ang iyang kaugalingong korte niining tulo-ka-dimensyonal nga kalibotan, adunay usa ka pinasahi nga lawas sa langit, kon hain usa ka upat-ka-dimensyonal nga kalibotan. Kini gitawag nga langitnon nga lawas. Sa langit mailhan ninyo ang usa og usa pinaagi niini. Unya, unsa man ang hitsura sa usa ka langitnon nga lawas?

Sa pagbalik sa Ginoo sa kahanginan, ang kada usa ninyo magbaylo sa gibanhaw nga lawas nga anaa sa espirituhanon nga lawas. Kining gibanhaw nga lawas mausab ngadto sa langitnon nga lawas, kon hain usa ka taas nga lebel, human ang Dakung Paghukom. Sumala sa balus sa kada usa, ang hayag sa himaya gikan niining langitnon nga lawas magkalainlain.

Ang usa ka langitnon nga lawas adunay mga bukog ug unod sama sa lawas ni Hesus pagkahuman sa Iyang pagkabanhaw (Juan 20:27), apan kini mao ang bag-o nga lawas nga adunay usa ka espiritu, usa ka kalag, ug usa ka dili-madunot nga lawas. Ang atong madunot nga lawas magabaylo ngadto sa usa ka bag-o nga lawas pinaagi sa pulong ug gahom sa Dios.

Ang langitnon nga lawas nga adunay sa kahangtoran dili madunot nga mga bukog ug unod magasidlak kay kini nabag-o ug nalimpyo. Bisan pa nga ang usa ka tawo nawad-an og usa ka butkon o usa ka batiis, o nabakol, ang langitnon nga lawas mahiuli isip nga hingpit nga lawas.

Ang langitnon nga lawas dili alop sama sa usa ka anino apan adunay usa ka tin-aw nga korte, ug wala nailalom sa pagdumala sa oras ug espasyo. Mao kana nganong si Hesus nagpakita sa atubangan sa mga tinun-an human sa Iyang pagkabanhaw, makalahos Siya sa mga bungbong nga libre (Juan 20:26).

Ang lawas niining kalibotan magka-adunay mga kunot ug magabagnol kon kini magtiguwang, apan ang langitnon nga lawas magabag-o isip nga usa ka dili madunot nga lawas aron kini magpabilin sa kabatan-on ug kasidlak sama sa Adlaw.

Sa edad nga Trenta-y-tres

Daghang mga tawo ang nahibulong kon ang langitnon nga lawas sama sa kadakuon sa usa ka hamtong o sama sa kagamayon sa usa ka bata. Sa langit, ang tanang tawo, bisan pa nga ang usa ka tawo namatay og batan-on o tiguwang, siya sa kahangtoran magkaaduna og kabatan-on sa usa ka nag-edad og tren-y-tres, ang edad ni Hesus kaniadtong Siya gilansang niining yuta.

Nganong mitugot man ang Dios nga mabuhi ka sa edad nga trenta-y-tres sa kahangtoran ngadto sa langit? Sama sa Adlaw nga anaa ang pinakahayag sa udto, duol sa ika-trenta-y-tres nga edad mao ang kinatumyan nga panahon sa kinabuhi sa usa ka tawo.

Ang kadtong mas bata pa kaysa trenta-y-tres mahimo nga gamay lang ang kabatid ug linghod, ug kadtong mas gulang pa sa kuwarenta mawala ang ilang enerhiya sa ilang pagtiguwang. Apan, diha sa edad nga trenta-y-tres, ang mga tawo hamtong ug maanyag sa tanang mga aspeto. Usab, ang kadaghanan nila mominyo, mahimugso ug magpadaku sa ilang mga anak aron ilang masabtan, sa aboton, ang kasingkasing sa Dios nga nagpaugmad sa mga tawo niining yuta.

Niining paagi, ang Dios magbaylo nimo ngadto sa usa ka langitnon nga lawas aron mapabilin nimo ang kabatan-on sa edad nga trenta-y-tres, ang labing maanyag nga edad sa tawo, sa kahangtoran sa langit.

Walay Bayolohikal nga Relasyon

Kon ikaw mopuyo sa langit sa kahangtoran uban ang pisikal nga dagway sa kadtong panahon nga nibiya ka niining kalibotan, unsa kaha kini ka kataw-anan? Atuang ingnon nga adunay usa ka tawo nga namatay sa edad nga kuwarenta ug niadto sa langit. Ang iyang anak miadto sa langit sa edad nga singkwenta, ug ang iyang apo namatay sa edad nga nobenta ug miadto sa langit. Sa pagkakita nilang tanan og dungan sa langit, ang apo mahimong pinakatiguwang, ug ang apohan mao ang pinakabata.

Busa, sa langit kon asa ang Dios nagmando kauban ang Iyang pagkamatarung ug gugma, ang tanang tawo mahimong trenta-y-tres anyos, ug ang bayolohikal o pisikal nga relasyon niining yuta dili na masunod.

Walay usa nga motawag sa bisan kang kinsa nga 'amahan', 'inahan', 'anak', sa langit bisan pa nga sila mga ginikanan o mga anak niining yuta. Kini tungod ang tanang tawo mga managsuon na isip nga mga anak sa Dios. Kay nakahibalo sila nga sila sa una mga ginikanan ug mga anak niining yuta ug nahigugma'g pag-ayo sa usa og usa, magka-aduna sila og espesyal nga gugma alang sa usa og usa.

Unsaon man, kung, ang inahan niadto sa Ikaduhang Gingharian ug ang iyang anak nga lalaki ngadto sa Bag-ong Herusalem? Niining yuta, lagi, ang anak nga lalaki mosilbi sa iyang inahan. Sa langit, bisan pa niana, ang inahan moduko sa iyang anak nga lalaki kay siya mas labaw nga nag-anggid sa Dios nga Amahan, ug ang kahayag nga mogawas gikan sa iyang langitnon nga lawas mas hayag kaysa sa iyahang kaugalingon.

Busa, dili ninyo tawgon ang usa og usa og mga pangalan ug mga titulo nga inyong gigamit niining yuta, apan ang Dios nga Amahan magahatag og bag-o, may angay nga mga pangalan nga adunay espirituhanon nga kahulogan sa kada usa. Bisan niining yuta, ang Dios nibaylo sa pangalan ni Abram ngadto sa Abraham, kang Sarai ngadto sa Sarah, ug kang Jacob ngadto sa Israel, nga nagpasabot nga siya nagpakigbisog kauban ang Dios ug nidaug.

Langit I

Ang Kalahian taliwala sa mga Kalalakihan ug mga Kababayen-an sa Langit

Sa langit walay kasal, apan adunay tin-aw nga pagkalahi taliwala sa mga kalalakihan ug mga kababayen-an. Una sa tanan, ang mga kalalakihan adunay katas-on nga unom hangtud unom ka tapak ug duha-ka-pulgada ug ang mga kababayen-an mga upat-ka-pulgada nga mas hamubo.

Ang pipila ka mga tawo nagkabalaka kaayo mahitungod sa ilang katas-on isip nga hamubo kaayo o taas ra kaayo, apan walay kinahanglan niining kabalaka sa langit. Usab, walay kinahanglan nga magkabalaka mahitungod sa kabug-aton kay ang tanang tawo magka-aduna sa pinakaangay ug kaanyag nga korte.

Ang usa ka langitnon nga lawas dili mobati og bisan unsang kabug-at bisan pa nga murag kining adunay kabug-at, aron nga bisan ang usa ka tawo maglakaw sa mga kabulakan, dili sila maduot o madugmok. Ang usa ka langitnon nga lawas dili matimbang, apang dili usa ka butang nga mahuyop sa hangin kay kini lig-on kaayo. Ang pagkaadunay kabug-at bisan pa kini dili nimo mabati nagpasabot nga kini adunay usa ka porma ug usa ka hitsura. Sama kini kon imong alsahon ang usa ka panid nga papel, dili nimo mabati ang bisan unsang kabug-at apang imong nahibaluan nga aduna kini'y kabug-aton.

Ang buhok bulagaw og adunay gamay nga mga bawod. Ang mga buhok sa mga lalaki hangtud sa liog, apang ang katas-on sa buhok sa mga babaye nagkasahi. Ang pagkaadunay taas nga buhok sa usa ka babaye nagpasabot nga siya nidawat og dagkung mga balus, ug ang pinakataas nga buhok hangtud sa hawak. Busa, daku kaayong himaya ug garbo nga magkaaduna og taas nga buhok para sa mga babaye (1 Mga Taga-Corinto 11:15).

Niining yuta, ang kadaghanang mga babaye naglaum ug nagsulay nga magkaadunay puti ug mahumok nga panit. Sila nagbutang og mga produkto nga kosmetik aron mapabilin ang ilang mga panit nga hugot ug mahumok nga walay mga kunot. Sa langit, ang tanang tawo magkaaduna og walay lama nga panit nga puti, tin-aw, ug hinlo, nga nagsidlak kauban ang kahayag sa himaya.

Dugang pa, kay tungod walay dautan sa langit, walay kinahanglan nga magbutang og make-up o magkabalaka mahitungod sa gawasnon nga hitsura kay ang tanang butang maanyag tan-awon ngadto. Ang kahayag sa himaya nga gikan sa langitnon nga lawas musidlak og mas puti, mas tin-aw, ug mas hayag sumala sa gidak-on sa pagkabalaan sa kada usa ug kaanggid sa kasingkasing sa Ginoo. Usab, ang pagkahan-ay nakahukom ug mipadayon pinaagi niini.

Ang Kasingkasing sa Langitnon nga mga Tawo

Ang mga tawo nga adunay langitnon nga lawas adunay kasingkasing sa espiritu sa iyang kaugalingon, kon hain anaa sa balaanon nga kinaiyahan ug walay bisan unsang kadautan. Sama sa mga tawo nga gusto'y aduna sila ug mahikap ang unsang maayo niining yuta, bisan pa ang mga kasingkasing sa mga tawo nga adunay langitnon nga lawas gusto nga mabati ang kaanyag sa uban, tan-awon sila ug hikapon sila sa kangaya. Apan, walay bisan unsang kahakog o kaibog.

Usab, ang mga tawo magbaylo sumala sa ilang kaugalingon nga kaayohan niining yuta, ug sila mapul-an sa mga butang, bisan pa kini sila nindot ug maayo nga mga butang. Ang kasingkasing sa mga tawo nga adunay langitnon nga mga lawas adunay walay kaulaw ug dili magbaylo.

Pananglitan, ang mga tawo niining yuta, kon sila pobre, lami nga mukaon bisan sa mga barato ug dili-maayo nga kalidad nga pagkaon. Kon sila modatu og gamay, dili sila matagbaw sa kon unsang ilang gilamian sa una ug magpadayon nga mangita og mas maayo nga pagkaon. Kon mopalit ka og usa ka bag-o nga duwaan para sa mga bata, sa una lipay kaayo sila, apan pagkahuman sa pipila kaadlaw mobati sila og kahilas niini ug mangita og bag-o. Sa langit, bisan pa niana, wala kining klase sa paghunahuna, nga kon imong magustuhan ang bisan unsang butang sa kausa, imo kining magustuhan sa kahangtoran.

2. Bisti sa Langit

Ang pipila mahimong maghunahuna nga ang bisti sa langit pareho lang, apan dili kini mao. Ang Dios mao ang Mamumugna, ug ang Matarung nga Hukom nga maghatag og balus sumala sa imong binuhatan. Busa, sama nga ang mga balus sa langit nagkasahi, ang mga bisti sad magkasahi sumala sa mga binuhatan niining yuta (Ang Pinadayag 22:12). Unya, unsang klase sa mga bisti ang imong sul-ubon ug unsaon kini sila nimo dekorasyonan sa langit?

Langitnon nga mga Bisti nga adunay Nagkalain-lain nga mga Kolor ug Desinyo

Sa langit, ang tanang tawo sa sukaran magsul-ot og hayag,

puti, ug nagsidlak nga mga bisti. Kini sila humok sama sa sida ug gaan nga murag wala sila'y kabug-at, ug magtabyog sa kaanyag.

Kay ang gidak-on sa pagkabalaanon sa kada usa hilain, ang mga kahayag nga maggikan sa mga bisti ug ang kasidlak magkalain-lain. Sa pagsamot sa pag-anggid sa usa ka tawo sa balaan nga kasingkasing sa Dios, mas magkasamot ang kahayag ug ang kasidlak sa iyang mga bisti.

Usab, depende sa gidaghanon sa imong gitrabaho alang sa gingharian sa Dios ug paghimaya Niya, ang daghang klase sa mga bisti nga adunay nagkalain-lain nga mga desinyo ug materyales nan igahatag.

Niining yuta, ang mga tawo nagsul-ob og nagkalain-lain nga mga bisti sumala sa ilang estado nga sosyal ug pinansiyal. Susama sa langit, magsul-ob ka og mga bisti nga adunay daghang mga kolor ug mga desinyo sa imong pag-abot sa mas taas nga posisyon sa langit. Usab, ang estilo sa buhok ug ang mga aksesorya nagkalainlain.

Dugang pa, sa unang mga inadlaw, ang mga tawo moila sa kada sosyal nga estado pinaagi lang sa pagtan-aw sa mga kolor sa ilang bisti. Sa samang paagi, ang mga tawo mahimong mailhan sa ilang posisyon ug ang kadaghanon sa mga balus sa matag usa sa gihatag sa langit. Ang pagsul-ob og hilain nga mga bisti sa gibungat nga mga kolor ug desinyo gikan sa ubang tawo nagpasabot nga siya nidawat og mas daku nga himaya.

Busa, ang kadtong nakasulod sa Bag-ong Herusalem o nitrabaho og mas daghan alang sa gingharian sa Dios modawat sa mas maanyag, mas daghang kolor, ug mas sidlak nga mga bisti.

Sa pikas nga bahin, kon wala ka nitrabaho og daghan alang sa gingharian sa Dios, modawat ka lang og minos nga mga sinina sa langit. Sa pikas nga bahin, kon ikaw nitrabaho og daghan kaayo kauban ang pagtoo ug gugma, mahimo kang modawat og dili-maihap nga mga bisti nga adunay daghang mga kolor og desinyo.

Langitnon nga mga Bisti nga adunay Nagkalain-lain nga mga dekorasyon

Ang Dios mohatag og mga bisti nga adunay nagkalain-lain nga mga dekorasyon aron ipakita ang himaya sa matag usa. Sama sa usa ka harianon nga pamilya kaniadto magpakita sa ilang mga posisyon pinaagi sa pagbutang og mga espesyal nga mga dekorasyon sa ilang mga bisti, ang mga bisti sa langit nga adunay nagkalain-lain nga mga dekorasyon magpakita sa langitnon nga posisyon ug himaya sa usa ka tawo.

Adunay mga dekorasyon sa pagpasalamat, pagdayaw, pag-ampo, kalipay, himaya, ug daghan pa nga mahimong matahi sa mga bisti sa langit. Kon ikaw mokanta og pagdayaw niining kinabuhi nga adunay mapasalamaton nga hunahuna alang sa gugma ug kalooy sa Dios nga Amay ug sa Ginoo, o kon ikaw mokanta aron himayaon ang Dios, Siya modawat sa imong kasingkasing ingon nga usa ka maanyag nga humot ug Siya magbutang og dekorasyon sa pagdayaw sa imong mga bisti sa langit.

Ang mga dekorasyon sa kalipay ug pagpasalamat ibutang sa kaanyag alang sa mga tawo nga tinuod nga nagmalipayon ug nagmapasalamaton sa ilang mga kasingkasing pinaagi sa paghanumdum sa grasya sa Dios nga Amay kon kinsa nihatag sa kinabuhing dayon ug ang gingharian sa langit bisan pa sa panahon sa mga kasakit ug mga pagsulay sa yuta.

Sunod, ang dekorasyon sa pag-ampo ibutang sa kadtong nag-ampo sa ilang kinabuhi alang sa gingharian sa Dios. Sa tanan niini, bisan pa niana, ang pinakmaanyag nga dekorasyon mao ang dekorasyon sa himaya. Kini mao ang pinakalisud nga kaboton. Sama sa usa ka hari o usa ka presidente nga magbalus og usa ka espesyal nga medalya o mga medalya nga honoraryo sa usa ka sundalo nga nihatag og halamdon nga mga serbisyo, kining dekorasyon sa himaya partikular nga gihatag sa kadtong lisud kaayo ug sobra nga nitrabaho alang sa gingharian sa Dios ug nihatag og daku nga himaya Niya. Busa, ang usa ka tawo nga nagsul-ob sa mga bisti nga adunay dekorasyon sa himaya mao ang usa sa pinakahamili sa tanang gingharian sa langit.

Mga balus nga mga Korona ug mga Bato nga Bilihon

Adunay dili-maihap nga mga bato nga bilihon sa langit. Ug ang pipila ka mga bato nga hamili gihatag isip nga mga balus ug gibutang sa mga bisti. Sa Libro nga Ang Pinadayag imong mabasa nga ang Ginoo nagsul-ob og usa ka bulawan nga korona ug usa ka bakos sa Iyang dughan, ug kini sad mga balus nga gihatag Niya sa Dios.

Ang Biblia naghisgot og daghang mga klase sa mga korona. Ang mga sukdanan aron makadawat og mga korona ug ang mga bili sa mga korona nagkalain-lain kay sila gihatag isip nga mga balus.

Adunay daghang mg klase sa mga korona nga gihatag sumala sa mga buhat sa kada usa sama sa usa ka dili-madunot nga korona nga gihatag sa kadtong nagkompetensiya sa mga dula (1 Mga Taga-Corinto 9:25), ang korona sa himaya nga gihatag sa kadtong mga naghimaya sa Dios (1 Pedro 5:4), ang korona nga kinabuhi nga gihatag sa kadtong nagmatinumanon ngadto hangtud sa kamatayon (Santiago 1:12; Ang Pinadayag 2:10), ang bulawan nga korona nga gisul-ob sa 24 ka mga ansiyano palibot sa Trono sa Dios (Ang Pinadayag 4:4, 14:14), ug ang korona sa pagkamatarung kon asa gikahidlawan ni Pablo (2 Kang Timoteo 4:8).

Usab, adunay mga korona sa daghang mga porma nga gidekorasyonan og mga bato nga hamili sama sa gidekorasyonan-og-bulawan nga korona, ang korona sa mga bulak, ang korona sa mga perlas, ug uban pa. Pinaagi sa korona nga dawaton sa usa ka tawo, imong mailhan ang iyang pagkabalaan ug mga balus.

Niining yuta bisan kinsa mahimong mopalit og mga bato nga bilihon kon siya adunay kuwarta, apang sa langit mahimo ka lang magkaaduna og bato nga bilihon kon kini sila gihatag nimo isip nga mga balus. Mga butang sama sa gidaghanon sa mga tawo nga imong gidala sa kaluwasan, ang gidaghanon sa halad nga imong gihatag kauban ang tinuod nga kasingkasing, ug ang gidak-on sa imong pagkamatinumanon ang motakos sa daghang mga klase sa mga balus nga igahatag. Busa, ang mga bato nga bilihon ug mga korona kinahanglan nga magkalain-lain kay kini sila gihatag sumala sa mga binuhatan sa matag usa. Usab, ang kahayag, kaanyag, katahom, ug ang gidaghanon sa mga bato nga bilihon ug mga korona magkalain-lain sad.

Susama kini sa mga puy-anan nga mga dapit ug mga balay sa langit. Ang mga puy-anan nga dapit hilain sumala sa pagtoo sa matag usa; ang gidak-on, kaanyag, kasidlak sa bulawan ug uban pang mga bato nga bilihon alang sa mga kinaugalingon nga mga balay tanan nagkalain-lain. Imong makit-an og mas duol kining mga butang tuhoy sa mga puy-anan nga dapit sa langit gikan sa Kapitulo 6 ug sa padayon.

3. Pagkaon sa Langit

Kaniadtong nipuyo ang unang tawo nga si Adan ug si Eba sa Hardin sa Eden, sila nikaon lang og mga bunga ug mga balili nga nagahatag og binhi (Genesis 1:29). Bisan pa niana, sa kadtong si Adan gipagula gikan sa Hardin sa Eden tungod sa iyang pagkamasupakon, sila nikaon sa mga tanom sa uma. Human sa dakung pagbaha, ang mga tawo gitugotan nga mukaon sa karne. Niining paagi, sa pagkasamot sa tawo og paghimog mas dautan, ang klase sa pagkaon nibaylo sad.

Unsa, man, ang imong kan-on sa langit, kon asa walay bisan unsang kadaut? Ang uban nahibulong kon ang langitnon nga lawas kinahanglan sad nga mukaon. Sa langit, imong mainom ang Tubig sa Kinabuhi, ug mokaon ug manimaho sa daghang mga klase sa bunga aron modawat og kalipay.

Ang Pagginhawa sa Langitnon nga Lawas

Kay kitang mga katawhan nagginhawa sa yuta, ang mga langitnon nga lawas moginhawa sad sa langit. Lagi, ang langitnon nga lawas dili kinahanglan nga moginhawa, apang kini makapahulay samtang nagginhawa, sa paagi nga ikaw nagginhawa niining yuta. Busa kini makaginhawa dili lang sa ilong ug sa baba, apan usab sa iyang mga mata o sa tanang mga selyula sa iyang lawas, o bisan sa kasingkasing.

Ang Dios nagginhawa sa mga kahumot sa atong mga kasingkasing kay Siya mao ang Espiritu. Siya nahimuot sa mga sakripisyo sa mga tawo ug gipanimahuan ang matam-is nga kahumot gikan sa ilang mga kasingkasing sa Daang Kasabotan nga panahon (Genesis 8:21). Sa Bag-ong Kasabotan, si Hesus, nga dalisay ug walay-lama, mitugyan sa Iyang kaugalingon alang kanato, ingon sa usa ka humot nga halad ug usa ka sakripisyo sa Dios (Mga Taga-Efeso 5:2).

Busa, ang Dios modawat sa kahumot sa imong kasingkasing kon ikaw magsimba, mag-ampo o mukanta og mga pagdayaw uban ang tinuod nga kasingkasing. Sama sa pag-anggid nimo sa Ginoo ug mahimong matarung, imong makatag ang kahumot ni Kristo, ug sa baylo gidawat ingon sa bilihon nga halad sa Dios. Ang Dios modawat sa imong mga pagdayaw ug mga pag-ampo uban ang kalipay pinaagi sa pagginhawa.

Sa Mateo 26:29, imong makita nga ang Ginoo nag-ampo alang nimo sukad nga Siya misaka sa langit, nga wala mokaon og bisan unsa sa niaaging duha ka milenya. Susama, sa langit, ang langitnon nga lawas mahimong mabuhi bisan pa dili mokaon o moginhawa. Ikaw sa imong kaugalingon mabuhi sa kahangtoran kon muadto ka sa langit kay ikaw magbaylo ngadto sa usa ka espirituhanon nga lawas nga dili madunot.

Kon moginhawa ang langitnon nga lawas, bisan pa niana, mabati niini ang mas kamaya ug kalipay, ug ang espiritu mahiuli ug mabag-o. Sama sa mga tawo nga nagbalanse sa ilang mga diyeta aron mapabilin ang ilang kahimsog, ang langitnon nga lawas malipay sa pagginhawa og kahumot sa langit.

Busa kon ang daghang mga klase sa bulak ug mga bunga magpagawas sa ilang kahumot, ang langitnon nga lawas moginhawa sa kahumot. Bisan pa nga ang mga bulak sige-sige nga magpagawas sa sama nga kahumot, kini kanunay nga mobati og kalipay ug katagbaw.

Dugang pa, kon ang usa ka langitnon nga lawas modawat sa maanyag nga kahumot sa mga bulak ug mga bunga, ang kahumot mohumol ngadto sa lawas sama sa agwa. Ang lawas mopagawas sa kahumot hangtud kini hingpit nga mawala. Sama nga ikaw mobati og kaayo kon ikaw mobutang og agwa niining yuta, ang langitnon nga lawas mobati og mas kalipay nga manimaho tungod sa maanyag nga kahumot.

Pagpagawas pinaagi sa Ginhawa

Unsa man, unya, ang kan-on sa mga tawo ug magpadayon sa ilang mga kinabuhi sa langit? Sa Biblia imong makita nga ang Ginoo nagpakita sa atubang sa Iyang mga disipolo human sa Iyang pagkabanhaw, ug niginhawa (Juan 20:22) o mikaon (Juan 21:12-15). Ang rason nganong ang nabanhaw nga Ginoo nikaon dili tungod nga Siya nagutom, apan aron ibahin ang kalipay uban ang mga disipolo ug magpahibalo nimo nga ikaw sad mokaon sa langit ingon sa usa ka langitnon nga lawas. Mao kana nganong ang Biblia nitala nga si Kristo Hesus nikaon og tinapay ug isda sa pamahaw human Niyang mabanhaw.

Unya, ngano man ang Biblia nag-ingon nga ang Ginoo nagginhawa bisan pa pagkahuman sa Iyang pagkabahanhaw? Kon ikaw mokaon sa langit, kini matunaw dayon ug mogawas pinaagi sa imong ginhawa. Sa langit, ang pagkaon mabungkag dayon ug mogawas gikan sa lawas pinaagi sa ginhawa. Busa walay kinahanglan nga malibang o mga kasilyas. Unsa kaayahay kini ug makahingangha nga ang pagkaon nga gikaon mogawas sa lawas pinaagi sa ginhawa ingon nga kahumot ug matunaw!

4. Transportasyon sa Langit

Sa tibuok historya sa katawhan, sa pag-abanse sa sibilisasyon ug siyensiya, mas paspas ug mas ayahay nga transportasyon sama sa mga kariton, mga karomata, mga awto, mga barko, mga tren, mga eroplano, ug uban pa ang giimbento.

Adunay daghang mga klase sad sa transportasyon sa langit. Adunay usa ka transpotasyon nga pangpubliko nga sistema sama sa tren sa langit ug pribado nga pinaagi sa transportasyon sama sa panganod nga mga awto ug bulawan nga mga karomata.

Sa langit, ang langitnon nga lawas makalihok og kusog kaayo o bisan pa nga molupad kay kini siya labaw sa espasyo ug sa panahon, apan mas masadya ug makalipay ang paggamit sa transportasyon nga gihatag isip nga mga balus.

Biyahe ug Transportasyon sa Langit

Unsa kaha ka malipayon ug makalilingaw kini kon ikaw makabiyahe nga makita sa tanang palibot sa langit ug makit-an ang kaanyag ug kahibulongan nga mga butang nga gibuhat sa Dios!

Ang matag-usa nga eskina sa langit adunay pinasahi nga kaanyag, mao kana nga imong makalipayan ang matag-usa nga bahin niini. Apan, kay ang kasingkasing sa langitnon nga lawas walay pagbaylo, kini dili gayud mobati og kalaay o kakapoy nga mabisita ang samang dapit og usab. Busa ang pagbiyahe sa langit kanunay nga masadya ug makaikag nga butang nga buhaton.

Ang langitnon nga lawas dili kinahanglan nga mosakay sa bisan unsang klaseng transportasyon kay kini dili gayud kapuyon ug makalupad pa. Bisan pa niana, ang paggamit og daghang mga sakyanan makapabati niini og mas daku nga kasulhay. Kini sama sa ang pagsakay sa usa ka bus mas masulhay kaysa paglakaw, ug ang pagsakay sa mga taxi o pagmaneho sa mga awto mas masulhay kaysa pagsakay sa bus o pagsakay sa mga tren niining yuta.

Busa kon mosakay ka sa tren sa langit, nga gidekorasyonan og daghang mga kolor og mga bato nga bilihon, makaadto ka padulong sa imong destinasyon bisan pa nga walay rilis, ug kini makalihok og libre ngadto sa too o sa wala, o bisan pataas ug paubos.

Sa pagpadulong sa mga tawo ngadto sa Paraiso sa Bag-ong Herusalem, sila mosakay sa tren sa langit kay ang duha ka mga dapit layo man gikan sa usa og usa. Kini usa ka daku nga kahinam alang sa mga pasahero. Sa paglupad lahos sa mahayag nga mga suga, makita nila ang maanyag nga mga talan-awon sa langit sa mga bintana. Sila mobati og mas daku nga kalipay sa hunahuna nga makit-an nila ang Dios nga Amay.

Sa mga transportasyon sa langit, adunay bulawan ng karomata nga sakyan sa usa ka espesyal nga tawo sa Bag-ong Herusalem sa iyang paglibot sa langit. Kini adunay puti nga mga pako, ug adunay pindutan sa sulod. Pinaagi atong pindutan, kini molihok og awtomatik, ug kini modagan o bisan pa molupad sumala sa gusto sa tag-iya.

Panganod nga Awto

Ang mga panganod sa langit murag usa ka dekorasyon nga modugang og kaanyag sa langit. Busa kon ang langitnon nga lawas mopadulong sa mga dapit kuyog ang mga panganod nga naglibot niini, ang mga lawas mosidlak og samot kaysa paglakat nga walay kuyog nga mga panganod. Kini mopabati sad sa uban ug motahod sa dignidad, himaya ug awtoridad sa gilibotan sa panganod nga espirituhanon nga lawas.

Ang Biblia nag-ingon nga ang Ginoo moari uban ang mga panganod (1 Mga Taga-Tesalonica 4:16-17), ug kini tungod kay ang pag-ari uban ang mga panganod sa himaya mas labi nga harianon, maligdong, ug maanyag kaysa pag-ari sa kahanginan nga walay bisan unsang kuyog. Sa samang paagi ang mga panganod sa langit anaa aron modugang og himaya sa mga anak sa Dios.

Kon ikaw takos nga makasulod sa Bag-ong Herusalem, imong maangkon ang mas labi nga kahibulongan nga awto. Kini dili usa ka panganod nga giporma sa hinungaw sama sa anaa niining yuta, apan gibuhat sa panganod sa himaya sa langit.

Ang awto sa panganod magpakita sa himaya, kaligdong, ug awtoridad sa iyang tag-iya. Bisan pa niana, dili ang tanan makaangkon og usa ka awto sa panganod kay kini gihatag lang sa kadtong mga tawo nga takos nga makasulod sa Bag-ong Herusalem pinaagi sa pagkumpleto sa pagkabalaanon ug pagkamatinuohon sa tanang balay sa Dios.

Ang kadtong makasulod sa Bag-ong Herusalem mahimong moadto bisan asang dapita kauban ang Ginoo nga nagsakay niining awto sa panganod. Atol sa pagsakay, ang langitnon nga mga panon ug ang mga anghel mokuyog og mosilbi nila. Kini sama sa daghang mga ministro nga nagsilbi sa hari o prinsipe kon siya nagbiyahe. Busa, ang pagkuyog ug serbisyo sa mga langitnong panon ug mga anghel dugang nga nagpakita sa awtoridad ug himaya sa tag-iya.

Ang mga awto sa panganod gimaneho kanunay sa mga anghel. Adunay usa lang ka pungkuanan alang sa pribado nga gamit, o daghang pungkuanan kon asa daghang mga tawo ang makasakay. Kon ang usa ka tawo sa Bag-ong Herusalem moduwa og golf ug molibot sa uma, usa ka awto sa panganod ang moanha ug mohunong sa tiilan sa amo. Kon mosakay siya niini, ang sakyanan moadto'g dali lang kaayo padulong sa bola.

Handurawa nga ikaw naglupad sa langit, nga nagsakay sa usa ka awto sa panganod kauban ang mga panon sa langit ug mga anghel sa Bag-ong Herusalem. Usab, handurawa nga ikaw nagsakay sa awto sa panganod kauban ang Ginoo, o ikaw nagbiyahe sa lapad og daku nga langit sa tren sa langit kuyog ang imong mga pinalangga. Mahimong ikaw madinaogon nga magkalipay.

5. Kalingawan sa Langit

Pipila ka mga tawo mahimo nga maghunahuna nga wala kaayo'g daghan nga kasadya ang pagpanginabuhi isip nga usa ka langitnon nga lawas, apan dili kani mao. Kapuyon ka o dili matagbaw og pag-ayo sa mga lingaw niining pisikal nga kalibotan, apan sa espirituhanon nga kalibotan, "ang lingaw" kanunay nga mabati nga bag-o ug presko.

Busa bisan niining kalibotan, sa pagtuman nimo sa tibuok nga espiritu, mas halawom nga gugma ang imong masinati ug mas magmalipayon ka. Sa langit, imong makalipayan dili lang ang imong mga buhat aron malingaw apan ang daghang mga klase sad sa mga kalingawan, ug kini dili-makumpara sa bisan unsang uban nga mga porma sa kalingawan niining yuta.

Pagkalipay sa mga Buhat aron Malingaw ug mga Dula

Sama sa mga tawo niining yuta nga nagpalambo sa ilang mga talento ug naghimo sa ilang mga kinabuhi nga mas labing dagaya pinaagi sa ilang mga buhat aron malingaw, makaangkon ka sad ug malipay sa mga buhat aron malingaw sa langit. Mahimutan nimo dili lang ang unsang imong nagustohan niining yuta, apan ang mga butang sad nga imong gipugngan nga kalipayan aron mabuhat ang mga buluhaton sa Dios kutob sa imong gusto. Mahimo sad nimong matun-an ang mga bag-ong butang.

Ang kadtong interesado sa mga instrumento sa musika makadayaw sa Dios pinaagi sa pagtukar sa alpa. O mahimo kang makatuon sa pagtukar sa piyano, plawta ug daghan pang uban nga mga instrumento, ug dali lang silang matun-an kay ang tanang tawo mas maalam sa langit.

Mahimo sad kang makig-istorya sa naturalisa ug mga langitnon nga mananap aron magdugang sa imong kalipay. Bisan pa ang mga tanom ug mga mananap makaila sa mga anak sa Dios, sugaton sila, ug magpakita sa ilang gugma ug respeto alang kanila.

Dugang pa, mahimo kang malipay sa daghang mga isport sama sa tennis, basketball, bowling, golf ug hang-gliding apan dili ang pipila ka mga isport, sama sa wrestling o boksing nga mahimong makasakit sa ubang tawo. Ang mga pasilidad ug ang mga kagamitan dili gayud peligroso. Sila gibuhat sa kahibulongan nga mga materyales ug gidekorasyonan og bulawan ug mga bato nga bilihon aron mohatag og labing kalipay ug kalami samtang nangalipay sa isport.

Usab, ang mga isport nga mga kagamitan makaila sa mga kasingkasing sa mga tawo ug mohatag og labing kalami. Pananglitan, kon ikaw nangalipay sa bowling, ang bola o mga pin magbaylo sa ilang mga kolor, ug muadto sa ilang mga posisyon ug kalagyo sa imong gusto. Ang mga pin mangatumba nga adunay maanyag nga mga suga ug kamaya nga tingog. Kon gusto nimo nga mawala ang imong kapareha, ang mga pin molihok sumala sa imong gusto aron mapalipay ka.

Sa langit, walay dautan nga gusto modaug o mopildi sa bisan kang kinsa. Ang paghatag og labing kalami ug benepisyo sa ubang tawo mao ang pagdaug sa dula. Pipila ka mga tawo mahimong mangutana sa buot ipasabot sa dula nga walay usa nga modaug o mapildi, apan sa langit ikaw dili muangkon og kalami pinaagi sa pagdaug batok sa bisan kang kinsa. Ang pagdula sa dula mao ang kalipay.

Lagi, adunay mga pipila ka mga dula kon asa ikaw makaangkon og kalami pinaagi sa usa ka maayo ug patas nga kompetisyon. Pananglitan, adunay usa ka dula kon hain ikaw modaug sumala sa kon unsa kahumot ang imong pagginhawa sa mga bulak, giunsa nimo kini sila gimiksla sa pinakamaayo nga paagi ug ipagawas ang pinakamaayo nga baho, ug pareho niini.

Daghang mga Klase sa mga Kalingawan

Ang pipila sa kadtong nagkagusto sa mga dula mangutana kon adunay butang nga arcade sa langit. Lagi adunay daghang mga dula nga mas makalipayan kaysa kadtong naa niining yuta.

Ang mga duwa sa langit, dili sama sa kadtong naa niining yuta, dili magpakapoy nimo o mopildi sa imong pananaw. Dili ka gayud mobati og kalaay nila. Hinoon, kini sila magpahiuli nimo ug magpadait pagkahuman. Kon ikaw modaug o makakuha sa pinakamaayo nga puntos, mabati nimo ang pinakalami ug dili gayud mawad-an og interes.

Ang mga tawo sa langit anaa sa langitnon nga mga lawas, busa dili sila mobati og kahadlok nga mahulog gikan sa mga sakyanan sa kalingawan nga mga parke sama sa mga roller coaster. Mobati lang sila og kahinam ug kalami. Busa ang bisan kinsa nga adunay acrophobia (kahadlok sa kataas) niining yuta makapangalipay sa kadtong mga butanga sa langit kutob sa gusto nila.

Bisan pa nga mahulog ka gikan sa roller coaster, dili ka masamaran kay ikaw usa ka langitnon nga lawas. Makatugpa ka og luwas kaayo sama sa usa ka master sa karate, o ang mga anghel magpanalipod nimo. Busa handurawa nga nagsakay ka sa usa ka roller coaster, nga nagsinggit uban ang Ginoo, ug ang tanan nimong mga pinalangga. Unsa kamalipayon ug kamaya kini!

6. Pagsimba, Edukasyon, ug Kultura sa Langit

Walay kinahanglan nga magtrabaho alang sa pagkaon, bisti, ug balay sa langit. Busa ang pipila mahimong mahibulong, "Unsa man ang atong buhaton sa kahangtoran? Dili ba kita mahimong walay-mahimo nga nakatiwangwang lang?" Bisan pa niana, walay kinahanglan nga magkabalaka gayud.

Sa langit, daghan kaayong mga butang ang mahimo nimong makalipayan. Adunay daghang mga klase nga makaikag ug makahikabhibak nga mga aktibidad ug mga hitabo sama sa mga dula, edukasyon, pagsimba nga mga serbisyo, mga pista, pagbiyahe ug mga isport.

Dili ka kinahanglan o pugson nga mosalmot niining mga aktibidad. Ang tanang tawo boluntaryo ang pagbuhat sa tanang butang, ug kini buhaton nga may kalipay kay ang tanang butang nga imong buhaton nagahatag nimo og dagaya nga kadaghanon nga kalipay.

Pagsimba uban ang Kalipay sa atubangan sa Dios nga Mamumugna

Sama nga niadto ka sa mga serbisyo ug pagsimba sa Dios sa napiho nga panahon niining yuta, imo sad simbahon ang Dios sa tino nga mga panahon sa langit. Lagi, ang Dios mowali sa mensahe ug pinaagi sa Iyang mga mensahe, makatuon ka mahitungod sa gigikanan sa Dios ug ang espirituhanon nga kalibotan nga walay sinugdanan ug katapusan.

Sa kinatibuk-an, ang kadtong naglabaw sa ilang mga pagtuon magpaabot sa mga klase ug sa pagkakita sa ilang mga manunodlo. Bisan pa sa kinabuhi sa pagtoo, ang kadtong nahigugma sa Dios ug nagsimba sa espirituhanon ug kamatuoran magpaabot sa daghang pagsimba nga mga serbisyo ug sa pagpamati sa tingog sa pastol nga nagwali sa pulong sa kinabuhi.

Sa imong pag-adto sa langit, aduna kay kasadya ug kalipay sa pagsimba sa Dios ug magpaabot sa pagdungog sa pulong sa Dios. Imong madungog ang pulong sa Dios pinaagi sa mga serbisyo, magkaadunay mga panahon sa pakig-istorya sa Dios, o maminaw sa pulong Ginoo. Usab, adunay mga panahon sa mga pag-ampo. Apan, dili ka magluhod o mag-ampo nga nagpiyong ang imong mga mata sama sa imong gibuhat niining yuta. Ang mga pag-ampo sa langit mao ang pakig-istorya sa Dios nga Amay, ug sa Espiritu Santo. Unsa kaha kamalipayon ug kamaya ang kadtong panahona!

Imo sad madayaw ang Dios sama sa imong gibuhat niining yuta. Apan, dili sa bisan unsang lengguwahe niining kalibotan, apan imong dayawon ang Dios uban sa bag-ong mga kanta. Ang kadtong niaagi og dungan sa mga pagsulay o ang mga miyembro sa pareho nga simbahan niining yuta magtipon-tipon kuyog ang ilang mga pastol aron magsimba ug aron adunay panahon nga magpanag-uban.

Unya, unsaon man sa mga tawo magsimba og kuyog ngadto sa langit, espesyal kay ang ilang mga puy-anan nga dapit anaa sa nagkalainlain nga mga lokasyon sa tibuok langit. Sa langit, ang mga suga sa langitnon nga mga lawas hilain sa kada puy-anan nga dapit, busa ilang hulamon ang angay nga bisti aron makaadto sa ubang mga dapit nga mas taas ang lebel. Busa, aron makatambong sa pagsimba nga mga serbisyo nga buhaton sa Bag-ong Herusalem, kon asa gipandongan og suga sa himaya, ang tanang tawo sa ubang mga dapit kinahanglan nga hulamon ang angay nga mga bisti.

Lain pay ako, sama nga makatambong ka ug magtan-aw sa samang serbisyo pinaagi sa mga sattelite sa tibuok kalibotan sa parehong panahon, mahimo sad nimo kining butanga sa langit. Imong matambongan ug matan-aw ang serbisyo nga gibuhat sa Bag-ong Herusalem gikan sa tanang laing mga dapit sa langit, apan ang screen sa langit natural ra kaayo nga imong mabati nga anaa ra ka nga nagtambong diha.

Usab, imong maimbitar ang mga katigulangan sa pagtoo sama ni Moises ug ni Pablo nga apostol ug dungan nga mosimba. Bisan pa niana, kinahanglan aduna kay angay nga espirituhanon nga awtoridad aron maiimbitar ang kadtong mga halangdon nga mga pigura.

Pagtuon mahitungod sa Bag-o ug Halawom nga Espirituhanon nga mga Sekreto

Ang mga anak sa Dios makatuon og daghang mga espirituhanon nga mga butang samtang sila gipaugmad niining yuta, apan ang unsang ilang gitun-an dinhi usa lang ka tikang nga buhaton aron makaadto sa langit. Human makasulod sa langit, sila magsugod og tuon mahitungod sa bag-ong kalibotan.

Pananglitan, sa pagkamatay sa mga tumuluo ni Hesukristo, luwas lang sa kadtong muadto sa Bag-ong Herusalem, sila mopabilin sa usa ka dapit nga makit-an sa kilid sa Paraiso, ug didto magsugod sila og tuon sa mga etikita ug mga balaod sa langit gikan sa mga anghel.

Sama sa mga tawo niining yuta nga kinahanglan maedukar aron makaangay sa sosyedad sa ilang pagdaku, aron makapuyo sa bag-ong kalibotan sa espirituhanon nga kalibotan, kinahanglan ka tudloan sa detalye kon unsaon nimo pagdala sa imong kaugalingon.

Ang pipila mahimong mahibulong nganong kinahanglan pa nila nga mutuon sa langit samtang daghan na silang natun-an nga mga butang niining yuta. Ang pagtuon niining yuta usa

145

ka espirituhanon nga proseso sa paghanas, ug ang tinuod nga pagtuon magasugod pagkahuman lang nimo'g kasulod sa langit.

Sama niini, walay katapusan sa pagtuon kay ang gingharian sa Dios walay-limit ug molangtud sa kahangtoran. Bisan unsa kadaghan ang imong matun-an, dili ka hingpit nga makakat-on tuhoy sa Dios nga anaa na sa wala pa ang sinugdanan. Dili nimo tibu-ok nga mahibaloan ang kailadman sa Dios kung kinsa anaa na gikan pa gayud sa kahangtoran, kon kinsa mao ang nagdumala sa tibuok kalibotan ug ang tanang mga butang sulod niini, ug kinsa nga magka-anaa hangtud sa kahangtoran.

Busa, imong masabtan nga adunay dili-maihap nga mga butang nga matun-an kon ikaw muadto sa walay-limit nga espirituhanon nga kalibotan, ug ang espirituhanon nga pagtuon makaikag kaayo ug masadya, dili-sama sa pipila ka mga tulon-an niining kalibotan.

Dugang pa, ang espirituhanon nga pagtuon dili gayud gikinahanglan ug pagsulit. Dili gayud nimo malimtan ang unsang imong gitun-an, busa kini dili gayud lisud o makapoy. Dili ka gayud mapul-an o motiwangwang sa langit. Malipayon ka nga makatuon sa mga makahibulong nga mga bag-o nga mga butang.

Mga Pagtipon-tipon, mga Piging, ug mga Pasundayag

Aduna sad daghang mga klase sa pagtipon-tipon ug mga pasundayag sa langit. Kining mga pagtipon-tipon mao ang mga kinapungkayan sa kalami sa langit. Dinhi mao kon asa ikaw malipay sa kangaya ug kasadya gikan sa pagtan-aw sa kadato, kalibre, kaanyag, ug himaya sa langit sa siplat lang.

Sama sa mga tawo niining yuta nga nagdekorasyon sa ilang kaugalingon sa pinakaanyag aron muadto sa mga prestihiyoso nga mga pagtipon-tipon, ug mukaon, muinom, ug malipay sa mga lami nga mga butang, mahimo sad kang magka-aduna og mga pagtipon-tipon kauban ang mga tawo nga magdekorasyon sad sa ilang mga kaugalingon sa pinakamaanyag. Ang mga pagtipon-tipon gipuno sa mga maanyag nga mga sayaw, mga kanta, ug mga tingog sa katawa sa kalipayan.

Usab, adunay mga dapit sama sa Carnegie Hall sa New York City o ang Sydney Opera House sa Australia kon asa ikaw makapangalipay sa daghang nagkalain-lain nga mga pasundayag. Ang mga pasundayag sa langit dili aron ipahambog ang imong kaugalingon apan aron himayaon lang ang Dios, maghatag og kasadya ug kalipay sa Ginoo ug ipaambit kini sa uban.

Ang mga nagpasundayag kadaghanan mao ang kadtong naghimaya sa Dios ug daku kauban ang mga pagdayaw, mga sayaw, mga instrumento nga musikal, ug mga drama niining yuta. Usahay kining mga tawhana mahimong magpasundayag sa parehong mga piyesa sa musika nga ilang gipasundayag niining yuta. O, ang kadtong gusto unta himuon kining mga butanga sa yuta apan dili makahimo tungod sa mga sirkumstansya, mahimong makadayaw sa Dios uban ang mga bag-ong kanta ug mga bag-ong sayaw sa langit.

Usab, adunay mga sinihan kon asa makalantaw ka og mga sine. Sa Una o Ikaduhang Gingharian, sila sa kanunay magtan-aw og mga sine sa pampubliko nga mga sinehan. Sa ikatulong Gingharian ug ang Bag-ong Herusalem, ang matag-usa nga residente adunay iyang kaugalingon nga mga pasilidad sa iyang balay. Ang mga tawo makatan-aw og mga sine sa ila lang kaugalingon o pinaagi sa pagpangimbitar sa ilang mga pinalangga alang sa usa ka sine samtang nagkaon og miryenda.

Sa Biblia, ang apostol nga si Pablo nakaabot sa Ikatulong Langit, apan dili kini mahimong ilitok sa ubang tawo (2 Mga Taga-Corinto 12:4). Lisud kini kaayo ipasabot sa mga tawo ang langit kay dili kini usa ka kalibotan nga nailhan o nasabtan og maayo sa mga tawo. Hinoon, adunay daku nga kahigayonan nga ang mga tawo magsala sa pagsabot.

Ang langit nahiapil ngadto sa espirituhanon nga kalibotan. Adunay daghang mga butang nga dili nimo masabtan o mahanduraw sa langit, kon asa kini puno sa kalipay ug kasadya nga dili nimo masinatian niining yuta.

Ang Dios niandam niining maanyag nga langit alang nimo nga mapuy-an, ug siya nagpadasig nimo nga magkaaduna og husto nga mga katakos aron makasulod pinaagi sa Biblia.

Busa, akong gi-ampo sa ngalan sa Ginoo nga ikaw makadawat sa Ginoo nga adunay kasadya ug adunay husto nga katakos nga kinahanglan aron maandam isip nga Iyang maanyag nga pangasaw-onon sa Iyang pagbalik usab.

Kapitulo 6

Paraiso

1. Ang Kaanyag ug Kalipay sa Paraiso
2. Unsang Klase sa mga Tawo ang Muadto sa Paraiso?

*Niya si Hesus mitubag
nga nag-ingon,
"Sa pagkatinuod,
magaingon ako nimo,
nga karong adlawa adto ikaw
sa Paraiso uban Kanako."*

- Lucas 23:43 -

Ang kadtong tanan nga nagtoo ni Hesukristo isip nga ilang personal nga Manluluwas ug ang ilang mga pangalan nakalista sa libro sa kinabuhi makapangalipay sa kinabuhing dayon sa langit. Ako nang gipasabot sayo pa, bisan pa niaana, adunay mga tikang sa pagtubo sa pagtoo, ug ang mga puy-anan, mga korona, ug mga balus nga gihatag sa langit magadepende sa gidak-on sa pagtoo sa matag-usa.

Ang kadtong mas kaanggid sa kasingkasing sa Dios magapuyo og mas duol sa Trono sa Dios, ug sa kalayo sa ilang gipuy-an gikan sa Dios, mas nagkadiotay ang ilang kaanggid sa kasingkasing sa Dios.

Ang paraiso mao ang pinakalayo nga dapit gikan sa Trono sa Dios nga adunay pinakagamay nga siga sa himaya sa Dios, ug kini mao ang kinaubsan nga lebel sa langit. Apan, kini sa gihapon dili-makumpara ang kaanyag kaysa niining yuta, mas maanyag pa kaysa Hardin sa Eden.

Unya, unsang klase nga dapit ang Paraiso ug unsang klase sa mga tawo ang muadto ngadto?

1. Ang Kaanyag ug Kalipay sa Paraiso

Ang mga dapit sa kilid sa Paraiso gigamit isip nga mao ang Huwatanan nga Dapit hangtud sa Dakung Paghukom nga Adlaw sa Puting Trono (Ang Pinadayag 20:11-12). Pwera sa kadtong niadto na sa Bag-ong Herusalem human matuman ang kasingkasing sa Dios, ug nagtabang sa mga buluhaton sa Dios, ang kadtong tanan nga naluwas gikan sa sinugdanan naghulat sa mga dapit sa kilid sa Paraiso.

Busa imong masabtan nga ang Paraiso halapad kaayo nga ang mga dapit niini nga naglibot sa kilid gigamit isip nga Huwatanan nga Dapit sa daghan kaayong mga tawo. Bisan pa nga kining haluag nga Paraiso mao ang kinaubsan nga lebel sa langit, kini sa gihapon dili-makumpara ang mas kaanyag ug mas kalipay nga dapit kaysa niining yuta, ang dapit nga gitunglo sa Dios.

Dugang pa, kay kini mao ang dapit kon asa mosulod ang kadtong gipaugmad niining yuta, adunay mas daghang kalipay ug kasadya kaysa Hardin sa Eden kon asa ang unang tawo nga si Adan nipuyo.

Karon, atong tan-awon ang kalipay sa Paraiso nga gipakita sa Dios ug gipahibalo.

Haluag nga Kapatagan nga Puno sa Kaanyag nga mga Mananap ug mga Tanom

Ang Paraiso sama sa usa ka haluag nga kapatagan, ug adunay daghang organisado-kaayo nga mga tanaman sa balili ug maanyag nga mga hardin. Daghang mga anghel ang nag-alima ug nag-atiman niining mga dapit. Ang mga kanta sa mga langgam tin-aw kaayo ug dalisay, ug sila nag-alingawngaw sa tibuok Paraiso. Sila sama nga nagpanagway og hapit sa mga langgam niining yuta, apan sila mas daku'g gamay ug adunay mas maanyag nga mga balahibo. Ang ilang grupo nga panganta mas matahom.

Usab, Ang mga kahoy ug mga bulak sa mga hardin preska kaayo ug matahom. Ang mga kahoy ug mga bulak niining yuta molawos sa pag-agi sa panahon, apan ang mga kahoy kanunay nga lunhaw ug ang mga bulak dili gayud molawos sa Paraiso. Kon ang mga tawo mopaduol nila, mohuyom ang mga bulak, ug usahay mopagawas sila sa ilang walay-tumbas ug sagol nga mga kahumot sa usa ka distansya.

Ang mga preska nga mga kahoy magbunga og daghang mga klase sa mga bunga. Sila mas daku'g gamay kaysa mga bunga niining yuta. Ang mga panit hamis ug nagdagway og lami kaayo. Dili nimo kinahanglan nga panitan kay walay abog o mga ulod. Unsa kaha ka maanyag ug malipayon kining hitabo kon asa ang mga tawo maglingkod palibot sa usa ka maanyag nga kapatagan ug magkighinabi, nga adunay mga basket nga puno sa lami ug makagana nga mga bunga?

Usab, adunay daghang mga mananap sa haluag nga kapatagan. Apil sad nila ang mga leon nga malinawon nga nagkaon sa mga sagbot. Sila mas daku kaysa mga leon niining yuta, apan di gayud agresibo. Sila matahom kaayo kay sila adunay maaghop nga mga kinaiya ug hinlo, sinaw nga mga buhok.

Ang Suba sa Tubig sa Kinabuhi Hilom nga Niagay

Ang Suba sa Tubig sa Kinabuhi niagay sa tibuok nga langit, gikan sa Bag-ong Herusalem ngadto sa Paraiso, ug kini dili gayud moalingasaw o makontaminado. Ang tubig gikan niining suba nga sumikad sa Trono sa Dios ug nagpalab-as sa tanang butang nga nagrepresentar sa kasingkasing sa Dios. Kini mao ang tin-aw ug maanyag nga hunahuna nga walay-lama, walay-kahinulsolan ug masilakon nga walay kangitngit. Ang kasingkasing sa Dios perpekto ug hingpit sa tanang butang.

Ang Suba sa Tubig sa Kinabuhi nga mahilom nga niagay

sama sa nagkipat-kipat nga tubig sa dagat sa maadlawon nga panahon nga nagpakita sa sinag sa adlaw. Kini tin-aw kaayo ug masihag nga dili kini makumpara sa bisan unsang katubigan niining yuta. Sa pantan-aw gikan sa usa ka distansiya, nagdagway kini nga murag asul, ug kini sama sa asul nga halawom nga dagat sa Mediterranean o sa Atlantic Ocean.

Adunay maanyag nga mga lingkuranan sa mga dalan sa magsigdaplin sa Suba sa Tubig sa Kinabuhi. Palibot sa mga lingkuranan adunay mga kahoy nga nagbunga ug mga bunga kada bulan. Ang mga bunga sa kahoy sa kinabuhi mas daku kaysa mga bunga niining yuta, ug kini sila naghumot ug naglasa og lami kaayo nga dili sila igo nga mahubit. Sila matunaw sama sa cotton candy sa imong pagbutang sa usa nila ngadto sa imong baba.

Walay Personal nga mga Propedad sa Paraiso

Ang mga tawo sa Paraiso nagsul-ob og mga puti nga bisti nga gisinawalo sa usa ka piraso, apan walay dekorasyon sama sa usa ka barpin sa mga bisti o bisan unsang mga korona o mga sibit alang sa buhok. Kini tungod kay sila wala magbuhat og bisan unsang butang alang sa gingharian sa Dios sa kadtong nagpuyo sila niining yuta.

Sama niini, kay ang kadtong tanan nga muadto sa Paraiso walay mga balus, walay personal nga balay, korona, mga dekorasyon, o mga anghel nga gibutang aron silbihan sila. Adunay usa lang ka dapit alang sa mga espiritu nga nagpuyo sa Paraiso. Sila nagpuyo sa dapit nga nagsilbi sa usa og usa.

Sama kini sa Hardin sa Eden nga walay personal nga balay

alang sa matag-usa nga okupante, apan adunay masangpotanon nga pagkahilain sa kadakuon sa kalipay taliwala niining duha ka mga dapit. Ang mga tawo sa Paraiso mahimong motawag sa Dios nga "Abba nga Amahan" kay sila nidawat ni Hesukristo ug nidawat sa Espiritu Santo, busa sila mobati sa kalipay nga dili makumpara uban sa kalipay sa Hardin sa Eden.

Busa, kini ingon sa usa ka panalangin ug bilihon nga butang nga ikaw natawo niining kalibotan, nga masinati ang tanan mga klase nga maayo ug dautan nga mga butang, mahimong tinuod nga mga anak sa Dios, ug adunay pagtoo.

Ang Paraiso Puno sa Kalipay ug Kasadya

Bisan pa ang kinabuhi sa Paraiso puno sa kalipay ug kasadya sa kamatuoran kay walay dautan ug ang tanan una nga nagpangita sa benepisyo sa uban. Walay bisan kinsa nga magdaut sa bisan kinsa apan magsilbi lang sa matag-usa uban ang gugma. Unsa kaha kangaya kining klase sa kinabuhi!

Dugang pa, ang dili magkabalaka mahitungod sa balay, bisti, ug pagkaon ug ang kamatuoran nga walay paghilak, kasub-anan, mga sakit, kasakit, o kamatayon mao ang kalipay mismo.

> *Ug iyang pagapahiran ang tanang luha gikan sa ilang mga mata; ug ang kamatayon wala na; ug wala na usab unyay pagminatay, ni paghilak, ni kasakit, kay ang unang mga butang nangagi na* (Ang Pinadayag 21:4).

Imo sad makita nga sama nga adunay mga hepe nga mga

anghel sa tanang mga anghel, adunay hirakiya sa mga tawo sa Paraiso, nga mao ang mga representante ug ang girepresentar. Kay ang mga linihok sa matag-usa sa pagtoo nagkalainlain, ang kadtong adunay makitang dagkung pagtoo gipili ingon sa mga representante aron mag-atiman sa usa ka dapit o usa ka grupo sa mga tawo.

Kining mga tawhana nagsul-ob og lahi nga mga bisti kaysa ordinaryo nga mga tawo sa Paraiso ug adunay prayoridad sa tanang butang. Kini dili usa ka butang nga dili-makiangayon, apan gipatuman pinaagi sa walay-pihig nga paghukom sa Dios aron ibalik ang unsay sumala sa mga binuhatan sa tawo.

Kay walay panibugho o kaibog sa langit, ang mga tawo dili magdumot niini o mahiubos kon mas maayo ang mga butang ang ihatag sa uban. Hinoon, sila malipayon ug masadya sa uban nga nagdawat og maayong mga butang.

Imong kinahanglan nga masabtan nga ang Paraiso dili-makumpara ang mas kaanyag ug kalipay kaysa niining yuta.

2. Unsang Klase sa mga Tawo ang Muadto sa Paraiso?

Ang Paraiso usa ka maanyag nga dapit nga gibuhat sulod sa dakung gugma ug kaluoy sa Dios. Kini usa ka dapit alang sa kadtong walay igo nga katakos aron matawag nga mga tinuod ng anak sa Dios, apan nakaila sa Dios ug nagtoo ni Hesukristo, ug busa dili mapadala sa impiyerno. Unya, unsang klase sa mga tawo ang muadto sa Paraiso?

Ang Nagahinulsol Una sa Kamatayon

Una sa tanan, ang Paraiso usa ka dapit alang sa kadtong naghinulsol una sa ilang kamatayon ug nidawat ni Hesukristo aron maluwas, sama sa kriminal nga gibitay sa usa ka kilid ni Hesus. Kon imong nabasa ang Lucas 23:39 padayon, imong makita ang duha ka mga kriminal nga gilansang sa pikas og pikas no Hesus. Ang usa ka kriminal nisalibay ug mga insulto ni Hesus, apan ang ikaduha nibadlong sa una, naghinulsol, ug nidawat ni Hesus ingon sa iyang Manluluwas. Unya, si Hesus niingon sa ikaduhang kriminal nga naghinulsol nga siya naluwas na. Iyang giingnan ang kriminal nga, "Sa pagkatinuod, magaingon ako nimo, nga karong adlawa adto ikaw sa Paraiso uban Kanako." Kining kriminal bag-o lang nidawat ni Hesus ingon sa iyang Manluluwas. Kay iyang gidawat ang Ginoo una sa iyang pagkamatay, wala siya'y panahon nga magtuon mahitungod sa pulong sa Dios ug maglihok sumala niini.

Imong kinahanglan nga masabtan nga ang Paraiso mao ang alang sa kadtong nidawat ni Hesukristo, apan walay gibuhat og bisan unsang butang alang sa gingharian sa Dios, sama niining kriminal nga gihulagway sa Lucas 23.

Apan, kon ikaw naghunahuna nga, 'Akong dawaton ang Ginoo una sa akong pagkamatay aron makaadto ko sa Paraiso nga malipayon kaayo ug maanyag, ug dili makumpara niining yuta,' kini sala nga ideya. Ang Dios nitugot sa kriminal sa pikas nga bahin aron maluwas kay nakahibalo Siya nga ang kriminal adunay usa ka maayong kasingkasing nga higugmaon ang Dios hangtud sa katapusan ug dili magpasibaya sa Ginoo kon siya aduna lang og mas daghang oras na mabuhi.

Apan, dili ang tanan mahimong modawat sa Ginoo una lang mamatay, ug ang pagtoo dili mahatag sa diha-diha dayon. Busa, imong kinahanglan nga masabtan ang talagsaon nga ingon niining kasoha kon asa ang kriminal sa usa ka kilid ni Hesus naluwas una sa iyang pagkamatay.

Usab, ang mga tawo nga nakadawat sa makauulaw nga kaluwasan sa gihapon adunay daghang dautan diha sa ilang mga kasingkasing bisan pa nga sila naluwas, kay sila nabuhi sumala sa ilang kagustuhan.

Sila magmapasalamaton sa Dios sa kahangtoran tungod lang sa kamatuoran nga sila anaa sa Paraiso ug malipay sa kinabuhing dayon sa langit sa ila lang pagdawat ni Hesukristo isip nga ilang Manluluwas, bisan pa nga sila wala nagbuhat og bisan unsa uban ang pagtoo niining yuta.

Ang Paraiso lahi kaayo gikan sa Bag-ong Herusalem kon asa ang Trono sa Dios, apan ang kamatuoran lang nga sila dili muadto sa impiyerno apan naluwas magpakalipay ug magpasadya nila og pag-ayo.

Kulang sa Pagtubo sa Espirituhanon nga Pagtoo

Ikaduha, bisan pa ang mga tawo nidawat ni Hesukristo ug adunay pagtoo, sila modawat sa makauulaw nga kaluwasan ug muadto sa Paraiso kon walay pagtubo sa ilang pagtoo. Dili lang ang mga bag-ong tumuluo apan usab kadtong nagtoo sa taas nga panahon ang muadto sa Paraiso kon ang ilang pagtoo nagpabilin sa unang lebel sa pagtoo sa tanan nga panahon.

Kausa, ang Dios nitugot nako nga madunggan ang kumpisal sa usa ka tumuluo nga anaa sa pagtoo alang sa taas nga panahon, ug sa pagkakaron nagpabilin sa Huwatanan nga Dapit sa langit sa kilid sa Paraiso.

Siya natawo sa usa ka pamilya nga wala nakaila sa Dios ug nisimba sa mga diyos-diyos, ug nisugod og pagkabuhi sa usa ka Kristohanon nga kinabuhi sa ulahi nga panahon sa iyang kinabuhi. Apan, kay wala siya sa tinuod nga pagtoo, siya nagpuyo sa gihapon sa mga utlanan sa sala ug mawala ang panan-aw sa pikas mata. Iyang nasabtan kon unsa ang tinuod nga pagtoo human niyang mabasa ang akong testimonya nga libro *Pagtilaw sa Kinabuhing Dayon Una sa Pagkamatay,* nagpalista niining simbahan ug sa ulahi niadto sa langit samtang siya nagdala sa usa ka Kinabuhing Dayon niining iglesia.

Akong madunggan ang iyang kumpisal nga puno sa kalipay alang sa pagkaluwas kay siya niadto sa Paraiso human nga magantos og daku kaayo, mga kasakit, ug mga sakit sa tion sa iyang kinabuhi niining yuta.

> "Ako libre ug malipayon nga mosaka nganhi human nakong hubuon ang akong unod. Wala ko kahibalo nganong nisulay ko nga huptan kadtong unodnon nga mga butang. Kini sila tanan walay kahulogan. Ang paghupot sa unodnon nga mga butang walay kahulogan ug walay pulos sukad nga nisaka ko nganhi human nakong hubuon ang unod.
>
> Sa akong kinabuhi sa yuta, adunay mga panahon sa kasadya ug pagpasalamat, kahigawad ug langiob. Nganhi, kon tan-awon nako ang akong kaugalingon sulod niining kaharuhay ug kalipay, ako napahanumdom sa mga panahon kon anus-a ako

nisulay og hupot sa walay kahulogan nga kinabuhi ug gipahabilin ang akong kaugalingon atong walay kahulogan nga kinabuhi. Apan ang akong kalag wala na'y kulang karon nga anaa ko niining haruhay nga dapit, ug ang katinuoran nga ako mahimong anaa sa dapit sa kaluwasan naghatag nako ug daku nga kalipay.

Haruhay kaayo ko diri niining dapit. Haruhay ko kaayo kay gihubo nako ang akong unod, ug ako nagkangaya nga nakaanhi ko niining malinawon nga dapit human ang mabudlay nga kinabuhi sa yuta. Wala gayud ko nakahibalo nga kini ingon sa usa ka malipayon nga butang nga isalikway pahilayo ang unod, apan ako malinawon ug masadya sa paghubo sa unod ug pagkari niining dapit.

Dili makakita, dili makalakaw, ug dili mahimong buhaton ang daghan uban pang mga butang ang tanan nga pisikal nga mga paghagit nako atong panahona, apan ako nagkangaya ug mapasalamaton human nakong madawat ang kinabuhing dayon ug miari kay akong mabati nga makaari ko niining daku nga dapit tungod atong mga binuhatan.

Kon asa ko dili mao ang Unang Gingharian, ang Ikaduhang Gingharian, o ang Bag-ong Herusalem. Anaa lang ko sa Paraiso apan ako mapasalamaton kaayo ug malipayon sa pag-adto sa Paraiso.

Ang akong kalag natagbaw niini.
Ang akong kalag nagdayaw niini.

Ang akong kalag malipayon niini.
Ang akong kalag mapasalamaton alang niini.

Ako malipayon ug mapasalamaton kay nahuman nako ang kabos ug miserable nga kinabuhi ug mianhi aron makalipayan kining haruhay nga kinabuhi."

Ang Pagligas sa Pagtoo Tungod sa mga Pagsulay

Sa katapusan, adunay mga tawo nga nagmatinuohon, apan anam-anam nga nagkadagaang sa ilang pagtoo alang sa nagkadaiya nga mga rason, ug haloson nga nidawat og kaluwasan.

Usa ka tawo nga ansiyano sa akong iglesia matinuohon nga nisilbi sa daghang mga buluhaton sa iglesia. Busa ang iyang pagtoo murag daku tan-awon sa gawas, apan usa ka adlaw siya nikalit lang nga nagsakit og grabe. Dili siya gani makasulti ug nianhi aron dawaton ang akon pag-ampo. Imbes nga mag-ampo alang sa pagpaayo, ako ni-ampo alang sa iyang kaluwasan. Nianang panahona, ang iyang kalag nag-antos og daku kaayo alang sa pakigbisog taliwala sa mga anghel nga nagsulay nga dal-on siya sa langit ug ang dautan nga mga espiritu nga nagsulay nga dal-on siya sa impiyerno. Kon aduna siya'y igo nga pagtoo aron maluwas, ang dautan nga mga espiritu dili unta moanha aron kuhaon siya. Busa diha dayon ni-ampo ko aron isalikway pahilayo ang mga dautan nga mga espiritu, ug ni-ampo sa Dios nga dawaton Niya kining tawhana. Pagkahuman dayon sa pag-ampo, siya nakaangkon og kaharuhay ug nihilak. Naghinulsol siya una mamatay ug haloson nga naluwas.

Sama niini, bisan pa nga nidawat ka sa Espiritu Santo ug gibutang ingon sa usa ka dekano o usa ka ansiyano, kini makauulaw sa mata sa Dios nga mopuyo sulod sa mga sala. Kon dili ka motalikod gikan niining dagaang nga espirituhanon nga kinabuhi, ang Espiritu Santo diha nimo anam-anam nga mawala, ug ikaw dili maluwas.

> *Nasayud ako sa imong mga nabuhat, nga ikaw dili mabugnaw ug dili usab mainit; kon mabugnaw ka pa unta o mainit. Ug kay ikaw dagaang man lamang, dili mabugnaw ug dili usab mainit, isuka Ko ikaw gikan sa Akong baba* (Ang Pinadayag 3:15-16).

Busa, imong kinahanglan masabtan nga ang pag-adto sa Paraiso ingon sa usa ka makauulaw nga kaluwasan ug mas magmasiboton ug mabaskugon mahitungod sa pagpahingkod sa imong pagtoo.

Kining tawhana sa kausa himsog human pagdawat sa akong pag-ampo sa una ug bisan pa ang iyang kapikas nabuhi'g usab gikan sa pultahan sa kamatayon pinaagi sa akon pag-ampo. Pinaagi sa pagdungog sa mg pulong sa kinabuhi, ang iyang pamilya nga adunay daghang mga kahasol nahimo'g usa ka malipayon nga pamilya. Sukad niadto, siya nahingkod ngadto sa usa ka matinuohon nga alagad sa Dios pinaagi sa iyang mga paninguha ug nagmatinuohon sa iyang mga katungdanan.

Bisan pa niana, sa pagpangatubang sa iglesia og usa ka pagsulay, wala siya nagsulay og panalipod ug protekta sa iglesia apan hinoon nitugot sa iyang mga hunahuna nga dumalahon ni Satanas. Ang mga pulong nga nigawas gikan sa iyang baba niporma og usa ka daku nga bungbong sa sala taliwala sa iyang kaugalingon ug sa Dios. Sa katapusan, dili na siya mahimong mopabilin sa ilalom sa proteksyon sa Dios, ug siya gidapatan og usa ka grabe nga sakit.

Isip nga usa ka alagad sa Dios, dili unta siya makakita o makadungog sa bisan unsang butang nga batok sa kamatuoran ug sa kabubut-on sa Dios, apan hinoon, gusto niyang maminaw sa kadtong mga butanga ug gipakatap kadto. Ang Dios kinahanglan lang nga iliso ang Iyang nawong pahilayo niya kay siya nitalikod gikan sa daku nga grasya sa Dios ingon sa pag-paayo sa usa ka grabe nga sakit.

Busa, ang iyang mga balus nadugmok ug siya dili na makaangkon balik og kusog aron maka-ampo. Ang iyang pagtoo niligas ug sa katapusan niabot sa punto kon asa dili na siya makatino sa kaluwasan. Sa palaron, nahinumduman sa Dios ang iyang mga serbisyo sa iglesia kaniadto. Busa ang tawo mahimong makadawat sa makauulaw nga kaluwasan kay ang Dios nihatag niya og grasya aron maghinulsol alang sa kon unsa ang iyang gibuhat sa una.

Puno sa Pagkamapasalamaton alang sa Pagkaluwas

Busa unsang klase sa mga bungat ang iyang buhaton sa panahon nga siya naluwas na ug gipadala sa Paraiso? Kay tungod siya naluwas sa sangi sa langit ug impiyerno, ako siyang madunggan nga nagbungat nga adunay tinuod nga kalinaw.

"Ako naluwas sama niini. Bisan pa nga ako naa sa Paraiso, ako kontento kay ako nalibre gikan sa tanan nga kahadlok ug mga kalisud. Ang akong espiritu, kon asa unta mabanlod sa kangitngit, nakaari niining maanyag ug haruhay nga kahayag."

Unsa kaha kadaku sa kalipay human siya malibre gikan sa kahadlok sa impiyerno! Apan, kay tungod siya naluwas sa kaulaw isip nga usa ka ansiyano sa iglesia, ang Dios nitugot nako nga madunggan ang iyang paghinulsol nga pag-ampo samtang siya nagpuyo pa sa Itaas nga Bahin sa Lubnganan una siya niadto sa Huwatanan nga Dapit sa Paraiso. Siya nihinulsol sad sa iyang mga sala ngadto, ug nipasalamat nako alang sa pag-ampo alang niya. Siya nibuhat sad og usa ka saad sa Dios nga padayon nga mangampo alang sa iglesia og sa ako nga iyang gisilbihan hangtud iyang makita Siya og usab sa langit.

Sukad sa pagsugod sa pagpa-ugmad sa tawo niining yuta, adunay mas daghang mga tawo nga katakos makaadto sa Paraiso kaysa kinatibuk-an sa tanang tawo nga mahimong muadto sa bisan unsang ubang dapit sa langit.

Kadtong haloson nga naluwas ug muadto sa Paraiso mapasalamaton ug malipayon kaayo mahitungod nga mahimo nilang makalipayan ang kaharuhay ug panalangin sa Paraiso kay sila wala mabanlod sa impiyerno bisan pa nga wala mudala sa tarong nga Kristohanon nga mga kinabuhi sa yuta.

Bisan pa niana, ang kalipay sa Paraiso dili gani makakumpara ngadto sa Bag-ong Herusalem, ug kini lahi sad kaayo gikan sa kalipay sa sunod nga lebel, ang Unang Gingharian sa langit. Busa, imo kinahanglan nga masabtan nga mas importante sa Dios dili kon pila katuig ang imong pagtoo, apan ang taras sulod sa imong kasingkasing paduol sa Dios ug ang paglihok sumala sa kabubut-on sa Dios.

Karong adlawa, daghang mga tawo ang nagpatuyang ug nabuhi sa makakasala nga kinaiya samtang nangangkon nga sila nidawat sa Espiritu Santo. Kining mga tawhana haloson nakadawat og makauulaw nga kaluwasan ug muadto sa Paraiso, o sa katapusan mabanlod sa kamatayon nga mao ang impiyerno kay ang Espiritu Santo diha nila mawala.

O ang pipila ka may pangalan nga mga tumuluo magkaarogante sa pagdungog ug pagtuon og daku kaayo sa pulong sa Dios, ug maghukom ug magkondena sa ubang mga tumuluo bisan pa nga sila nagdala ug Kristohanon nga kinabuhi sa taas nga panahon. Bisag unsa nila ka masiboton ug pagkamatinuohon mahitungod sa mga pangpangalagad sa Dios, kini walay pulos kon dili nila masabtan ang ilang pagkadautan sa ilang mga kasingkasing ug isalikway ang ilang mga sala pahilayo.

Busa, ako nag-ampo sa ngalan sa Ginoo nga ikaw, usa ka anak sa Dios nga nidawat sa Espiritu Santo, isalikway pahilayo ang imong mga sala ug ang tanan nga mga klase sa dautan aron mangimbisog nga molihok lang sa pulong sa Dios.

Kapitulo 7

Ang Unang Gingharian sa Langit

1. Ang Kaanyag niini ug ang Kalipay Labaw sa Paraiso
2. Unsang Klase sa mga Tawo ang Muadto sa Unang Gingharian?

*Ang matag-usa ka magdudula
nagabatasan sa pagpugong
sa iyang kaugalingon
labut sa tanang mga butang.
Sila nagahimo niini aron sa pagdaug
sa usa ka purongpurong
nga madunot ra,
apan kita aron sa pagdaug
sa dili madunot.*

- 1 Mga Taga-Corinto 9:25 -

Ang Paraiso mao ang dapit alang sa kadtong nidawat ni Hesukristo apan wala nibuhat og bisan unsang butang sa ilang pagtoo. Kini mas maanyag ug mas malipayon nga dapit kaysa niining yuta. Busa, unsa kaha ka mas maanyag ang Unang Gingharian sa langit, ang dapit alang sa kadtong nisulay nga mabuhi sumala sa pulong sa Dios?

Ang Unang Gingharian mas duol sa Trono sa Dios kaysa Paraiso, apan adunay daghang uban pang mas maayo nga dapit sa langit. Apan, ang kadtong nisulod sa Unang Gingharian nakontento sa kon unsang gihatag nila, ug mobati og kalipay. Sama kini sa usa ka goldfish nga nakontento sa pagpabilin sa usa ka fish bowl, nga wala na uban pang gusto.

Imong matan-aw sa detalye kon unsang klase sa dapit ang Unang Gingharian sa langit, kon hain mas taas sa usa ka lebel sa Paraiso, ug unsang klase sa mga tawo ang mosulod ngadto.

1. Ang Kaanyag niini ug ang Kalipay Labaw sa Paraiso

Kay ang Paraiso mao ang dapit alang sa kadtong wala nibuhat og bisan unsang butang sa pagtoo, walay personal nga mga propedad ang isip nga balus. Gikan sa Unang Gingharian pataas, bisan pa niana, mga personal nga propedad ingon sa mga balay ug mga korona ang gihatag isip nga mga balus.

Sa Unang Gingharian, ang usa mopuyo sa iyang kaugalingong balay ug modawat sa korona nga molangtod sa kahangturan. Usa ka himaya kini ang makaangkon sa kaugalingong balay sa langit, busa ang matag-usa ka Unang Gingharian mobati sa kalipay nga dili makumpara ngadto sa Paraiso.

Mga Kaugalingong Balay nga Maanyag nga Gidekorasyonan

Ang mga kaugalingong puy-anan sa Unang Gingharian dili himulag apan nag-anggid sa mga apartment o mga nagtupad mga balay niining yuta. Bisan pa niana, kini sila wala gitukod sa semento o mga adobe, apan sa maanyag nga langitnon nga mga materyales sama sa bulawan ug mga bilihon nga bato.

Kining mga balay walay mga hagdan, apan maanyag nga mga elevator. Niining yuta, kinahanglan nimong pinduton ang pilinduntan, apan sa langit sila awtomatik nga muadto sa andana nga imong gusto.

Sa mga nakaadto na sa langit, adunay mga nisaksi nga sila nakakita og mga apartment sa langit, ug kini tungod nakita nila ang Unang Gingharian nga sakop sa daghang langitnon nga mga dapit. Kining murag-mga-apartment nga klase sa mga balay adunay tanan nga butang nga kinahanglan alang sa pagkinabuhi, busa walay gayud og bisag unsang kahasol.

Adunay mga instrumento sa musika alang ka kadtong gusto og musika aron sila makatukar niini ug mga libro sa kadtong lingaw sa pagbasa. Ang tanang tawo adunay kaugalingon nga espasyo kon asa siya makapahulay, ug kini hamugaway kaayo.

Niining paagi, sa Unang Gingharian ang palibot gibuhat sumala sa kahilig sa tag-iya. Busa kini mas maanyag ug mas malipayon kaysa Paraiso, ug puno sa kalipay ug kaharuhay nga dili gayud nimo masinatian niining yuta.

Mga Hardin nga Pangpubliko, mga Linaw, mga Swimming Pool, ug uban pa nga anggid niini

Kay ang mga balay sa Unang Gingharian dili bugtong nga mga balay, adunay mga hardin nga pampubliko, mga linaw, mga swimming pool, ug mga golf course. Kini sama lang sa mga tawo niining yuta nga nagpuyo sa mga apartment, nga nagpanag-ambit sa mga hardin nga pampubliko, mga tennis court, o mga swimming pool.

Kining mga pampubliko nga mga propedad dili gayud mudaan o maguba, apan kanunay nga i-alima sa pinakamaayong kondisyon sa mga anghel. Ang mga anghel motabang sa mga tawo sa nga naggamit atong mga pasilidad, busa wala gayud og bisan unsang kahasol bisan pa nga sila pampubliko nga mga propedad.

Walay mga nagsilbi nga mga anghel sa Paraiso, apan ang mga tawo makapangayo og tabang gikan sa mga anghel sa Unang Gingharian. Busa sila mobati og lahi kaayo nga kalingaw ug kalipay ngadto. Bisan pa nga walay angel nga paghisakop sa bisan kinsa nga piho nga tawo, adunay mga anghel nga nag-atiman sa mga pasilidad.

Pananglitan, kon gusto nimo og pila ka mga bunga samtang nakig-istorya ka sa imong mga pinalangga sa kinabuhi samtang naglingkod sa mga bulawan nga pungkuanan duol sa Suba sa Tubig sa Kinabuhi, ang mga anghel diha dayon modala og mga bunga ug matinahuron nga mosilbi nimo. Kay tungod adunay mga anghel nga motabang sa mga anak sa Dios, ang kalipay ug kalingaw nga mabati lahi kaayo gikan sa kadtong anaa sa Paraiso.

Ang Unang Gingharian Superyor sa Paraiso

Bisan pa ang mga kolor ug mga kahumot sa mga bulak, ug ang kahayag ug kaanyag sa mga balahibo sa mga mananap lahi gikan sa kadtong anaa sa Paraiso. Kini tungod ang Dios nihatag sa tanang butang sumala sa lebel sa pagtoo sa mga tawo sa matag-usa nga dapit sa langit.

Bisan pa ang mga tawo niining yuta adunay nagkalainlain nga mga sukdanan sa kaanyag. Ang mga batid sa mga bulak, pananglitan, maghukom sa kaanyag sa bisan usa ka bulak base sa daghang nagkalainlain nga mga kriterya. Sa langit, ang mga kahumot sa mga bulak sa kada puy-anan sa langit nagkalainlain. Bisan pa sa parehong dapit, ang kada bulak adunay iyang walay-tumbas nga kahumot.

Ang Dios nihatag sa mga bulak ingon niining paagi nga ang mga tawo sa Unang Gingharian mobati sa pinakmaayo kon sila mosimhot sa mga kahumot sa mga bulak. Lagi, ang mga bunga adunay nagkalainlain nga mga lasa sa nagkalainlain nga mga dapit sa langit. Ang Dios nihatag sad sa mga kolor ug mga humot sa kada bunga sumala sa lebel sa kada puy-anan.

Unsaon man nimo pag-andam ug pagsilbi kon ikaw modawat og usa ka importante nga bisita? Imong sulayan nga i-angay ang panglasa sa bisita sa pinaagi nga maghatag kini og tuman nga kangaya sa imong bisita.

Sama niini, naghunahuna og pag-ayo ang Dios sa paghatag sa tanang butang aron ang Iyang mga anak makontento gayud sa tanang mga aspeto.

2. Unsang Klase sa mga Tawo ang Muadto sa Unang Gingharian?

Ang Paraiso mao ang dapit sa langit alang sa kadtong anaa sa unang lebel sa pagtoo, naluwas pinaagi sa pagtoo ni Hesukristo, apan wala nibuhat og bisan unsang butang alang sa gingharian sa langit. Unya, unsang klase sa mga tawo ang muadto sa Unang Gingharian sa langit sa ibabaw sa Paraiso ug malipay sa kinabuhing dayon ngadto?

Ang Mga Tawo nga Nagsulay nga Molihok Sumala sa Pulong sa Dios

Ang Unang Gingharian sa langit mao ang dapit alang sa kadtong nidawat ni Hesukristo ug nisulay nga mabuhi sumala sa pulong sa Dios. Ang kadtong bag-o lang nidawat sa Ginoo muadto sa iglesia kada Dominggo ug maminaw sa pulong sa Dios, apan wala sila nasayod kon unsa gayud ang sala, nganong kinahanglan nilang mag-ampo, ug nganong kinahanglan nila nga isalikway pahilayo ang ilang mga sala. Sama niini, ang kadtong anaa sa unang lebel sa pagtoo nakasinati sa kalipay sa unang gugma sa pagkatawo usab sa tubig ug sa Espiritu Santo, apan wala masabtan kon unsa gayud ang sala ug wala pa nadiskubrihan ang ilang mga sala.

Apan, kon imong maabot ang ikaduhang lebel sa pagtoo, imong masabtan ang mga sala ug ang pagkamatarung uban ang katabang sa Espiritu Santo. Busa imong sulayan nga mabuhi sumala sa pulong sa Dios, apan dili dayon nimo mabuhat. Kini murag usa lang ka puya nga unang nagtuon sa paglakaw: siya mag-usab-usab og lakaw ug katumba.

Ang Unang Gingharian mao ang dapit alang sa kining klase sa mga tawo, nga nagsulay nga mabuhi sumala sa pulong sa Dios, ug ang mga korona nga mulongtad sa kahangtoran ang igahatag. Sama sa mga atleta nga kinahanglan magdula sumala sa mga lagda sa dula (2 Timoteo 2:5:6), ang mga anak sa Dios kinahanglan nga makig-away sa maayo nga pakig-away sa pagtoo sumala sa kamatuoran. Kon imong lingug-lingogan ang mga lagda sa espirituhanon nga kalibotan, kon hain mao ang balaod sa Dios, sama sa usa ka atleta nga wala nagdula pinaagi sa mga lagda, ikaw adunay patay nga pagtoo. Unya dili ka ilhon isip nga usa ka sumasalmot ug hatagan sa bisan unsang korona.

Sa gihapon, alang sa bisan kinsa nga anaa sa Unang Gingharian, usa ka korona ang gihatag kay sila nisulay nga mabuhi sumala sa pulong sa Dios bisan pa nga ang ilang mga binuhatan dili supisyente. Bisan pa niana, kini sa gihapon usa ka makauulaw nga kaluwasan. Kini tungod nga sila dili hingpit nga nabuhi sumala sa pulong sa Dios bisan pa nga sila adunay pagtoo aron makasulod sa Unang Gingharian.

Makauulaw nga Kaluwasan kon ang Buhat Nasunog

Unya, unsa man ang takdo nga "makauulaw nga kaluwasan"? Sa 1 Mga Taga-Corinto 3:12-15, imong makita ang binuhatan nga gitukod sa matag-usa nga mahimong mopabilin o masunog.

Karon kon sa ibabaw niining maong patukoranan adunay magabalay ug bulawan, o salapi, o mga bato nga hamili, o kahoy, o kogon, o dagami, ang binuhatan sa matag-usa makita ra unya; kay ang adlaw sa hukom magapadayag man unya niini sanglit kadtong adlawa igapadayag man pinaagi sa kalayo, ug ang maong kalayo mao ang magasulay sa binuhatan sa matag-usa. Kon molungtad man ang bisan kinsang buhat nga natukod sa ibabaw sa patukoranan, nan, siya magadawat ug balus. Ug kon ang buhat ni bisan kinsa masunog ra, nan, siya makaagum ug kapildihan; apan siya maluwas, bisan nga daw nag-agi siya latas ug kalayo.

Ang "patukoranan" nganhi mao si Hesukristo ug nagpasabot nga kon unsa ang imong itukod niining patukoranan, ang imong binuhatan mapadayag latas sa mga pagsulay sama sa kalayo.

Sa usa ka bahin, ang binuhatan sa kadtong adunay pagtoo nga sama sa bulawan, salapi, o mga bato nga hamili mopabilin bisan pa sa nagdilaab nga mga pagsulay kay sila naglihok sumala sa pulong sa Dios. Sa pikas nga bahin, ang mga binuhatan sa kadtong adunay pagtoo nga sama sa kahoy, kogon, o dagami masunog kon nangatubang og nagdilaab nga mga pagsulay kay dili sila makalihok sumala sa pulong sa Dios.

Busa, aron mabutang kini sa mga gidak-on sa pagtoo, ang bulawan mao ang ikalima (pinakataas), salapi ang ika-upat, ang mga bato nga hamili ang ikatulo, ang kahoy mao ang ikaduha, ug ang kogon mao ang una (kinaubsan) nga gidak-on sa pagtoo. Ang kahoy ug kogon adunay kinabuhi, ug ang pagtoo nga morag kahoy nagpasabot nga ang usa adunay usa ka buhi nga pagtoo apan kini maluya. Ang dagami, nan, mala ug wala gani'y kinabuhi, ug kini mao ang kadtong walay bisag unsang pagtoo.

Busa, ang kadtong wala gayud og pagtoo walay kalabotan sa kaluwasan. Ang kahoy ug ang kogon, kon kinsang mga binuhatan masunog ra pinaagi sa nagdilaab nga mga pagsulay, nahiapil sa makauulaw nga kaluwasan. Ang Dios moila sa pagtoo nga bulawan, salapi, o mga bato nga hamili, apan ang kadtong sa kahoy ug kogon, dili Siya makaila.

Ang Pagtoo nga walay Paglihok Patay

Ang pipila mahimong maghunahuna nga, "Ako usa ka Kristohanon alang sa taas nga panahon, busa nakapasa ko sa unang lebel sa pagtoo, ug makaadto ko sa kinaminosan sa Unang Gingharian." Apan, kon ikaw tinuod nga adunay pagtoo, dayag nimo nga mabuhi sumala sa pulong sa Dios. Sama niini, kon imong balion ang balaod ug dili isalikway ang imong mga sala pahilayo, ang Unang Gingharian, bisan pa gani ang Paraiso, mahimong dili nimo makab-ot.

Ang Biblia nangutana nimo sa Santiago 2:14, *"Mga igsoon ko, unsa may kapuslanan kon ang usa ka tawo magaingon nga siya adunay pagtoo apan wala siyay binuhatan? Makaluwas ba niya ang maong pagtooha?"* Kon ikaw walay binuhatan, dili ka maluwas. Ang pagtoo nga walay binuhatan mao ang patay nga pagtoo. Busa kadtong dili makig-away batok sa sala dili maluwas kay sila sama lang sa usa ka tawo nga nidawat ug usa ka mina ug gitago kini sa usa ka panyo (Lucas 19:20-26).

Ang "mina" nganhi mao ang Espiritu Santo. Ang Dios naghatag sa Espiritu Santo isip nga usa ka gasa sa kadtong nag-abli sa ilang mga kasingkasing ug nagdawat ni Hesukristo isip nga ilang personal nga Manluluwas. Ang Espiritu Santo naghatag nimo og katakos aron masabtan ang sala, ang pagkamatarung, ug ang paghukom, ug motabang nimo aron maluwas ug makaadto sa langit.

Sa usa ka bahin, kon ikaw nangompisal sa imong pagtoo sa Dios apan wala masirkunsisyon ang imong kasingkasing pinaagi sa dili pagsunod sa paninguha sa Espiritu Santo ni ang paglihok sumala sa kamatuoran, busa ang Espiritu Santo dili kinahanglan nga mopabilin diha sa imong kasingkasing. Sa pikas nga bahin, kon imong isalikway pahilayo ang imong mga sala ug molihok sumala sa pulong sa Dios uban ang katabang sa Espiritu Santo, ikaw maanggid sa kasingkasing ni Hesukristo, kon kinsa mao ang kamautoran sa iyang kaugalingon.

Busa, ang mga anak sa Dios nga nidawat sa Espiritu Santo isip nga usa ka gasa kinahanglan nga pakabalaanon ang ilang mga kasingkasing ug magbunga sa mga bunga sa Espiritu Santo aron makab-ot ang hingpit nga kaluwasan.

Pisikal nga Matinuohon apan Espirituhanon nga Wala Masirkunsisyon

Sa kausa gipadayag sa Dios nako ang usa ka miyembro nga nitaliwan na ug anaa na sa Unang Gingharian, ug gipakita nako ang importansya sa pagtoo nga giubanan og paglihok. Siya nisilbi isip nga usa ka miyembro sa Departamento nga Pinansiyal sa iglesia alang sa napulog-walo katuig nga walay pagluib diha sa iyang kasingkasing. Siya sad matinuohon sa uban pang mga binuhatan sa Dios ug gihatagan sa titulo nga ansiyano. Nisulay siya og pagbunga og mga bunga sa daghang kalihokan ug naghatag og himaya sa Dios, nga kanunay nangutana sa iyang kaugalingon, 'Unsaon nako og pagtuman sa gingharian sa Dios og mas daku pa?'

Apan, wala siya nagmalamposon kay tungod usahay gipakaulawan niya ang Dios pinaagi sa dili pagsunod sa tarong nga dalan tungod sa iyang unodnon nga mga panghunahuna ug ang iyang kasingkasing nga kanunay nangita sa iyang kaugalingong kaayohan. Usab, siya mobuhat og mga bakak nga mga sugilon, masuko sa ubang mga tawo, ug mosupak sa pulong sa Dios sa daghang mga aspeto.

Sa ubang mga pulong, kay tungod siya pisikal nga nagmatinuohon apan wala masirkunsisyon ang iyang kasingkasing – kon hain mao ang pinakaimportante nga butang – siya nipabilin sa ikaduhang lebel sa pagtoo. Dugang pa, kon ang iyang pinansyal og katilingbanon nga mga problema padayon nga nilungtad, dili siya makapabilin sa iyang pagtoo apan magkompromiso uban sa mga dili-pagkamatarung.

Sa ulahi, kay tungod nga ang kadakuon sa iyang pagligas sa iyang pagtoo mahimong dili motugot niya bisan pa nga mosulod sa Paraiso, ang Dios nitawag sa iyang kalag sa pinakamaayo nga panahon.

Pinaagi sa espirituhahon nga mga pakig-ambit human sa kamatayon, siya nipadayag sa iyang pagpasalamat ug nihinulsol sa daghang mga butang. Siya nihinulsol alang sa pagpasakit sa mga pagbati sa mga ministro pinaagi sa dili pagsunod sa kamatuoran, nakaingon sa pagkahagbong sa uban, gipahiubos ang uban, og wala naglihok bisan pa pagkahuman niyang madunggan ang pulong sa Dios. Siya sad niingon nga kanunay niyang gibati ang kabug-at kay siya wala naghinulsol sa iyang mga sala og pagayo sa siya anaa pa niining yuta, apan karon siya nalipay na kay mahimo na siyang mangompisal sa iyang mga sala.

Usab, siya niingon nga mapasalamaton siya nga wala siya sa katapusan nakaadto sa Paraiso isip nga usa ka ansiyano. Sa gihapon kini makauulaw nga anaa siya sa Unang Gingharian isip nga usa ka ansiyano, apan siya nibati og mas maayo kay ang Unang Gingharian mas mahimayaon kaysa Paraiso.

Busa, imong kinahanglan masabtan nga ang pinakaimportante nga butang mao ang pagsirkunsisyon sa imong kasingkasing kaysa pisikal nga pagkamatinuohon ug sa mga titulo.

Ang Dios Nagdala sa Iyang mga anak sa Mas Maayo nga Langit pinaagi sa mga Pagsulay

Sama nga adunay lisod nga mga paghanas ug daghang mga oras sa praktis alang sa usa ka atleta aron modaug, kinahanglan sad nimong mag-atubang og mga pagsulay aron makaadto sa mas maayo nga mga puy-anan sa langit. Ang Dios nagtugot sa mga pagsulay sa Iyang mga anak aron madala sila sa mas maayong mga puy-anan sa langit, ug ang mga pagsulay mahimong matunga ngadto sa tulo ka mga kategorya.

Una, adunay mga pagsulay aron masalikway pahilayo ang mga sala. Aron mahimong tinuod nga mga anak sa Dios, kinahanglan nimong makig-away batok sa mga sala hangtud sa pagpa-agas sa dugo aron imong hingpit nga masalikway pahilayo ang mga sala. Apan, ang Dios usahay mosilot sa Iyang mga anak kay tungod wala sila mosalikway pahilayo sa mga sala apan nagpadayon nga mabuhi sa mga sala (Sa Mga Hebreohanon 12:6). Sama sa mga ginikanan nga usahay mosilot sa ilang mga anak aron madala sila sa tarung nga dalan, ang Dios motugot og mga pagsulay sa Iyang mga anak aron sila mahimong hingpit.

Ikaduha, adunay mga pagsulay aron mahimo ang angay nga sulodlan ug makahatag og mga panalangin. Si David, bisan pa sa siya gamay pa nga bata, giluwas niya ang iyang mga karnero pinaagi sa pagpatay sa usa ka oso o usa ka leon nga nikuha sa iyang panon. Siya adunay daku kaayo nga pagtoo nga iya ganing gipatay si Goliath, kon kinsa gikahadlokan sa mga Israelihanon nga kasundalohan, sa usa ka lambuyog ug usa ka bato pinaagi lang sa pagsalig sa Dios. Ang rason nganong kinahanglan gihapon niya nga mag-atubang og mga pagsulay nga ingon sa paggukod ni Haring Saul niya, kay ang Dios nitugot adtong mga pagsulay aron mahimo is David nga usa ka daku nga sulodlan ug usa ka bantog nga hari.

Ikatulo, adunay mga pagsulay aron wad-on ang pagkatapulan kay ang mga tawo mahimong mopahilayo gikan sa Dios kon sila anaa sa kalinaw. Pananglitan, adunay mga tawo nga matinuohon sa gingharian sa Dios, ug busa makadawat og pinansyal nga mga panalangin. Unya sila moundang og pag-ampo ug ang ilang kaikag alang sa Dios mabugnaw. Kon sila biyaan sa Dios nga ingon ana, sila mahimong mabanlod ngado sa kamatayon. Busa nagtugot siya sa mga pagsulay alang nila aron maklaro ang ilang mga hunahuna og usab.

Imong kinahanglan nga isalikway pahilayo ang imong mga sala, molihok og matarung, ug mahimong angay nga mga sulodlan sa mata sa Dios nga nasabtan ang kasingkasing sa Dios kon kinsa nagtugot sa mga pagsulay sa pagtoo. Akong gilaum nga tibuok nimong madawat ang makahibulong nga mga panalangin nga giandam sa Dios alang nimo.

Ang pipila mahimong moingon nga, "Gusto nakong magbaylo, apan kini dili sayon bisan pa nga ako nagsulay." Apan, kining mga butanga ingnon niya dili tungod kini tinuod nga lisod nga magbaylo, apan labing tungod kay siya nagkulang sa pagpaninguha ug ang pagbati aron magbaylo diha sa ilalom sa iyang kasingkasing.

Kon tinuod nimong nasabtan ang pulong sa Dios sa espirituhanon ug nagsulay nga magbaylo gikan sa sulod sa imong kasingkasing, dali lang ka magbaylo kay ang Dios naghatag nimo og grasya ug kusog aron buhaton kini. Ang Espiritu Santo, nan, motabang sad nimo samtang nagpadulong ka sa pagbaylo. Kon nasayod ka lang sa pulong sa Dios diha sa imong ulo isip nga usa ka piraso sa kahibalo apan wala maglihok sumala, ikaw lagmit nga mataas-ason ug garboso, ug kini lisod alang nimo nga maluwas.

Busa, nag-ampo ako sa Ginoo nga dili nimo mawala ang kaikag ug kalipay sa imong unang gugma ug magpabilin nga nagsunod sa paninguha sa Espiritu Santo aron imong maangkon ang usa ka mas maayo nga dapit sa langit.

Kapitulo 8

Ang Ikaduhang Gingharian sa Langit

1. Maanyag nga Kaugalingong mga Balay nga Gihatag sa Kada Usa
2. Unsang Klase sa mga Tawo ang Muadto sa Ikaduhang Gingharian?

*Busa, kanila
nga mga ansiyano nga anaa kaninyo,
magatambag ako ingon
nga ilang masigka-ansiyano
ug saksi sa mga pag-antus ni Kristo,
ug mag-aambit usab sa himaya
nga igapadayag unya, tagda ninyo
ang panon sa Dios nga anaa diha kaninyo,
dili nga daw sa ingon sa gipamugos
kamo kondili sa kinabubut-on ninyo gayud,
dili alang sa makauulawng pagpanapi,
kondili inubanan sa kadasig, dili sa hinarihari
nga pagdumala kanila nga gipiyal kaninyo
kondili ingon nga mga panig-ingnan
nga pagaawaton sa panon. Ug inigpadayag
kaninyo sa pangulong Magbalantay,
kamo managpakadawat unya
sa mahimayaong
korona nga dili malawos.*

- 1 Pedro 5:1-4 -

Sa usa ka bahin, bisan unsa kadaghan nimong madunggan ang mahitungod sa langit, kini walay pulos kon dili nimo masabtan kini sa imong kasingkasing, kay dili ka makatoo niini. Sama sa usa ka langgam nga mosakmit sa gisabod nga liso diha sa daplin sa dalan, ang kaaway nga si Satanas ug ang yawa mosakmit sa pulong mahitungod sa langit gikan nimo (Mateo 13:19).

Sa pikas nga bahin, kon maminaw ka sa pulong mahitungod sa langit ug kuptan kini, mahimo kang mabuhi sa usa ka kinabuhi sa pagtoo ug paglaum ug moprodukto ug usa ka tanom, nga mamunga ug katloan, kaunoman, o usa ka gatos ka beses sa unsang gipugas. Kay ikaw makalihok sumala sa pulong sa Dios, dili lang nimo matuman ang imong katungdanan apan usab mabalaan ug matinuohon sa tanang balay sa Dios. Unya unsang klase sa dapit ang Ikaduhang Gingharian sa langit ug unsang klase sa mga tawo ang muadto ngadto?

1. Maanyag nga Kaugalingong mga Balay nga Gihatag sa Kada Usa

Ako nang gipasabot nga ang kadtong muadto sa Paraiso o sa Unang Gingharian makauulaw nga naluwas kay ang ilang mga binuhatan wala mopabilin kon sila ibutang sa nagdilaab nga mga pagsulay. Bisan pa niana, ang kadtong muadto sa Ikaduhang Gingharihan nag-angkon sa usa ka klase sa pagtoo nga nakapasa sa nagdilaab nga mga pagsulay, ug modawat og mga balus nga dili makumpara sa kadtong gihatag sa Paraiso o sa Unang

Gingharian, sumala sa pagkamatarung sa Dios nga magbalus sa kon unsa ang gipugas.

Busa, kon ang kalipay sa usa kon kinsa niadto sa Unang Gingharian ikumpara sa kalipay sa usa ka goldfish nga anaa sa usa ka fishbowl, ang kalipay sa usa nga niadto sa Ikaduhang Gingharian mahimong makumpara sa usa ka balyena nga anaa sa halapad nga Pasipiko nga Lawod.

Karon, atong tan-awon ang mga kinaiya sa Ikaduhang Gingharian, nga motutok sa mga balay ug sa kinabuhi.

Usa-ka-andana nga Balay Gihatag sa Kada Usa

Ang mga balay sa Unang Gingharian sama sa mga apartment, apan ang kadtong sa Ikaduhang Gingharian hingpit nga independente nga usa-ka-andana nga pribado nga mga building. Ang mga balay sa Ikaduhang Gingharian dili makumpara sa bisan unsang maanyag nga mga balay o mga cottage o mga ting-init nga mga balay niining kalibotan. Sila dagko kaayo, maanyag, ug gidekorasyonan sa uso uban ang mga bulak ug mga kahoy.

Kon muadto ka sa Ikaduhang Gingharian, hatagan ka dili lang sa balay apan usab ang imong paborito nga butang. Kon gusto nimo ang usa ka swimming pool, hatagan ka og usa nga maanyag nga gidekorasyonan og bulawan ug tanan klaseng hamili nga mga bato. Kon gusto nimo usa ka maanyag nga linaw, hatagan ka og usa ka linaw. Kon gusto nimo usa ka baylehan, hatagan ka usab og usa ka baylehan. Kon gusto nimong maglakaw-lakaw, hatagan ka og usa ka maanyag nga dalan nga puno sa mga bulak ug mga tanom nga adunay daghang mga mananap nga nagdula.

Bisan pa niana, bisan gusto pa nimo ang tanan nga swimming pool, ang linaw, ang baylehan, ug ang dalan, ug uban pa, imo lang makuha ang usa ka butang nga imong gigusto og labaw sa tanan. Kay ang unsang gipanag-iyahan sa mga tawo lahi sa Ikaduhang Gingharian, sila magbisita sa balay sa usa og usa ug uban nga maglipay og unsa ang may-anaa sila.

Kon ang usa adunay usa ka baylehan apan walay swimming pool, makaadto siya sa iyang silingan nga adunay swimming pool ug malipay sad niini. Sa langit, ang mga tawo magsilbi sa kada usa, ug sila dili gayud masamokan o balibaran ang bisan kinsang bisita. Hinoon, sila mas masadya og mas malipayon. Busa kon gusto nimong malipay sa usa ka butang, mahimo kang magbisita sa imong mga silingan ug malipay sa unsang may-anaa sila.

Sama niini, ang Ikaduhang Gingharian mas maayo kaysa Unang Gingharian sa tanan nga mga aspeto. Lagi, bisan pa niana, dili kini makumpara sa Bag-ong Herusalem. Sila walay mga angel nga nagsilbi sa kada anak sa Dios. Ang kadakuon, kaanyag, ug ang katahom sa mga balay lahi kaayo, ug ang materyal, mga kolor, ug ang kahayag sa mga bilihon nga mga bato nga nagdekorasyon sa kadtong mga balay lahi sad kaayo.

Plaka sa Pultahan nga adunay Maanyag ug Masilakon nga Kahayag

Ang usa ka balay sa Ikaduhang Gingharian mao ang usa-ka-andana nga building nga adunay usa ka plaka sa pulthahan. Ang plaka sa pultahan nagpaila sa tag-iya sa balay, ug sa ubang espesyal nga mga kaso kini nagsulat sa pangalan sa iglesia nga gisilbihan sa tag-iya. Nahisulat kini sa plaka sa pultahan kon asa ang maanyag og masilakon nga mga kahayag ang nagsilak sa kahayag uban sa pangalan sa tag-iya sa langitnon nga mga letra nga morag Arabic o Hebrew. Busa ang mga tawo sa Ikaduhang Gingharian mag-ingon ug maibog, "Oy, kini ang balay ni-kuwan nga nisilbi sa kuwan nga Iglesia!"

Nganong piho man nga isulat ang ngalan sa iglesia? Ang Dios nihimo ana aron ang ngalan mahimong kaligdong ug himaya sa mga miyembro nga nisilbi sa iglesia nga motukod sa Daku nga Sangtuwaryo aron dawaton ang Ginoo sa Iyang Ikaduhang Pagkari sa kahanginan.

Apan, ang mga balay sa Ikatulong Gingharian ug ang Bag-ong Herusalem walay mga plaka sa pultahan. Dili daghan ang mga tawo niining duha ka mga gingharian, ug gikan sa pinasahi nga mga suga ug kahumot nga mogawas sa mga balay, imong mailhan kon kang kinsang balay ang mga kini.

Pagbati og Paghinulsol alang sa dili Tibuok nga Pagkabalaan

Ang pipila mahimong mahibulong, "Dili ba salikwaot sa langit kay walay pribado nga mga balay sa Paraiso, ug ang Ikaduhang Gingharian ang mga tawo makaangkon lang og usa ka butang?" Sa langit, bisan pa niana, walay kulang ug salikwaot. Ang mga tawo dili gayud mobati og dili-hayahay kay sila kauban nga mangabuhi. Sila dili tihik mahitungod sa pakig-ambit sa ilang mga kabtangan sa uban. Sila mapasalamaton lang alang sa pagpakig-ambit sa ilang mga kabtangan sa uban ug hunahunaon kini nga usa ka kakuhaan sa daku nga kalipay.

Usab, dili sila mobati og kasubo alang sa pag-angkon og usa

lang ka pribado nga kabtangan ni maibog sa mga butang nga ang uban aduna. Hinoon, sila kanunay nga halawom nga giirog ug mapasalamaton sa Dios nga Amahan alang sa paghatag nila og mas sobra pa sa angay nga ihatag nila, ug kanunay nga kontento sa walay pagbaylo nga kalipay ug kangaya.

Ang usa lang ka butang nga mobati sila og kasubo mao ang kamatuoran nga wala sila nagsulay og pag-ayo ug dili tibuok nga nagpakabalaan samtang sila nagpuyo niining yuta. Sila mobati og kasubo ug kaulaw sa pagtindog sa atubang sa Dios kay wala nila gisalikway ang tanang kadaut nga anaa nila. Bisan pa nga makita nila ang kadtong niadto sa Ikatulong Gingharian o Bag-ong Herusalem, wala sila naibog sa ilang grandioso nga mga balay ug himayaon nga mga balus, apan mobati og kasubo alang sa dili paghimo sa ilang mga kaugalingon nga hingpit nga pagkabalaan.

Kay ang Dios matarung, ikaw magaani sa kon unsa ang imong gipugas, ug magabalus nimo sumala sa imong binuhatan. Busa, Siya magahatag og usa ka dapit ug mga balus sa langit sa pagkabalaan nimo og pagkamatinuohon niining yuta. Depende sa kadakuon kon hain ikaw nabuhi pinaagi sa pulong sa Dios, Siya sumala magabalus nimo ug bisan mas daku pa.

Kon hingpit ka nga nabuhi sumala sa pulong sa Dios, ihatag Niya ang unsang imong gipangandoy sa langit og 100%. Bisan pa niana, kon dili tibuok ang imong pagkabuhi sumala sa pulong sa Dios, ikaw pagahatagan niya og balus sumala lang sa kon unsa ang imong gibuhat, apan dagaya sa gihapon.

Busa, walay bali kon haing lebel ka man mosulod, kanunay kang mapasalamaton sa Dios alang sa paghatag nimo og mas daghan kaysa unsang imong gibuhat niining yuta, og mabuhi sa kahangtoran sa kalipay ug kasadya.

Ang Mahimayaong Korona

Ang Dios, nga magabalus nimo og dagaya, magahatag og usa ka korona nga dili madunot sa kadtong anaa sa Unang Gingharian. Unsang klase sa korona ang igahatag sa kadtong anaa sa Ikaduhang Gingharian?

Bisan pa nga dili sila tibuok sa pagkabalaanon, sila naghatag og himaya sa Dios pinaagi sa pagbuhat sa ilang mga katungdanan. Busa sila magadawat sa mahimayaong korona. Kon imong basahon ang 1 Pedro 5:1-4, imong makita nga ang korona sa himaya usa ka balus nga gihatag sa kadtong kon kinsa nahimong pananglit pinaagi sa matinuohon nga pagkabuhi sumala sa pulong sa Dios.

> *Busa, kanila nga mga ansiyano nga anaa kaninyo, magatambag ako ingon nga ilang masigka-ansiyano ug saksi sa mga pag-antus ni Cristo, ug mag-aambit usab sa himaya nga igapadayag unya, tagda ninyo ang panon sa Dios nga anaa diha kaninyo, dili nga daw sa ingon sa gipamugos kamo kondili sa kinabubut-on ninyo gayud, dili alang sa makauulawng pagpanapi kondili inubanan sa kadasig; dili sa hinarihari nga pagdumala kanila nga gipiyal kaninyo kondili ingon nga mga panig-ingnan nga pagaawaton sa panon. Ug inigpadayag kaninyo sa Pangulong Magbalantay, kamo managpakadawat unya sa mahimayaong korona nga dili malawos.*

Ang rason nag-ingon kini nga, "ang mahimayaong korona

nga dili malawos" mao kay ang kada korona sa langit hangtud sa kahangtoran ug dili malawos. Imong masabtan nga ang langit usa ka hingpit nga dapit kon asa ang tanang butang timgas ug bisan ang usa ka korona dili malawos.

2. Unsang Klase sa mga Tawo ang Muadto sa Ikaduhang Gingharian?

Sa tibuok Seoul, ang panguna nga siyudad sa Republika sa Korea, adunay mga satellite nga mg siyudad, ug sa palibot niining mga siyudad adunay mga gagmay nga mga kalungsoran. Sa samang paagi, sa palibot sa Ikatulong Gingharian sa langit kon hain anaa ang Bag-ong Herusalem, anaa ang Ikaduhang Gingharian, ang Unang Gingharian, ug ang Paraiso.

Ang Unang Gingharian mao ang dapit alang sa kadtong anaa sa ikaduhang lebel sa pagtoo nga nagsulay nga mabuhi sumala sa pulong sa Dios. Unsang klase sa mga tawo ang muadto sa Ikaduhang Gingharian? Ang mga tawo nga anaa sa ikatulong lebel sa pagtoo kon kinsa nabuhi sumala sa pulong sa Dios ang muadto sa Ikaduhang Gingharian. Karon atong konsiderahon kon unsang klase sa mga tawo ang muadto sa Ikaduhang Gingharian sa detalye.

Ang Ikaduhang Gingharian:
Ang Dapit alang sa Mga Tawo nga dili Hingpit nga Binalaan

Makaadto ka sa Ikaduhang Gingharian kon ikaw nabuhi

sumala sa pulong sa Dios ug naghimo sa imong mga katungdanan, apan ang imong kasingkasing dili pa gayud tibuok nga binalaan.

Kon ikaw guapo, maalam, ug wais, dayag sad nga gusto nimo nga ang imong mga anak mag-anggid nimo. Sa samang paagi, ang Dios, kon kinsa mao ang balaan ug hingpit, gusto nga ang Iyang tinuod nga mga anak mag-anggid Niya. Gusto Niya mga anak nga naghigugma Niya ug magtuman sa iyang mga kasugoan – kon kinsa mosunod sa iyang mga sugo kay sila nahigugma Niya, ug dili tungod sa katungdanan. Sama nga buhaton nimo ang bisan lisod kaayo nga butang kon ikaw nahigugma og tinuod sa usa ka tawo, kon tinuod kang nahigugma sa Dios sa imong kasingkasing, mahimo kang motuman sa Iyang mga kasugoan uban ang kalipay diha sa imong kasingkasing.

Motuman ka nga walay-kondisyon uban ang kalipay ug pagpasalamat sa paggalam sa kon unsang Iyang isulti nimo nga igalam, isalikway pahilayo ang unsang isulti Niya nga isalikway, dili pagbuhat kon unsa ang Iyang idili Niya nimo, og buhaton ang unsang gusto Niyang buhaton nimo. Apan, ang kadtong anaa sa Ikatulong lebel sa pagtoo dili makalihok sumala sa pulong sa Dios uban ang hingpit nga kalipay og pagpasalamat sa ilang mga kasingkasing kay sila wala pa nakaabot niining lebel sa gugma.

Sa Biblia, adunay mga buhat sa unod (Mga Taga-Galacia 5:19-21), ug mga paninguha sa unod (Mga Taga-Roma 8:5). Kon imong ilihok ang dautan nga anaa diha sa imong kasingkasing, kini gitawag nga mga buhat sa unod. Ang mga kinaiya sa sala nga anaa diha sa imong kasingkasing nga wala pa madayag sa gawas mao ang gitawag nga paninguha sa unod.

Ang kadtong anaa sa ikatulo nga lebel sa pagtoo gisalikway

na pahilayo ang tanang mga buhat sa unod nga makita sa gawas, apan anaa pa sa gihapon ang mga paninguha sa unod sa ilang mga kasingkasing. Ilang gisunod ang unsang gisulti sa Dios nila nga sundon, gisalikway ang unsang isulti sa Dios nga isalikway, dili buhaton ang unsang idili sa Dios nila, ug buhaton ang unsang isulti sa Dios nga buhaton nila. Apan, ang mga dautan diha sa ilang mga kasingkasing wala pa hingpit nga matangtang.

Sama niini, kon imong buhaton ang imong katungdanan nga ang imong kasingkasing dili pa hingpit nga binalaan, ikaw makaadto sa Ikadung Gingharian. Ang "Pagpakabalaan" nagpasabot sa kadtong estado kon hain imong gisalikway pahilayo ang tanang mga klase sa dautan ug aduna lang og kamaayohan diha sa imong kasingkasing.

Pananglitan, atong ingnon nga nagdumot ka sa usa ka tawo. Karon, nadunggan nimo ang pulong sa Dios, nga nag-ingon, "Ayaw og kadumot," ug nisulay ka nga dili siya dumtan. Isip nga resulta, wala ka na nagdumot niya karon. Apan, kon wala ka tinuod nga nahigugma niya diha sa imong kasingkasing, wala ka pa gibalaan.

Busa, aron patubuon ang ikaupat nga gidak-on sa pagtoo gikan sa Ikatulo, kini importante kaayo nga adunay paningkamot aron masalikway ang mga sala pahilayo kutob sa punto sa pagpa-agas sa dugo.

Ang mga Tawo nga Natuman ang mga Katungdanan pinaagi sa Grasya sa Dios

Ang Ikaduhang Gingharian mao ang dapit alang sa kadtong wala matuman og hingpit ang pagkabalaan sa ilang mga kasingkasing apan gituman ang ilang mga katungdanan nga gihatag gikan sa Dios. Atong konsiderahon ang klase sa mga tawo nga muadto sa Ikaduhang Gingharian pinaagi sa pagtan-aw sa kaso sa usa ka miyembro nga namatay samtang siya nagasilbi sa Manmin Joong-ang (Central) Church.

Siya nianha uban sa iyang bana sa Manmin Central Church sa tuig nga kini gipundar. Nag-antos siya gikan sa usa ka grabe nga sakit apan naayo human niya dawaton ang akong pag-ampo, ug ang mga miyembro sa iyang pamilya nahimong mga tumuluo. Sila nihingkod sa ilang pagtoo, ug siya nahimong usa ka senyor nga dekana, ang iyang bana usa ka ansiyano, ug ang ilang mga anak nitubo ug nagsilbi sa Ginoo isip nga usa ka ministro, usa ka kapikas sa pastor, ug usa ka misyonaryo sa pagdayaw.

Bisan pa niana, nipalyar siya sa pagsalikway pahilayo sa kada klase sa dautan ug magbuhat og tarong sa iyang katungdanan, apan siya nihinulsol pinaagi sa grasya sa Dios, gihuman ang iyang katungdanan og pag-ayo, og namatay. Ang Dios nagpahibalo nako nga siya mopabilin sa Ikaduhang Gingharian sa langit ug nitugot nako nga makig-ambit niya sa espiritu.

Sa iyang pag-adto sa langit, ang butang kon asa siya naghinulsol og pag-ayo mao nga wala niya masalikway pahilayo ang tanan niyang mga sala aron hingpit nga mapabalaan, ug ang katinuoran nga wala gayud siya makapangompisal sa bisan unsang pagpasalamat gikan sa iyang kasingkasing sa iyang pastol kon kinsa ni-ampo alang niya aron maayo ug nidala niya uban ang gugma.

Usab, gihunahuna niya nga tungod sa iyang natuman uban ang iyang pagtoo, kon unsa niya gisilbihan ang Ginoo, ug ang mga pulong nga iyang gisulti sa baba, ngadto siya padulong sa

Unang Gingharian. Bisan pa niana, kay wala na siya og daku nga oras niining yuta, pinaagi sa mahigugmaon nga pag-ampo sa iyang pastol ug ang iyang mga binuhatan nga gikahamut-an sa Dios, ang iyang pagtoo dali ra nga nitubo ug nakasulod siya sa Ikaduhang Gingharian.

Ang iyang pagtoo tinuod nga nitubo og kusog kaayo una siya mamatay. Siya nikonsentrar sa pag-ampo ug nihatod og libo-libo nga mga balasahon sa palibot sa iyang mga silingan. Wala siya nitamod sa iyang kaugalingon, apan matinuohon nga nisilbi lang sa Ginoo.

Iya kong gisultihan mahitungod sa iyang balay kon hain siya mopuyo sa langit. Siya niingon nga, bisan kini usa-ka-andana lang nga building, kini katingalahan nga gidekorasyonan og pag-ayo sa maanyag nga mga bulak ug mga kahoy, ug kini daku kaayo ug grandioso nga dili kini makumpara sa bisan unsang balay niining yuta.

Lagi, kumpara sa mga balay sa Ikatulong Gingharian o sa Bag-ong Herusalem, kini sama sa usa ka gi-atupan og dagami nga balay, apan siya mapasalamaton kaayo ug kontento kay dili gani siya angay nga hatagan niini. Gusto niyang ipa-abot ang masunod nga mensahe sa iyang pamilya aron sila makaadto sa Bag-ong Herusalem.

> "Tukma kaayo nga gibahin-bahin ang langit. Ang himaya og ang kahayag lahi kaayo sa kada dapit, busa ako nagpa-awhag og nagpadasig nila og sige-sige aron makasulod sa Bag-ong Herusalem. Gusto unta nakong sultihan ang mga miyembro sa akong pamilya nga anaa pa gihapon sa yuta kon unsa ka

makauulaw kini sa dili pagsalikway pahilayo sa tanang mga sala sa panahon nga kita makigkita na sa atong Amahan nga Dios sa langit. Ang mga balus nga igahatag sa Dios sa kadtong muadto sa Bag-ong Herusalem ug ang kagrandioso sa mga balay tanan makaibog, apan gusto nako silang sultihan kon unsa kasubo nako ug kaulaw sa dili pagsalikway pahilayo sa tanang mga klase sa dautan sa atubangan sa Dios. Gusto unta nako kining ipaabot nga mensahe sa mga miyembro sa akong pamilya aron ilang isalikway pahilayo ang tanang mga klase sa dautan ug musulod sa mahimayaon nga mga posisyon sa Bag-ong Herusalem."

Busa, ako kamong awhagon nga sabton kon unsa ka bilihon kini nga mapabalaan sa imong kasingkasing ug ihalad ang imong adlaw-adlaw nga kinabuhi alang sa gingharian ug kinamatarung sa Dios uban ang paglaum alang sa langit, aron nga mahimo nimong makusganon nga makaabanse ngadto sa Bag-ong Herusalem.

Ang mga Tawo nga Matinuohon sa Tanang Butang apan Nagmasupakon Tungod sa Ilang Kaugalingong Sala nga Tigbalayon sa Pagkamatarung

Karon, atong tan-awon ang kaso sa usa pa ka miyembro kon kinsa gihigugma ang Ginoo ug matinuohon nga gibuhat ang iyang katungdanan, apan dili makaadto sa Ikatulong Gingharian tungod sa pipila ka mga kakulangan sa iyang pagtoo.

Siya nianha sa Manmin Central Church alang sa iyang bana nga adunay sakit, ug nahimong aktibo kaayo nga miyembro. Ang iyang bana gidala sa simbahan nga anaa sa usa ka stretcher, apan ang iyang kasakit nawala ug nitindog ug nilakaw. Handurawa kon unsa kaha siya kamapasalamaton ug kamalipayon atong panahona! Siya kanunay nga mapasalamaton sa Dios nga niaayo sa sakit sa iyang bana ug ang iyang pastor nga nagministro niya nga ni-ampo uban ang gugma. Siya ni-ampo alang sa gingharian sa Dios, ug ni-ampo uban ang pagpasalamat sa iyang pastol sa tanang panahon samtang siya naglakaw, naglingkod o nagtindog, o bisan pa siya nagluto.

Usab, kay tungod gihigugma niya ang mga kaigsoonan kang Kristo, gipaharuhay niya ang uban kaysa iyang kaugalingon, gidasig ug giatiman ang ubang mga tumuluo. Gusto lang niya nga mabuhi sumala sa pulong sa Dios ug gisulayan nga isalikway pahilayo ang tanan niyang mga sala hangtud sa pagpa-agas og dugo. Wala siya gayud naibog o nitinguha alang sa mga kalibotanon nga mga kabtangan apan nikonsentrar lang sa pagwali sa Maayong Balita sa iyang mga silingan.

Kay siya matinuohon kaayo sa gingharian sa Dios, ang akong kasingkasing nga gidasig uban ang Espiritu Santo sa pagkakita sa iyang kamaunongon ug nihangyo niya nga kuhaon ang katungdanan sa akong pagserbisyo sa iglesia. Aduna ko'y pagtoo nga kon matinuohon nga mabuhat niya ang iyang katungdanan, busa ang tanan nga miyembro sa iyang pamilya apil ang iyang bana makaangkon og espirituhanon nga pagtoo.

Bisan pa niana, dili siya makasunod kay gitan-aw niya ang iyang sirkumstansya ug gilamon sa iyang mga unodnon nga hunahuna. Sa dili madugay namatay siya. Nagguol ko, ug samtang ako nag-ampo sa Dios, akong madunggan ang iyang bungat pinaagi sa espirituhanon nga pakig-ambit.

"Bisan pa nga maghinulsol ka ug maghinulsol sa dili pagsunod sa pastol, ang orasan dili na mabalik. Busa ako nag-ampo lang alang sa gingharian sa Dios ug alang sa pastol og mas madaghan. Usa ka butang nga kinahanglan nako nga isulti sa akong mga kaigsoonan mao nga kon unsa ang gipasangyaw sa pastol mao ang kabubut-on sa Dios. Mao kini ang pinakadaku nga sala ang mosupak sa kabubut-on sa Dios, ug kuyog niini, ang kasuko mao ang pinakadaku nga sala. Tungod niini, ang mga tawo nangatubang og mga kalisod, ug ako gidayeg sa dili pagkasuko, apan gipaubos ang akong kasingkasing, ug nangimbisog nga magmasinugtanon uban ang akong tibuok nga kasingkasing. Ako nahimong usa ka tawo nga naghuyop sa trumpeta sa Ginoo. Ang adlaw nga ako magadawat sa mga pinalangga nga mga kaigsoonan madali na lang muabot. Akong maikagon nga gilaum nga ang akong mga kaigsoonan linaw-ang hunahuna ug walay kulang aron sila sad magpaabot niining adlawa."

Siya nibungat sa mas sobra pa kay sa mga kini, ug nisulti nako nga ang rason nganong dili siya makaadto sa Ikatulong Gingharian tungod sa iyang pagkamasupakon.

"Adunay pipila ka mga butang nga akong gisupil

hangtud nianha ko sa gingharian. Usahay niingon ko og, 'Dili, Dili, Dili.' Samtang namati ko sa mga mensahe. Wala nako gibuhat og tarong ang akong katungdanan. Kay naghunahuna ko nga mahimo nako ang akong katungdanan kon magmaayo ang akong sirkumstansya, gigamit nako ang akong unodnon nga mga hunahuna. Kini ingon sa usa ka daku nga sala sa mata sa Dios."

Niingon sad siya nga naibog siya sa mga ministro ug kadtong niatiman sa pinansyal sa iglesia kon sila makita niya, nga naghunahuna nga ang ilang mga balus sa langit daku kaayo. Apan, siya nibungat nga sa iyang pag-adto sa langit, dili kini mao ang kanunay nga mahitabo.

"Dili! Dili! Dili! Ang kadto lang nga naglihok sumala sa kabubut-on sa Dios ang magadawat sa daku nga mga balus ug mga panalangin. Kon ang mga lideres makahimo og sala, kini mas daku nga sala kaysa ordinaryo nga miyembro nga maghimo og sala. Sila kinahanglan nga mangampo og mas daghan. Ang mga lideres kinahanglan nga mas matinuohon. Sila kinahanglan nga magtudlo og mas maayo. Kinahanglan aduna silay kahanas nga makaaninag. Mao kana nganong kini gisulat sa usa sa Upat ka mga Maayong Balita nga ang bulag nga tawo nga nagdala sa usa pa ka bulag nga tawo. Ang kahulogan sa pulong nga, 'Ayaw tugoti nga ang daghan kaninyo mahimong mga magtutudlo'. Ang usa panalanginan kon siya nagsulay sa pinakaamayo sa iyang posisyon. Karon, sa adlaw nga kita magkita isip nga mga anak sa Dios sa kahangtoran nga gingharian magaabot sa dili madugay. Busa, ang tanang tawo kinahanglan nga isalikway pahilayo ang ilang mga buhat sa unod, magmatarung, ug adunay tarong nga katakos isip nga pangasaw-onon sa Ginoo nga walay kaulaw sa panahon nga magtindog sila sa atubangan sa Dios."

Busa, kinahanglan nimong masabtan kon unsa ka importante kini nga magmasinugtanon dili tungod sa katungdanan apan kay ang kalipay diha sa sulod sa imong kasingkasing ug sa gugma nimo sa Dios, ug aron mapabalaan ang imong kasingkasing. Dugang pa, dili ka kinahanglan nga usa lang ka manogsimba, apan tan-awon balik ang imong kaugalingon unsang klase sa langitnon nga gingharian ka makasulod kon ang Amahan motawag sa imong kalag karon.

Kinahanglan nimo nga magsulay nga magmatinuohon sa tanan nimong mga katungdanan ug mabuhi sumala sa pulong sa Dios, aron ikaw hingpit nga mapabalaan ug maangkon ang tanan nga kinahanglan nga mga katakos aron andam nga mosulod sa Bag-ong Herusalem.

Ang 1 Mga Taga-Corinto 15:41 nagsulti nimo nga ang himaya nga dawaton sa kada tawo sa langit nagkalainlain. Kini niingon nga, *"Lain ang kasanag sa Adlaw, ug lain usab ang kasanag sa Bulan, ug lain ang kasanag sa mga bitoon; kay ang usa ka bitoon lahi man ug kasanag sa laing bitoon."*

Ang kadtong tanan nga naluwas malipay sa kinabuhing dayon sa langit. Apan, ang pipila mopabalin sa Paraiso samtang ang pipila muadto sa Bag-ong Herusalem, tanan sumala sa kadakuon sa ilang pagtoo. Ang kalahi sa himaya daku kaayo nga kini dili malitok.

Busa, nag-ampo ako sa ngalan sa Ginoo nga dili ka mopabalin sa pagtoo nga naluwas lang, apan isip nga usa ka mag-uuma nga nibaligya sa tanan niyang mga kabtangan aron paliton ang uma ug kaloton ang manggad, hingpit nga mabuhi sumala sa pulong sa Dios ug isalikway pahilayo ang tanang mga klase sa dautan aron nga ikaw makasulod sa Bag-ong Herusalem ug magpabilin sa himaya nga nagsiga ngadto sama sa Adlaw.

Kapitulo 9

Ang Ikatulong Gingharian sa Langit

1. Ang mga Anghel Magasilbi sa Kada Anak sa Dios
2. Unsang Klase sa mga Tawo ang Muadto sa Ikatulong Gingharian?

*Bulahan ang tawo
nga moantus sa mga pagsulay;
kay human siya makaantus sa pagsulay,
iyang madawat ang korona nga kinabuhi
nga gisaad sa Dios
kanila nga nagahigugma Niya.*

- Santiago 1:12 -

Ang Dios mao ang Espiritu, ug Siya mao ang kamaayohan, kahayag, ug gugma sa iyang kaugalingon. Mao kana nganong gusto Niya nga isalikway pahilayo sa Iyang mga anak ang tanang mga sala ug ang tanang mga klaseng dautan. Si Hesus, nga mianhi niining kalibotan sa unod sa tawo, walay-lama tungod Siya mao ang Dios sa Iyang kaugalingon. Busa, kinahanglan unsang klase sa tawo ka aron mahimong pangasaw-onon nga magadawat sa Ginoo?

Aron mahimong tinuod nga anak sa Dios ug usa ka pangasawonon kon kinsa makig-ambit sa tinuod nga gugma kauban ang Dios sa kahangtoran, kinahanglan nimong mag-anggid sa balaan nga kasingkasing sa Dios ug magpabalaan sa imong kaugalingon pinaagi sa pagtambong pahilayo sa tanang mga klase sa dautan.

Ang Ikatulong Gingharian sa langit, kon hain mao ang dapit alang niining klase sa mga anak sa Dios nga balaan ug nag-anggid sa kasingkasing sa Dios, lahi kaayo gikan sa Ikaduhang Gingharian. Kay tungod ang Ginoo nagdumot sa dautan ug nahigugma sa kamaayohan og pag-ayo, Siya nag-alima sa Iyang mga anak nga gibalaan sa usa ka espesyal nga paagi. Unya, unsang klase man sa dapit ang Ikatulong Gingharian ug unsa man kadaku ang kinahanglan nimong paghigugma sa Dios aron makaadto ngadto?

1. Ang mga Angel Magasilbi sa Kada Anak sa Dios

Ang mga balay sa Ikatulong Gingharian mas grandioso kaayo ug mas mahayag kaysa usa-ka-andana nga mga balay sa Ikaduhang Gingharian nga lapas sa pagkumpara. Sila gidekorasyonan sa daghan kaayong mga klase sa mga bilihon nga bato ug adunay tanan nga mga pasilidad nga gusto panag-iyahan sa mga tag-iya.

Dugang pa, gikan sa Ikatulong Gingharian pataas, ang mga anghel nga nagasilbi sa kada usa ang igahatag, ug sila mahigugma ug modayeg sa ilang agalon ug mosilbi niya sa pinakamaayong mga butang lang.

Mga Anghel nga Pribado nga Nagsilbi

Nag-ingon kini Sa Mga Hebreohanon 1:14, *"Dili ba silang tanan mga espiritu man lamang nga sulogoon, nga gipadala aron sa pag-alagad, alang kanila nga maoy magapanunod sa kaluwasan?"* Ang mga anghel dalisay nga mga espirituhanon nga mga matang. Sila nag-anggid sa mga tawo sa hulma isip nga usa sa mga binuhat sa Dios, apan sila walay mga unod ug bukog, ug walay kalabotan sa kasal o kamatayon. Wala silay mga personalidad sama sa mga tawo, apan ang ilang kahibalo ug gahom mas daku kaysa kadto sa iya sa mga tawo (2 Pedro 2:11).

Sama sa Sa mga Hebreohanon 12:22 nga naga-ingon sa libo-libo ngadto sa libo-libo nga mga anghel, adunay dili-maihap nga mga anghel sa langit. Ang Dios nibuhat sa mga sugo ug mga ranggo sa mga anghel, nihatag nila og nagkalainlain nga mga buluhaton, ug nihatag nila og nagkalainlain nga mga awtoridad sumala sa buluhaton.

Busa, adunay mga kalahian sa mga anghel sama sa anghel, langitnong panon, ug mga arkanghel. Pananglitan, si Gabriel, nga nisilibi isip nga usa ka sibil nga opisyal, nianha diha nimo nga adunay mga tubag sa imong mga pag-ampo o mga plano sa Dios ug mga pinadayag (Daniel 9:21-23; Lucas 1:19, 1:26-27). Ang arkanghel nga si Michael nga sama sa usa ka opisyal sa militar, mao ang ministro sa langitnon nga kasundalohan. Siya ang nagdumala sa mga pakig-away batok sa dautan nga mga espiritu, ug usahay siya sa iyang kaugalingon moguba sa mga linya sa pakig-away sa kangitngit (Daniel 10:13-14, 10:21; Judas 1:9; Ang Pinadayag 12:7-8).

Lakip niining mga anghel, adunay mga anghel nga pribado nga nagsilibi sa ilang mga agalon. Sa Paraiso, ang Unang Gingharian ug ang Ikaduhang Gingharian, adunay mga anghel nga usahay motabang sa mga anak sa Dios, apan walay bisan unsang anghel nga pribado nga nagsilbi sa agalon. Aduna lang mga anghel nga nag-atiman sa mga sagbot, sa mabulakon nga mga dalanon, o pampubliko nga mga pasilidad aron masegurado nga walay kasalikwaot, ug adunay mga anghel nga mohatod og mga mensahe sa Dios.

Apan, alang sa kadtong anaa sa Ikatulong Gingharian o Bag-ong Herusalem, pribado nga mga anghel ang gibalus kay gihigugma nila ang Dios ug gipahimuot Siya og pag-ayo. Usab, ang kadaghanon sa mga anghel nga gihatag magkalainlain sumala sa kadakuon kon hain ang usa nag-anggid sa Dios ug gipahimuot Siya kauban ang pagkamasinugtanon.

Kon ang usa adunay usa ka daku kaayo nga balay sa Bag-ong Herusalem, dili-maihap nga mga anghel ang igahatag kay kini nagpasabot nga ang tag-iya nag-anggid sa kasingkasing sa Dios ug nidala og daghang mga tawo sa kaluwasan. Adunay mga anghel nga mag-atiman sa balay, pipila ka mga anghel ang mag-atiman sa mga pasilidad ug mga butang nga gihatag isip nga mga

207

balus, ug uban nga mga anghel nga pribado nga nagsilbi sa ilang agalon. Aduna lang og daghan kaayong mga anghel.

Kon muadto ka sa Ikatulong Gingharian, dili ka lang hatagan og mga anghel nga pribado nga mosilbi nimo, apan usab mga anghel nga maga-atiman sa imong balay, ug ang kadtong moagak ug motabang sa mga bisita. Mapasalamaton ka sa Dios kaayo kon ikaw makasulod sa Ikatulong Gingharian tungod and Dios motugot nimo nga maghari sa kahangtoran samtang gisilbihan sa mga anghel nga ihatag Niya isip nga imong timgas nga mga balus.

Grandioso Daghang-andana nga Kinaugalingong mga Balay

Sa mga balay sa Ikatulong Gingharian nga gidekorasyon sa mga maanyag nga mga bulak ug mga kahoy nga adunay makahibulong nga kahumot mao ang mga hardin ug mga linaw. Sa mga linaw adunay daghang isda, ug ang mga tawo mahimong makighinabi nila ug makig-ambit og gugma nila. Usab, ang mga anghel magtukar og maanyag nga musika o ang mga tawo magdayaw sa Amahang Dios kauban nila.

Dili sama sa Ikaduhang Gingharian nga ang mga residente gitugotan nga manag-iya lang sa usa ka paborito nga butang o pasilidad, ang mga tawo sa Ikatulong Gingharian mahimong makaangkon sa bisan unsang butang nga gusto nila ingon sa usa ka golf course, usa ka swimming pool, usa ka linaw, usa ka aginaanan aron suroyan, usa ka baylehan ug uban pa. Busa, dili na sila magkinahanglan nga muadto sa mga balay sa mga silingan aron pangalipayan ang usa ka butang nga wala sila, ug sila makapangalipay sa bisan unsang panahona nga gusto nila.

Ang mga balay sa Ikatulong Gingharian daghang-andana nga mga building ug grandioso, nindot kaayo, ug daku kaayo. Sila maanyag nga gidekorasyon og pag-ayo nga walay bilyonaryo niining kalibotan ang makasunod nila.

Lain pay ako, walay balay sa Ikatulong Gingharian ang adunay plaka sa pultahan. Ang mga tawo makahibalo lang kon kang kinsang balay kini bisan pa wala kini og plaka sa pultahan, kay ang walay-tumbas nga kahumot nga nagpadayag sa hinlo ug maanyag nga kasingkasing sa tag-iya nag-agay gikan sa balay.

Ang mga balay sa Ikatulong Gingharian adunay nagkalainlain nga mga kahumot ug nagkalainlain nga mga kahayag. Sa pagkadaghang pag-anggid sa tag-iya sa kasingkasing sa Dios, mas maanyag ug mas mahayag ang kahumot ug ang kahayag.

Usab, sa Ikatulong Gingharian, adunay mga mananap ug mga langgam nga alaga ang gihatag, ug sila mas maanyag, mas sinaw, ug mas matahom kaysa kadtong anaa sa Una ug Ikaduhang Gingharian. Dugang pa, ang mga panganod nga sakyanan gihatag aron magamit sa publiko, ug ang mga tawo mahimong magbiyahe sa walay limit nga palibot sa langit kutob sa ilang gusto.

Sama sa gipasabot, sa Ikatulong Gingharian nga mga tawo mahimong makaangkon ug makahimo sa tanang butang nga ilang gusto. Ang kinabuhi sa Ikatulong Gingharian lapas sa imong mahaduraw.

Ang Korona nga Kinabuhi

Sa Ang Pinadayag 2:10, adunay usa ka saad sa *"ang korona*

nga kinabuhi" nga ihatag sa kadtong nagmatinuohon bisan pa hangtud sa kamatayon alang sa gingharian sa Dios.

> *Ayaw kalisangi ang mga butang nga sa dili madugay imo nang pagaantuson. Tan-awa, ang uban kaninyo hapit na ibanlud sa yawa ngadto sa bilanggoan, aron masulayan kamo, ug pagasakiton kamo sulod sa napulo ka adlaw. Himoa ang pagkamaunongon Kanako bisan pa sa kamatayon, ug hatagan ko ikaw sa korona nga kinabuhi.*

Ang mga pulong nga "pagkamaunongon bisan pa sa kamatayon" diri nagpasabot dili lang sa pagkamatinuohon uban ang pagtoo sa pagkahimo og usa ka martyr, apan dili sad pagkompromiso sa kalibotan ug paghimo nga hingpit nga balaanon pinaagi sa pagsalikway pahilayo sa tanang mga sala hangtud sa pagpa-agas og dugo. Ang Dios mobalus sa kadtong tanan nga musulod sa Ikatulong Gingharian uban ang mga korona nga kinabuhi kay sila nagmatinuohon bisan pa hangtud sa kamatayon ug gibuntog ang tanang mga klase sa mga pagsulay ug mga kalisod (Santiago 1:12).

Sa pagbisita sa mga tawo sa Ikatulong Gingharian sa Bag-ong Herusalem, sila mobutang og usa ka lingin nga marka sa natoo nga bahin sa kilid sa korona nga kinabuhi. Sa pagbisita sa mga tawo sa Paraiso, sa Unang Gingharian o sa Ikaduhang Gingharian sa Bag-ong Herusalem, sila mobutang sa natoo nga bahin sa dughan. Imong makita ang kalahi sa himaya alang sa mga tawo sa Ikatulong Gingharian niining paagi.

Bisan pa niana, ang mga tawo sa Bag-ong Herusalem anaa sa

espesyal nga pag-atiman sa Dios, busa wala sila nagkinahanglan nga sahion ang usa og usa. Sila gitratar sa usa ka espesyal kaayo nga paagi isip nga mga tinuod nga anak sa Dios.

Mga Balay sa Bag-ong Herusalem

Ang mga balay sa Ikatulong Gingharian lahi kaayo gikan sa mga balay sa Bag-ong Herusalem sa kadakuon, sa kaanyag, ug sa himaya.

Una sa tanan, kon imong ingnon nga ang pinakagamay nga balay sa Bag-ong Herusalem mao ang 100, ang balay sa Ikatulong Gingharian mao ang 60. Pananglitan, kon ang pinakagamay nga balay sa Bag-ong Herusalem mao ang 100,000 ka kuwadrado nga tapak, ang usa ka balay sa Ikatulong Gingharian mao ang 60,000 ka kuwadrado nga tapak.

Apan, ang matag usa nga mga balay nagkalainlain kay kini sa kinatibuk-an nagdepende kon unsa ang agalon nitrabaho aron maluwas ang pinakadaghang mga kalag nga ilang maluwas ug itukod ang iglesia sa Dios. Sama sa ingon ni Hesus sa Mateo 5:5, *"Bulahan ang mga maaghop, kay sila magapanunod sa yuta,"* depende sa gidaghanon sa mga kalag nga nadala sa tag-iya sa balay ngadto sa langit uban ang maaghop nga kasingkasing, ang kadakuon sa balay kon hain siya magapuyo nan pagasusihon.

Busa adunay daghang mga balay nga mas sobra pa kaysa kapulo ka libo ka kuwadrado nga tapak sa Ikatulong Gingharian ug sa Bag-ong Herusalem, apan bisan pa ang pinakadakung balay sa Ikatulong Gingharian mas gamay kaysa kadtong anaa sa Bag-ong Herusalem. Dugang pa sa kadakuon, sa hulma, sa kaanyag, ug sa mga hamili nga bato alang sa dekorasyon hilain kaayo sad.

Sa Bag-ong Herusalem, dili lang ang napulog duha ka hamili nga mga bato alang sa pundasyon, apan daghan sad nga uban pang maanyag nga mga hamiling bato. Adunay mga hamiling bato nga dili-mahanduraw ang kadakuon nga adunay ingon sa maaanyag kaayo nga mga kolor. Adunay daghan kaayong mga klase sa hamiling bato nga dili tanan mahinganlan, ug pipila sa kanila nagsidlak og doble o bisan pa triple nga nagsapaw nga mga kahayag.

Lagi, adunay daghang mga hamiling bato sa Ikatulong Gingharian. Bisan pa niana, bisan pa sa kahilain niini, ang mga hamiling bato sa Ikatulong Gingharian dili makumpara sa kadtong anaa sa Bag-ong Herusalem. Walay lain nga hamiling bato ang magasidlak og doble o triple ang kahayag sa Ikatulong Gingharian. Ang mga hamiling bato sa Ikatulong Gingharian adunay mas daghang maanyag nga kahayag kumpara sa kadtong anaa sa Una o Ikaduhang Gingharian, apan aduna lang og simple ug sukaranan nga mga hamiling bato, ug bisan pa ang parehong klase sa hamiling bato mas gamay ang kaanyag kaysa kadtong anaa sa Bag-ong Herusalem.

Mao kana nganong ang mga tawo sa Ikatulong Gingharian, nga nagpabilin sa gawas sa Bag-ong Herusalem nga puno sa himaya sa Dios, magtan-aw niini og labing magpangandoy nga muadto didto sa kahangtoran.

"Kon ako nisulay lang og mas lisod ug
kita mas nagmatinuohon sa tanang balay sa Dios..."
"Kon magtawag lang usab ang Amahan sa akong pangalan..."
"Kon ako giagda lang ug usab..."

Adunay dili-mahanduraw nga kadaghan sa kalipay ug kaanyag sa Ikatulong Gingharian, apan sila dili makumpara ngadto sa Bag-ong Herusalem.

2. Unsang Klase sa mga Tawo ang Muadto sa Ikatulong Gingharian?

Kon imong ablihan ang imong kasingkasing ug dawaton si Hesukristo isip nga imong personal nga Manluluwas, ang Espiritu Santo muanha og tudloan ka mahitungod sa sala, ang pagkamatarung, ug ang paghukom, ug pasabton ka sa kamatuoran. Kon magmasinugtanon ka sa pulong sa Dios, isalikway pahilayo ang tanang dautan ug magpabalaan, anaa ka sa estado sa imong mga kalag sa kamaayohan-sa ikaupat nga lebel sa pagtoo.

Ang kadtong naabot sa ikaupat nga lebel sa pagtoo nahigugma sa Dios og pag-ayo ug gihigugma sa Dios ug mosulod sa Ikatulong Gingharian. Unya, unsang piho nga klase sa tawo ang adunay pagtoo kon hain siya makasulod sa Ikatulong Gingharian?

Pagpabalaan pinaagi sa Pagsalikway Pahilayo sa Tanang mga Klase sa Dautan

Sa kaniadtong panahon sa Daang Kasabotan, ang mga tawo wala makadawat sa Espirtu Santo. Busa, dili sila makasalikway pahilayo sa mga sala nga halawom nga anaa sa sulod sa ilang kasingkasing sa ilang kaugalingong kabaskog. Mao kana nga sila nibuhat sa pisikal nga sirkunsisyon, ug luwas kon ang dautan gibuhat sa akto, wala kini nila gihunahuna nga sala. Bisan pa nga ang usa gihunahuna nga patyon ang usa ka tawo, kini wala giila nga usa ka sala hangtud nga ang hunahuna wala gibuhat sa akto. Sa pagbuhat lang sa gihunahuna, nga mao kini nga giila nga usa ka sala.

Bisan pa niana, sa panahon sa Bag-ong Kasabotan, kon imong dawaton ang Ginoong Hesukristo, ang Espiritu Santo muanha sa imong kasingkasing. Luwas kon ang imong kasingkasing gipabalaan, dili ka makasulod sa Ikatulong Gingharian. Kini tungod imong masirkunsisyon ang imong kasingkasing uban ang katabang sa Espiritu Santo.

Busa, makasulod ka lang sa Ikatulong Gingharian kon imong isalikway pahilayo ang tanang mga klase sa dautan sama sa kasina, pagpanapaw, kahakog ug sama niini, ug unya magpabalaan. Unya, unsang klase sa tawo ang adunay gipabalaan nga kasingkasing? Siya mao ang usa nga adunay klase sa espirituhanon nga gugma nga gihulagway sa 1 Mga Taga-Corinto 13, ang siyam nga mga bunga sa Espiritu Santo sa Mga Taga-Galacia 5, ug ang mga Pagpakabulahaan sa Mateo 5, ug ang nag-anggid sa pagkabalaan sa Ginoo.

Lagi, wala kini nagpasabot nga siya anaa sa sama nga lebel sa Ginoo. Bisan unsa kadaghang isalikway pahilayo sa tawo ang iyang mga sala ug mapabalaan, ang iyang lebel lahi kaayo gikan sa Dios, nga mao ang gigikanan sa kahayag.

Busa, aron mapabalaan ang imong kasingkasing, una nimong buhaton ang maayong yuta diha sa imong kasingkasing. Sa ubang mga pulong, kinahanglan nimong buhaton nga maayong yuta ang imong kasingkasing pinaagi sa dili pagbuhat sa kon unsang isulti nimo sa Biblia nga dili buhaton ug isalikway pahilayo ang unsang isulti sa Biblia ang unsang isalikway pahilayo. Mao lang unya, nga mahimo kang magbunga og maayong mga bunga sa pagpugas sa mga binhi. Sama sa usa ka mag-uuma nga nagpugas sa mga binhi human niyang gihinloan ang yuta, ang binhi nga gipugas dinha nimo, moturok, mamulak, ug mamunga human pagbuhat sa kon unsa ang isulti sa Dios nimo ug tumanon ang unsang Iyang isulti nga imong tumanon.

Busa, ang pagpakabalaan nagpasabot sa kadtong usa ka estado kon anus-a ang usa mahinloan gikan sa orihinal ug mga kinaugalingong-binuhatan nga mga sala pinaagi sa mga buhat sa Espiritu Santo human siyang natawo og usab pinaagi sa tubig ug sa Espiritu Santo pinaagi sa pagtoo sa pagtubos nga gahom ni Hesukristo. Ang pagpasaylo sa imong mga sala sa dugo ni Hesukristo lahi gikan sa pagsalikway pahilayo sa kinaiya sa sala nga anaa dinha nimo uban ang katabang sa Espiritu Santo pinaagi sa madinaalabon ug walay-hunong nga pag-ampo kauban ang pagpuasa.

Ang pagdawat ni Hesukristo ug pagkahimo'g anak sa Dios wala nagpasabot nga ang tanang mga sala diha sa imong kasingkasing hingpit nga natangtang na. Aduna ka sa gihapon og dautan sama sa kasina, garbo, ug sama niini diha nimo, ug mao kana nganong ang proseso sa pagpangita sa dautan pinaagi sa pagdungog sa pulong sa Dios ug pagpakig-away batok niini ngadto sa punto sa pagpa-agas sa dugo, kinahanglan kaayo (Sa Mga Hebreohanon 12:4).

Mao kini kon unsaon nimo pagsalikway pahilayo sa mga buhat sa unod ug mag-usbaw ngadto sa pagpakabalaan. Ang estado kon hain ikaw nilabay dili lang sa mga binuhatan sa unod apan usab ang mga paninguha sa unod diha sa imong kasingkasing mao ang ikaupat nga lebel sa pagtoo, ang estado sa pagpakabalaan.

Gipabalaan Lang Human Isalikway ang mga Sala sa Kinaiya

Unsa man, unya, ang mga sala nga kinaiya sa usa? Kini sila mao ang mga sala nga gipasa pinaagi sa mga binhi sa kinabuhi sa ginikanan sa usa sukad pa nga nagmasupakon nga si Adan. Pananglitan, imong makita nga ang usa ka puya, nga wala pa gani usa ka tuig, aduna na'y usa ka dautan nga hunahuna. Bisan pa nga ang iyang inahan wala gayud magtudlo niya og bisan unsang dautan sama sa kasina o panibubho, siya masuko ug maghimo og dautan nga lihok kon ang iyang inahan mohatag sa iyang suso ngadto sa usa ka puya sa silingan. Ug siya mahimong magsulay nga itulod pahilayo ang puya sa silingan, ug magsugod og hilak, mapuno sa kasuko, kon ang puya dili mobiya gikan sa iyang inahan.

Sama niini, ang rason nganong bisan ang usa ka puya magpakita sa akto sa kadaut, bisan pa nga wala siya makatuon sa bisan unsa niini sa una, tungod nga adunay sala sa iyang kinaiya. Usab, ang mga sala nga kinaugalingong-gibuhat mao ang mga sala nga gipadayag sa pisikal nga mga akto nga nagsunod sa makakasala nga mga paninguha sa kasingkasing.

Lagi, kon ikaw gipabalaan gikan sa orihinal nga sala, kini dayag nga ang imong mga sala nga kinaugalingong-gibuhat malabay kay ang ugat sa mga sala gitangtang na. Busa, ang pagkatawo og usab sa espirituhanon mao ang pagsugod sa pagkabalaan, ug ang pagkabalaan mao ang pagkahingpit sa pagkatawo og usab. Busa, kon ikaw matawo og usab, akong gilaum nga ikaw mabuhi sa usa ka malamposon nga kinabuhi nga Kristohanon aron matuman ang pagkabalaan.

Kon gusto gayud nimo nga mapabalaan ug mabalik ang nawala nga imahe sa Dios, ug magsulay sa imong pinakamaayo, busa mahimo nimong masalikway pahilayo ang mga sala sa imong kinaiya pinaagi sa grasya ug kalig-on sa Dios ug kauban sa katabang sa Espiritu Santo. Akong gilaum nga maanggid ka sa balaan nga kasingkasing sa Dios sa iyang pag-awhag nimo nga, *"Kinahanglan kamo magmabalaan, sanglit ako balaan man"* (1 Pedro 1:16).

Gipabalaan apan Dili Tibuok nga Matinuohon sa Tanang Balay sa Dios

Ang Dios nitugot nako nga espirituhanon nga makighinabi sa usa ka tawo nga namatay na, ug takos nga makasulod sa Ikatulong Gingharian. Ang ganghaan sa iyang balay gidekorasyon og gi-arko nga mga perlas, ug kini tungod nga siya niampo og pag-ayo uban ang pagluha sa pagkasubo ug uban ang katubayan sa siya anaa pa niining yuta. Siya matinuohon kaayo nga tumuluo nga niampo alang sa iglesia ug sa mga ministro niini ug mga miyembro kauban ang daghang katubayan ug pagluha.

Sa wala pa siya makaila sa Ginoo, siya pobre kaayo ug alaot nga dili gani siya makapanag-iya og usa ka piraso nga bulawan. Human niyang dawaton ang Ginoo, mahimo siyang makadagan ngadto sa pagpakabalaan kay mahimo siyang magmasinugtanon sa kamatuoran human masabtan kini pinaagi sa pagdungog sa pulong sa Dios.

Usab, mahimo siyang makabuhat og maayo sa iyang katungdanan kay siya nidawat sa daghang mga panudlo gikan sa usa ka ministro nga daku kaayong hinigugma sa Dios, og nisilbi niya og pag-ayo. Alang niini, siya sa katapusan makaadto sa usa ka mas mahayag ug mas mahimayaon nga dapit sulod sa Ikatulong Gingharian.

Dugang pa, usa ka mahayag kaayo nga hamiling bato gikan sa Bag-ong Herusalem ang ibutang sa ganghaan sa iyang balay. Kini mao ang hamiling bato nga gihatag niya sa ministro nga iyang gisilbihan niining yuta. Siya mokuha gikan sa iyang mga hamiling bato sa iyang sala ug ibutang sa ganghaan sa iyang balay sa iyang pagbisita ngadto. Kining hamiling bato mao ang timaan nga siya paga-iliwan sa iyang ministro nga iyang gisilbihan niining yuta kay siya dili makasulod sa Bag-ong Herusalem bisan pa nga siya nakatabang og pag-ayo niya niining yuta. Daghang mga tawo sa Ikatulong Gingharian ang maibog niining hamiling bato.

Bisan pa niana, siya mobati gihapon og kasubo sa dili pagsulod sa Bag-ong Herusalem. Kon aduna lang siya og igo nga pagtoo aron makasulod sa Bag-ong Herusalem, mahimo unta siyang makig-uban sa Ginoo, sa ministro nga iyang gisilbihan niining yuta, ug uban pang hinigugma nga mga kauban nga mga miyembro sa iyang iglesia sa umaabot. Kon siya unta mas labi pang nagmatinuohon niining yuta, makasulod unta siya sa Bag-ong Herusalem, apan tungod sa pagkamasupakon nisipyat niya ang kahigayonan sa adtong kini gihatag niya.

Apan, sya mapasalamaton kaayo ug halawom nga giirog alang sa himaya nga gihatag niya sa Ikatulong Gingharian ug nibungat sa masunod. Mapasalamaton lang siya kay siya nidawat sa bilihon nga mga butang isip nga mg balus, wala sa mga niini unta ang makuha niya sa iya lang kaugalingon nga katakos.

"Bisan pa nga dili ko makaadto sa Bag-ong Herusalem kon asa kini puno sa himaya sa Amahan kay tungod ako dili hingpit sa tanang butang, aduna ko'y akong balay niining maanyag nga Ikatulong Gingharian. Ang akong balay daku kaayo ug maanyag kaayo. Bisan pa kini dili kaayo daku kumpara sa mga balay sa Bag-ong Herusalem, gihatagan ko og daghan kaayong kapritsuhon ug kahibulongan nga mga butang nga dili mahanduraw sa kalibotan.

Wala ako makabuhat og bisan unsang butang. Wala ako makahatag og bisan unsang butang. Wala ako makabuhat og bisan unsang butang nga makatabang. Ug walay ako makabuhat og bisan unsang butang nga makalipay sa Ginoo. Sa gihapon, ang himaya nga aduna ko nganhi daku kaayo nga ako maghinulsol lang ug magmapasamalaton. Naghatag ko sa akong pagpasalamat sa Dios alang sa pagtugot nako nga magpabilin sa mas mahimayong dapit sulod sa Ikatulong Gingharian sa gihapon."

Ang mga Tawo nga Adunay Pagtoo nga Magpakamartir

Sama sa kadtong usa nga nahigugma sa Dios og pag-ayo ug napabalaan sa iyang kasingkasing ang makasulod sa Ikatulong Gingharian, mahimo kang makasulod sa kaminosan sa Ikatulong Gingharian kon aduna ka'y pagtoo nga magpakamartir kon asa masakprisyo nimo ang tanang butang, bisan pa ang imong kinabuhi, alang sa Dios.

Ang mga miyembro sa kaniadtong Kristohanon nga mga

Iglesia nga gipabilin ang ilang pagtoo hangtud sa sila gipugotan og mga ulo, gikaon sa mga leon sa Coliseum sa Roma, o gisunog, magadawat sa balus sa usa ka martir ngadto sa langit. Dili kini sayon nga mahimong usa ka martir sa ilalom niining grabe nga mga pagpasakit ug mga pagpapahog.

Sa palibot nimo, adunay mga tawo nga wala magpabilin sa adlaw sa Ginoo nga balaan o nagpabaya sa ilang mga katungdanan nga gihatag-sa-Dios tungod sa ilang paninguha alang sa kuwarta. Kining klase sa mga tawo, nga dili makatuman sa ingon nga gamay nga butang, dili mahimong makapabilin sa ilang pagtoo sa usa ka peligro-sa-kinabuhi nga sitwasyon, mas na gayud sa pagpakamartir.

Unsang klase sa mga tawo ang adunay pagtoo sa mga martir? Kini mao ang kadtong adunay matarung ug walay-kausaban nga mga kasingkasing sama ni Daniel gikan sa Daang Kasabotan. Kadtong adunay doble nga mga hunahuna ug nagpangita sa ilang kaugalingong kamaayohan, nga nagkompromiso sa kalibotan, nan, adunay gamay kaayo nga kahigayonan nga mahimong mga martir.

Ang kadtong tinuod nga mahimong mga martir kinahanglan adunay walay-kausaban nga mga kasingkasing sama ni Daniel. Siya nagpabilin sa kinamatarung sa pagtoo nga nakahibalo og pag-ayo nga siya magapadulong ngadto sa lungga sa mga leon. Gipabilin niya ang iyang pagtoo hangtud sa pinakaulahi nga panahon sa kadtong siya gilabay ngadto sa lungga sa mga leon pinaagi sa pagpanglimbong sa dautan nga mga tawo. Si Daniel wala gayud nibiya gikan sa kamatuoran kay ang iyang kasingkasing hinlo ug dalisay.

Kini sama ni Esteban gikan sa Bag-ong Kasabotan. Siya

gibato hangtud mamatay samtang siya nagawali sa Maayong Balita sa Ginoo. Si Esteban usa sad ka gibalaan nga tawo nga maka-ampo bisan pa sa kadtong nagbato niya bisan pa sa iyang pagkainosente. Busa unsa kadaku man siya higugmaon sa Ginoo? Siya magalakaw uban sa Ginoo sa kahangtoran sa langit, ug ang iyang kaanyag ug himaya magkadaku kaayo. Busa, imong kinahanglan nga masabtan ang pinakaimportante nga butang mao ang matuman ang pagkamatarung ug pagpakabalaan sa kasingkasing.

Diotay lang kaayo nga adunay tinuod nga pagtoo karong adlawa. Bisan pa si Hesus nangutana, *"Ngani, inig-abut sa Anak sa Tawo, makakaplag ba kaha siyag pagtoo dinhi sa yuta?"* (Lucas 18:8) Unsa kaha ka bilihon sa mata sa Dios kon ikaw mahimong gibalaan nga anak pinaagi sa pagpabilin sa pagtoo ug pagsalikway pahilayo sa tanang mga klase sa dautan bisan pa niining kalibotan nga puno sa mga sala?

Busa, nag-ampo ko sa ngalan sa Ginoo nga ikaw madilaabon nga mag-ampo ug ipabalaan ang imong kasingkasing sa madali, nga nagpaabot ngadto sa himaya ug mga balus nga igahatag sa Dios nga Amahan didto sa langit.

Kapitulo 10

Bag-ong Herusalem

1. Ang mga Tawo sa Bag-ong Herusalem Makita ang Dios nga Inatubangay
2. Unsang Klase sa mga Tawo ang Muadto sa Bag-ong Herusalem?

*Ug nakita ko ang balaang siyudad,
ang bag-ong Jerusalem,
nga nanaug gikan sa langit gikan sa Dios,
gitagana maingon sa usa
ka pangasaw-onon nga gidayandayanan
alang sa iyang pamanhonon.*

- Ang Pindayag 21:2 -

Sa Bag-ong Herusalem, kon hain mao ang pinakamaanyag nga dapit sa langit ug puno sa himaya sa Dios, anaa ngadto ang Trono sa Dios, ang mga kastilyo sa Ginoo ug sa Espiritu Santo, ug mga balay sa mga tawo nga nagpahimuot sa Dios og pag-ayo kauban ang pinakataas nga lebel sa pagtoo.

Ang mga balay sa Bag-ong Herusalem pinakamaanyag nga giandam sa paagi nga gusto sa mga magtag-iya sa mga balay. Aron makasulod sa Bag-ong Herusalem, tin-aw ug maanyag morag kristal, ug makig-ambit sa tinuod nga gugma kauban ang Dios sa kahangtoran, dili ka lang kinahanglan mag-anggid sa balaan nga kasingkasing sa Dios, apan hingpit nga magbuhat sa imong katungdanan sama sa gibuhat ni Ginoong Hesus.

Karon, unsang klase sa dapit ang Bag-ong Herusalem, ug unsang klase sa mga tawo ang muadto ngadto?

1. Ang mga Tawo sa Bag-ong Herusalem Makita ang Dios nga Inatubangay

Ang Bag-ong Herusalem, nga gitawag sad nga langitnon nga Balaan nga Siyudad, maanyag kaayo sama sa usa ka pangasaw-onon nga niandam sa iyang kaugalingon alang sa iyang pamanhonon. Ang mga tawo ngadto adunay pribilihiyo nga makita ang Dios nga inatubangay kay ang Iyang Trono anaa ngadto.

Kini sad gitawag nga "ang siyudad sa himaya" kay ikaw makadawat sa himaya gikan sa Dios sa kahangtoran sa imong pagsulod sa Bag-ong Herusalem. Ang bungbong gibuhat sa haspe, ug ang siyudad dalisay nga bulawan, sama sa kadalisay sa bildo. Kini adunay tulo ka mga ganghaan sa kada upat ka mga kilid – norte, sur, este, ug west – ug adunay usa ka anghel nga magabantay sa kada ganghaan. Ang napulog-duha ka mga pundasyon sa siyudad gibuhat sa napulog-duha ka nagkalainlain nga mga klase sa mga hamili nga mga bato.

Napulog-duha ka Perlas nga mga Ganghaan sa Bag-ong Herusalem

Unya, nganong ang napulog-duha nga mga ganghaan sa Bag-ong Herusalem gibuhat sa mga perlas? Ang usa ka kabhang makasugakod alang sa usa ka taas nga panahon ug magbutang sa tanang mga duga aron mahimong usa ka perlas. Sa samang paagi, kinahanglan nimong isalikway pahilayo ang mga sala, makigbisog batok nila hangtud sa punto sa pagpa-agas sa dugo ug magmatinuohon hangtud sa kamatayon sa atubang sa Dios sa pagsugakod ug pagpugong-sa-kaugalingon. Gibuhat sa Dios ang mga ganghaan sa mga perlas kay kinahanglan nimong ibuntog ang imong mga sirkumtansya kauban ang kalipay aron mabuhat nimo ang gihatag-sa-Dios nga mga katungdanan bisan pa ikaw magalakaw sa mapig-ot nga dalan.

Busa sa pagsulod sa usa ka tawo sa Bag-ong Herusalem nga magalabay sa ganghaan nga perlas, siya magaluha sa kalipay ug kahinaman. Siya magahatag sa tanang dili-malitok nga pagpasalamat ug himaya sa Dios nga nagdala niya sa Bag-ong Herusalem.

Usab, unsa man ang rason nganong gibuhat sa Dios ang

nagpulog-duha ka mga pundasyon sa napulog-duha ka nagkalain-lain nga hamiling mga bato? Kini tungod kay ang kombinasyon sa kahulogan sa napulog-duha ka hamili nga mga bato mao ang kasingkasing sa Ginoo ug sa Amahan.

Busa, imong kinahanglan nga masabtan ang ang espirituhanon nga kahulogan sa kada hamili nga bato ug tumanon ang espirituhanon nga kahulogan sa imong kasingkasing aron makasulod sa Bag-ong Herusalem. Akong ipatin-aw sa detalye ang kadtong mga kahulogan sa *Langit II:Gipuno sa Himaya sa Dios*.

Ang mga Balay sa Bag-ong Herusalem anaa sa Hingpit nga Kahiusahan ug Pagkadaiya

Ang mga balay sa Bag-ong Herusalem sama sa mga kastilyo sa pagkadaku ug kahibulongan. Ang kada usa walay-tumbas sumala sa kahiligan sa tag-iya, ug kini anaa sa hingpit nga kahiusahan ug pagkadaiya. Usab, ang mga kolor ug mga kahayag nga nanggawas gikan sa hamili nga mga bato mopabati nimo sa kaanyag ug himaya nga lapas sa pagpahayag.

Ang mga tawo makaila kon kang kinsa ang kada balay pinaagi lang sa pagtan-aw niini. Ilang masabtan kon unsa kadaku gipahimuot sa tag-iya niini ang Dios sa kadtong siya anaa pa sa yuta pinaagi sa pagtan-aw sa kahayag sa himaya ug ang hamili nga mga bato nga nagdekorasyon sa balay.

Pananglitan, ang balay sa usa ka tawo nga nahimong usa ka martir niining yuta adunay mga dekorasyon ug mga tala mahitungod sa kasingkasing sa tag-iya ug mga katumanan hangtud sa pagpakamartir. Ang tala gililok sa usa ka bulawan nga plaka ug nagsinaw kaayo sa kahayag. Kini mabasa nga, "Ang tag-iya niining balay nahimong usa ka martir ug nituman sa kabubut-on sa amahan atong ika ___ nga adlaw sa bulan sa ___ sa tuig nga _____."

Bisan pa gikan sa ganghaan, ang mga tawo makakita sa mahayag nga suga nga nanggawas gikan sa bulawan nga plaka kon asa ang mga katumanan sa tag-iya gitala, ug ang kadtong tanan nga makakita magaduko. Ang pagpakamartir usa kaayo nga daku nga himaya ug balus, ug kini usa ka kangaya ug kalipay sa Dios.

Kay tungod walay dautan sa langit, ang mga tawo awtomatiko nga magduko sa ilang mga ulo sumala sa ranggo ug kailalomon kon hain siya gipalangga sa Dios. Usab, sama nga ang mga tawo magpresentar og usa ka plake sa pagpasalamat o dalayegon nga serbisyo aron masaulog ang daku nga mga katumanan, ang Dios usab magahatag sa usa ka plake sa kada usa sa pagsaulog alang sa paghatag Niya og himaya. Imong makita ang mga kahumot ug kahayag nagkalainlain sumala sa mga klase sa mga plake.

Dugang pa, ang Dios magahatag sa mga balay sa tawo og usa ka butang kon hain sila makahanumdom sa ilang mga kinabuhi niining yuta. Lagi, bisan pa sa langit mahimo kang makakita og mga hitabo sa niaging panahon niining yuta sa usa ka butang sama sa usa ka telibisyon.

Ang Korona nga Bulawan o Pagkamatarung

Kon ikaw mosulod sa Bag-ong Herusalem, sa sukaron hatagan ka og kaugalingon nga balay ug ang korona nga bulawan, ug ang korona sa pagkamatarung igabalus sumala sa imong mga binuhatan. Kini mao ang pinakahimayaon ug maanyag nga korona sa langit.

Ang Dios sa Iyang Kaugalingon ang magabalus sa mga korona nga bulawan sa kadtong mosulod sa Bag-ong Herusalem, ug sa palibot sa Trono sa Dios adunay kaluhaag-upat ka mga ansiyano nga adunay mga korona nga bulawan.

Ug ang trono gialirongan ug kaluhaag-upat ka mga trono, ug diha sa mga trono nanaglingkod ang kaluhaag-upat ka mga ansiyano nga sinul-obag mga maputi nga bisti, ug may mga korona nga bulawan diha sa ilang mga ulo (Ang Pinadayag 4:4).

"Ang mga ansiyano" nganhi wala magpasabot sa titulo nga gihatag sa yuta nga mga simbahan, apan kadtong tarong sa mata Dios ug giila sa Dios. Sila gibalaan ug gituman ang sangtuwaryo sa kasingkasing kauban sad ang makita nga sangtuwaryo. "Ang pagtuman sa sangtuwaryo sa kasingkasing" nagpasabot sa pagkahimo og usa ka tawo sa espiritu pinaagi sa pagsalikway pahilayo sa tanan nga mga klase sa dautan. Ang pagtuman sa makita nga sangtuwaryo nagpasabot sa hingpit nga pagbuhat sa mga katungdanan niining yuta.

Ang numero nga "kaluhaag-upat" nagpasabot alang sa tanang mga tawo nga nisulod sa ganghaan sa kaluwasan pinaagi sa pagtoo sama sa napulog-duha ka mga tribo sa Israel ug gibalaan sama sa napulog-duha ka mga disipolo ni Hesus nga Ginoo. Busa, "ang napulog-duha ka mga ansiyano" nagpasabot sa mga anak sa Dios nga giila sa Dios ug nagmatinuohon sa tanang balay sa Dios.

Busa, ang kadtong adunay pagtoo sama sa bulawan nga walay-pagbaylo magadawat sa mga korona nga bulawan, ug kadtong nagpaabot sa pagpadayag sa Dios sama sa apostol nga si Pablo magadawat sa korona sa pagkamatarung.

Gibugno ko na ang maayong pakigbugnoay, natapus ko na ang akong pagdalagan sa lumba, gikabantayan ko ang pagtoo; sukad karon adunay ginatagana alang kanako nga korona sa pagkamatarung nga niadto unyang adlawa ibalus kanako sa Ginoo, ang matarung nga maghuhukom, ug dili lamang kanako ra kondili usab sa tanang mga nagahigugma sa iyang pagpadayag (2 Timoteo 4:7-8).

Ang kadtong nagpaabot sa pagpadayag sa Ginoo tino nga magapuyo sulod sa kahayag ug kamatuoran, ug mahimong andam nga mga sulodlan ug mga palangasaw-onon sa Ginoo. Busa, sila sumala magadawat sa mga korona.

Ang apostol nga si Pablo wala gipildi sa bisan unsa nga pagpaantus ug kalisod, apan gitinguhaan nga mapadaku ang gingharian sa Dios ug matuman ang Iyang pagkamatarung sa tanan niyang gibuhat. Siya daku nga nagpadayag sa himaya sa Dios bisan asa siya padulong kauban ang iyang pagkayod ug katubayan. Mao kana nganong ang Dios niandam sa korona sa pagkamatarung alang kang apostol Pablo. Ug Siya magahatag niini sa tanan nga nagpaabot sa pagpadayag sa Ginoo sama niya.

Ang Kada Paninguha sa Ilang mga Kasingkasing Matuman

Ang unsang anaa sa imong hunahuna niining yuta, ang unsang gusto nimong buhaton apan gibiyaan alang sa Ginoo – ang Dios magahatag nimo niining mga butang isip nga maanyag nga mga balus sa Bag-ong Herusalem.

Busa, ang mga balay sa Bag-ong Herusalem adunay tanan nga butang nga imong gigusto nga kuhaon, aron makahimo ka sa tanang butang na imong gustong buhaton. Pipila sa mga balay adunay mga linaw aron ang mga tag-iya mahimong magsakay sa barko ug ang pipila adunay usa ka kakahoyan kon asa sila makalakaw-lakaw. Ang mga tawo sad mahimong malipay sa pakighinabi sa ilang mga pinalangga sa usa ka lamesa aron moinum og tsa sa usa ka kilid sa maanyag nga hardin. Adunay mga balay nga naay balilihan nga gipuno sa mga bulak, aron ang mga tawo makalakaw o makakanta og mga pagdayaw kauban ang nagkalainlain nga mga langgam ug maayag nga mga mananap.

Niining paagi, ang Dios nibuhat sa langit ang tanang butang nga imong gigusto nga makuka niining yuta nga dili masipyatan ang bisan usa ka butang. Unsa kaha ikaw kailalom nga mairog sa imong pagkakita niining tanan nga mga butang nga gihatag sa Dios alang nimo kauban ang daku nga pag-atiman?

Sa tinuod, ang higayon nga makasulod sa Bag-ong Herusalem mismo usa na ka kakuhaan sa kalipay. Ikaw magapuyo sa walay-pagbaylo nga kalipay, himaya, ug kaanyag sa kahangtoran. Ikaw mapuno sa kalipay ug kahinaman sa imong pagtan-aw sa yuta, sa imong pagtan-aw sa kalangitan, o bisan asa ka pa motan-aw.

Ang mga tawo mobati og kalinaw, kaharuhay, ug kahilwas sa

pagpuyo lang sa Bag-ong Herusalem kay ang Dios nibuhat niini alang sa Iyang mga anak nga iyang tinuod nga gihigugma, ug ang kada suok niini gipuno sa Iyang gugma.

Busa sa bisan unsang imong buhaton – bisan pa nga ikaw naglakaw, nagpahulay, nagdula, nagkaon, o nagsulti sa ubang mga tawo – ikaw mapuno sa kalipay ug kasadya. Ang mga kahoy, mga bulak, mga sagbot, ug bisan pa ang mga mananap anindot kaayo, ug mobati ka sa himaya kauban ang kahibulongan gikan sa mga bungbong sa kastilyo, mga dekorasyon, ug mga pasilidad sa balay.

Sa Bag-ong Herusalem, ang gugma sa Dios nga Amahan sama sa usa ka sagidlisan ug ikaw mapuno sa matunhayon nga kalipay, pagpasalamat, ug kalipay.

Ang Pagkakita sa Dios nga Inatubangay

Sa Bag-ong Herusalem, kon asa anaa ang pinakataas nga lebel sa himaya, kaanyag, ug kalipay, mahimo kang makigkita sa Dios nga inatubangay ug maglakaw kauban ang Dios, ug mahimong makapuyo kauban ang imong mga hinigugma hangtud sa kahangtoran.

Ikaw pagadayegon dili lang sa mga anghel ug langitnon nga mga panon, apan usab sa mga tawo sa langit. Dugang pa, ang imong kaugalingon nga mga anghel magasilbi nimo sama sa pagsilbi sa usa ka hari, nga hingpit nga buhaton ang tanan nimong gusto ug mga kinahanglan. Kon gusto nimong molupad sa kalangitan, ang imong personal nga panganod nga sakyanan muadto og muhunong diha sa atubangan sa imong mga tiil. Sa gilayon nga pagsakay nimo sa imong panganod nga sakyanan, imo kining mapalupad sa kalangitan kutob sa imong gusto, o mahimo sad kini nimong mamaneho sa yuta.

Busa kon mosulod ka sa Bag-ong Herusalem, imong makita ang Dios nga inatubangay, mopuyo kauban ang imong mga pinalangga sa kahangtoran, ug ang tanan nimong mga paninguha igahatag dihadiha dayon. Imong makuha ang tanang butang nga imong gusto, ug usab tamdon sama nga usa ka prinsipe o prinsesa sa usa ka engkantada nga kaysaysan.

Pagsalmot sa mga Piging sa Bag-ong Herusalem

Sa Bag-ong Herusalem, adunay kanunay nga mga piging. Usahay ang Amahan ang magbuhat sa mga piging, o usahay ang Ginoo o ang Espiritu Santo. Imong mabati ang kalipay sa langitnon nga kinabuhi og pag-ayo pinaagi niining mga piging. Imong mabati ang pagkadagaya, kahilwas, kaanyag, ug kalipay inig kasiplat nimo niining mga piging.

Sa imong pagsalmot niining mga piging nga gibuhat sa Amahan, imong isul-ob ang pinakamaayo nga bisti ug mga dekorasyon, magakaon ug magainom sa pinakamaayo nga mga pagkaon ug mga ilimnon. Imo sad pangalipayan ang mabihagon ug maanyag nga musika, mga pagdayaw ug mga sayaw. Makatan-aw ka sa mga anghel nga nagsayaw, o usahay makasayaw ka aron pahimut-on ang Dios.

Ang mga anghel mas maanyag ug hingpit sa mga pamaagi, apan ang Dios mas mahimuot sa kahumot sa Iyang mga anak nga nakaila sa Iyang kasingkasing ug nahigugma Niya gikan sa ilang mga kasingkasing.

Ang kadtong nisilbi alang sa pagsimba nga serbisyo nga

gihalad sa Dios niining yuta magasilbi sad niining mga piging aron mahimo kining mas mahimayaon, ug ang kadtong nidayeg sa Dios kauban ang pagkanta, pagsayaw, ug pagtukar magabuhat sama niini sa langitnon nga mga piging.

Ikaw magasul-ob sa usa ka mahumok, gapason nga bisti nga adunay daghang mga inandan, usa ka kahibulongan nga korona, mga dekorasyon nga hamiling bato nga adunay masilakon nga mga kahayag. Usab, ikaw magasakay sa usa ka panganod nga sakyanan o sa usa ka bulawan nga karomata nga giubanan sa mga anghel aron motambong sa mga piging. Dili ba ang imong kasingkasing magkubakuba alang sa kalipay ug pagdahom sa paghanduraw lang niining tanan?

Paglayag nga mga Kapistahan sa Kristal nga Dagat

Sa maanyag nga dagat sa langit nag-agas ang usa ka lawas sa tin-aw ug hinlo nga tubig nga morag kristal nga walay-lama o buling. Ang tubig sa asul nga dagat adunay maaghop nga mga balod pinaagi sa huyohoy, ug kini nagsidlak og pag-ayo. Daghang mga klase sa isda ang naglangoy sa tubig nga tin-aw kaayo, ug kon ang mga tawo mopaduol nila, sila magsugat nila pinaagi sa paglihok sa ilang mga kapay ug magpakita sa ilang gugma.

Usab, ang mga gasang nga daghang mga kolor magtipon-tipon ug maglabyog-labyog. Sa kada lihok nila, sila magahatag og kahayag sa kadtong mga maanyag nga kolor. Unsa ka makahibulong kining talan-awon! Adunay daghang mga isla sa dagat, ug kini sila anindot kaayo tan-awon. Dugang pa, Ang mga pasahero nga mga barko sama sa "Titanic" naglayag ngadto ug aduna sad og mga piging sa ibabaw sa mga barko.

Kining mga barko adunay tanan nga mga klase sa pasilidad lakip ang haruhay nga mga akomodasyon, mga bowling nga dapit, mga swimming pool, ug mga baylehan aron ang mga tawo malipay sa bisan usang gusto nila.

Ang mahanduraw lang ang tanang mga kapistahan niining mga barko, kon asa mas grandioso ug mas makahibulong nga gidekorasyon kaysa bisan unsang maluho nga pampasahero nga barko niining yuta, uban ang Ginoo ug ang mga pinalangga usa kaayo ka daku nga kalipay.

2. Unsang Klase sa mga Tawo ang Muadto sa Bag-ong Herusalem?

Ang kadtong adunay pagtoo sama sa bulawan, nga nagpaabot alang sa pagpadayag sa Ginoo, ug niandam sa ilang mga kaugalingon isip nga mga pangasaw-onon sa Ginoo ang magasulod sa Bag-ong Herusalem. Unya, unsang klase man sa tawo kinahanglan kang mahimo aron makasulod sa Bag-ong Herusalem nga tin-aw ug maanyag morag kristal ug puno sa grasya sa Dios?

Mga Tawo nga Adunay Pagtoo Aron Mahimuot ang Dios

Ang Bag-ong Herusalem usa ka dapit alang sa kadtong anaa sa ikalimang lebel sa pagtoo – ang kadtong dili lang hingpit nga gipabalaan ang ilang mga kasingkasing apan usab nagmatinuohon sa tanang balay sa Dios.

235

Ang pagtoo nga nagpahimuot sa Dios mao ang pagtoo kon hain ang Dios tibuok nga nakontento aron nga Siya gusto nga magtuman sa mga hangyo ug mga paninguha sa Iyang mga anak sa wala pa sila nangayo.

Unsaon man, unya, nimo pahimut-on ang Dios? Hatagan ko ikaw og usa ka pananglit. Atong ingnon nga ang usa ka amahan nipauli gikan sa iyang trabaho, ug giingnan ang iyang duha ka mga anak nga lalaki nga siya nauhaw. Ang unang anak nga lalaki, nga nakahibalo nga ang iyang amahan ganahan kaayo og soda, nagdala og usa ka baso nga Coke o Sprite alang sa iyang amahan. Usab, ang kining anak nga lalaki nagmasahe alang sa paghatag og kaharuhay sa iyang amahan, bisan pa nga ang amahan wala nangayo niini.

Sa pikas nga bahin, ang ikaduhang anak nga lalaki nagdala og usa ka baso nga tubig sa iyang amahan ug nibalik sa iyang kuwarto. Karon, hain man sa duha ka mga anak nga lalaki ang mas nagpahimuot sa iyang amahan, nga nakasabot sa kasingkasing sa iyang amahan?

Imbes nga ang anak nga lalaki nga nidala sa usa ka baso nga tubig aron simple lang nga magmasinugtanon sa pulong sa iyang amahan, ang amahan gayud mas gipahimuot sa anak nga nidala sa usa ka baso nga Coke nga iyang gikagustohan ug nihatag og usa ka masahe kon asa wala niya gipangayo.

Sa samang paagi, ang kalahian taliwala sa kadtong makasulod sa Ikatulong Gingharian ug sa Bag-ong Herusalem nagdepende sa kadakuon kon hain ang mga tawo nagpahimuot sa kasingkasing sa Dios nga Amahan ug nagmatinuohon sumala sa kabubut-on sa Amahan.

Ang mga Tawo nga Tibuok nga Espiritu nga giubanan sa Kasingkasing sa Ginoo

Ang kadtong adunay pagtoo nga nagpahimuot sa Dios nagpuno sa ilang mga kasingkasing sa kamatuoran lang, ug nagmatinuohon sa tanang balay sa Dios. Ang pagkamatinuohon sa tanang balay sa Dios nagpasabot sa pagbuhat sa mga katungdanan nga sobra kaysa gidahom nga buhaton sa usa kauban ang pagtoo kang Kristo sa Iyang kaugalingon, nga nagmasinugtanon sa kabubut-on sa Dios hangtud sa kamatayon, nga wala nagbali sa iyang kaugalingong kinabuhi.

Busa, ang kadtong nagmatinuohon sa tanang balay sa Dios wala magbuhat sa mga buluhaton sa ilang kaugalingong kaisipan ug mga hunahuna, apan kauban lang sa kasingkasing sa Ginoo, ang espirituhanon nga kasingkasing. Si Pablo naghubit sa kasingkasing sa Ginoong Hesus sa Mga Taga-Filipos 2:6-8.

> *[Si Hesukristo] nga, bisan tuod Siya naglungtad diha sa kinaiya sa Dios, siya wala mag-isip sa Iyang pagkasama sa Dios ingon nga usa ka butang nga pagailogan, hinonoa, gihaw-asan Niya ang Iyang kaugalingon diha sa Iyang pagsagop sa kinaiya sa ulipon, diha sa iyang pagkahisama sa mga tawo. Ug sa nakita siya diha sa dagway nga tawhanon, Siya nagpaubos sa Iyang kaugalingon ug nahimong masinugtanon hangtud sa kamatayon, oo, bisan pa sa kamatayon diha sa krus.*

Sa baylo, ang Dios nialsa Niya pataas, gihatag Niya ang ngalan sa tanang mga ngalan, gipalingkod Siya sa natoo nga kamot sa Trono sa Dios kauban ang himaya, ug nihatag Niya sa awtoridad isip nga "Hari sa tanang hari" ug ang "Ginoo sa tanang ginoo."

Busa, sama sa gibuhat ni Hesus, kinahanglan nimong magmasinugtanon sa kabubut-on sa Dios nga walay-kondisyon aron makaangkon sa pagtoo nga makasulod sa Bag-ong Herusalem. Busa ang kadtong makasulod sa Bag-ong Herusalem kinahanglan nga masabtan bisan pa ang kailalom sa kasingkasing sa Dios. Kining klase sa tawo nagpahimuot sa Dios kay siya nagmatinuohon hangtud sa kamatayon aron masunod ang kabubut-on sa Dios.

Ang Dios magaputli sa Iyang mga anak aron madala sila nga mag-angkon og pagtoo nga sama sa bulawan aron sila makasulod sa Bag-ong Herusalem. Sama sa usa ka magmimina nga maghugas ug magsala sa pagpangita og bulawan alang sa taas nga panahon, ang Dios nagtutok sa Iyang mga mata sa Iyang mga anak sa ilang pagbaylo ngadto sa maanyag nga mga kalag ug hugasan ang ilang mga sala kauban ang Iyang pulong. Sa kada pangita Niya sa iyang mga anak nga adunay pagtoo nga bulawan, Siya nagpangalipay sa ibabaw sa tanan Niyang mga kasakit, panghingutas, ug kasubo nga Iyang gi-antus aron matuman ang katuyoan sa pagpaugmad sa tawo.

Ang kadtong makasulod sa Bag-ong Herusalem mao ang mga tinuod nga mga anak nga naangkon sa Dios pinaagi sa paghulat sa taas nga panahon hangtud sila nibaylo sa ilang mga kasingkasing ngadto sa kasingkasing sa Ginoo ug gituman ang tibuok nga espiritu. Sila bilihon kaayo sa Dios ug Siya magahigugma nila og pag-ayo. Mao kana nganong ang Dios nag-awhag nga, *"Ang Dios sa kalinaw magabalaan unta sa inyong tibuok nga pagkatawo; ug ang inyong tibu-ok nga espiritu, kalag, ug lawas pagabantayan unta nga kini dili masalawayon inig-abut sa atong Ginoong Hesukristo"* sa 1 Mga Taga-Tesalonica 5:23 NKJV.

Ang mga Tawo nga Nagtuman sa Katungdanan nga Pagpakamartir kauban ang Kalipay

Ang pagpakamartir mao ang pagbiya sa kinaugalingong kinabuhi. Busa, kini nagkinahanglan og malig-on nga determinasyon ug daku nga debosyon. Ang himaya ug kaharuhay nga madawat sa usa human pagbiya sa iyang kinabuhi aron matuman ang kabubut-on sa Dios, sama sa pinaagi nga gibuhat ni Hesus, dili mahanduraw.

Lagi, ang tanan nga makasulod sa Ikatulong Gingharian o Bag-ong Herusalem adunay pagtoo nga mahimong usa ka martir, apan ang kadtong tinuod nga nahimong usa ka martir magadawat og mas daku nga himaya. Kon ikaw wala sa usa ka kondisyon nga mahimong usa a martir, kinahanglan aduna ka'y kasingkasing nga mahimong usa ka martir, tumanon ang pagpakabalaan, ug hingpit nga tumanon ang imong mga katungdanan aron madawat ang balus sa usa ka martir.

Gipadayag sa Dios sa kausa nako ang himaya sa usa ka ministro sa akong iglesia nga iyang madawat sa Bag-ong Herusalem sa iyang pagtuman sa katungdanan sa pagpakamartir.

Inig kaabot niya sa langit human niyang matuman ang iyang katungdanan, siya magluha og walay-katapusan sa pagtan-aw sa iyang balay sa pagpasalamat alang sa gugma sa Dios. Sa ganghaaan sa iyang balay, adunay usa ka daku nga hardin nga adunay daghang mga klase sa mga bulak, mga kahoy, ug uban pang mga dekorasyon. Gikan sa hardin ngadto sa punoan nga building naghigda ang dalan nga bulawan, ug ang mga bulak nagdayeg sa mga katumanan sa ilang tag-iya ug magpaharuhay niya kauban ang maanyag nga mga kahumot.

Dugang pa, ang mga langgam nga adunay bulawan nga mga balahibo nagpasidlak sa mga kahayag ug ang maanyag nga mga kahoy ang nagtindog sa hardin. Daghang mga anghel, tanan nga mga mananap, ug bisan pa ang mga langgam nagdayeg sa katumanan sa pagpakamartir ug mosugat niya, ug inig kalakaw niya sa dalan sa mga bulak, ang iyang gugma ngadto sa Ginoo mahimong maanyag nga kahumot. Siya padayon nga magbungat sa iyang mga pasalamat gikan sa iyang kasingkasing.

"Ang Dios tinuod nga nahigugma nako og pag-ayo ug naghatag nako og usa ka bilihon nga katungdanan! Mao kini nganong mahimo ko nga magpabilin sa gugma sa Amahan!"

Sa sulod sa balay, daghang bilihon nga mga hamiling bato ang nagdekorasyon sa mga bungbong, ug ang suga gikan sa kornalina sama sa kapula sa dugo ug ang suga sa sapiro dili ordinaryo. Ang kornalina nagpakita nga siya nituman sa kadasig nga biyaan ang kinabuhi ug ang mabination nga gugma, sa pinaagi nga gibuhat sa apostol nga si Pablo. Ang sapiro nagrepresentar sa iyang walay-pagbaylo, matarong nga kasingkasing ug ang integridad aron mapabilin ang kamatuoran hangtud sa kamatayon. Kini alang sa pagpahanumdom sa pagpakamartir.

Sa guwas nga bahin sa mga bungbong adunay usa ka

inksripsyon nga gisulat sa Dios sa Iyang kaugalingon. Kini nagtala sa mga panahon sa mga pagsulay sa tag-iya, kon anus-a ug giunsa siya nga nahimo'g usa ka martir, ug sa unsang klase sa mga sirkumstansya niya gituman ang kabubut-on sa Dios. Kon ang mga tawo sa pagtoo nahimong mga martir, sila nagdayeg sa Dios o usahay mosulti og mga pulong aron himayaon Siya. Kining klase sa mga sugilon ang gisulat niining bungbong. Ang inksripsyon nagsidlak og pag-ayo sa kahayag nga ikaw hingpit nga gidani ug puno sa kalipay pinaagi sa pagbasa niini ug pagtan-aw sa mga kahayag nga nanggawas gikan niini. Unsa kaha kini kadani kay ang Dios, ang kahayag mismo, ang nisulat niini! Busa, kinsa man ang mobisita sa iyang balay magaduko sa atubang sa kadtong sinulat nga gisulat sa Dios sa Iyang Kaugalingon!

Sa sulod nga bahin sa mga bungbong sa sala adunay daghang dagko nga mga screen nga adunay daghang mga klase sa mga mural. Ang mga dibuho nagpatin-aw kon giunsa niya paglihok sukad nga siya unang nakaila sa Ginoo – kon unsa kadaku ang iyang paghigugma sa Ginoo, ug ang mga klase sa mga buhat ang iyang gibuhat kauban ang unsang klase sa kasingkasing sa usa ka tukma nga panahon.

Usab, sa usa ka suok sa hardin adunay daghang mga klase sa mga isport nga mga gamit nga gibuhat sa makahibulong nga mga materyal ug adunay mga dekorasyon nga dili-mahanduraw niining yuta. Gibuhat sa Dios kining tanan aron mapaharuhay siya kay siya giganahan man sa mga isport og pag-ayo, apan gibayaan kining tanan alang sa ministriya. Ang mga dumbbell wala gibuhat sa bisan unsang metal o asero sama niining yuta, apan gibuhat sa Dios nga adunay espesyal nga mga dekorasyon. Kini sila morag bilihon nga mga bato nga nagsidlak sa kaanyag.

241

Sa kahibulongan, lahi ang ilang kabug-aton depende sa tawo nga nag-ehersisyo nila. Kining mga gamit wala gigamit aron mapabilin ang usa ka tawo sa insaktong panglawason, apan gipabilin sama nga mga handomanan isip nga kakuhaan sa kaharuhay.

Unsa man ang iyang bation sa pagtan-aw niining tanan nga mga butang nga giandam sa Dios alang niya? Kinahanglan niyang biyaan ang iyang mga paninguha alang sa Ginoo apan karon ang iyang kasingkasing napaharuhay na, ug siya mapasalamaton kaayo alang sa gugma sa Amahang Dios.

Dili siya makaundang og pagpasalamat ug pagdayeg sa Dios uban ang pagluha kay ang maaghop ug maatimanon nga kasingkasing sa Dios niandam sa tanang butang nga iyang gayud gikasgustohan, nga wala nasipyat sa bisan gamay nga gusto niya sa iyang kasingkasing.

Ang mga Tawo Tibuok nga Nahiusa sa Ginoo ug sa Dios

Sa Bag-ong Herusalem, gipakita sa Dios nako nga, adunay usa ka balay nga sama ang kadakuon sa usa ka daku nga siyudad. Kini makahibulong kaayo nga dili nako matabangan ang akong kaugalingon sa pagkasorpresa sa kadakuon niini, kaanyag, ug kanindot.

Ang balay nga daku kaayo adunay napulog-duha ka mga ganghaan – tulo ka ganghaan sa kada norte, sur, este, ug weste. Sa tunga anaa ang usa ka daku nga tulo-ka-andana nga kastilyo, nga gidekorasyon og dalisay nga bulawan ug tanan nga mga klase sa bilihong mga bato.

Sa unang andana, adunay usa ka daku nga pasilyo kon hain dili nimo makita ang unahan og katapusan, ug adunay daghang mga sala. Kini sila gigamit alang sa mga piging o isip nga mga pulonganan nga mga dapit. Sa ikaduhang andana adunay mga kuwarto nga nagmintinar sa displihanan sa mga korona, mga bisti, ug mga hadomanan, ug usab adunay mga dapit aron dawaton ang mga profeta. Ang ikatulong andana eksklusibo nga gigamit alang sa pakigkita sa Ginoo ug pakig-ambit og gugma kauban Niya.

Sa palibot sa kastilyo adunay mga bungbong nga gipuno sa mga bulak kauban ang maanyag nga mga kahumot. Ang Suba sa Tubig nga Kinabuhi malinawon nga nag-agas sa palibot sa kastilyo, ug sa ibabaw sa suba anaa ang mga morag gihulma-sa-arko nga panganod nga mga tulay nga anaay mga kolor sa bangaw.

Sa hardin daghang mga klase sa mga bulak, mga kahoy, ug mga sagbot nagbuhat sa hingpit nga kaanyag. Sa pikas nga bahin sa suba anaa ang usa ka daku nga kakahoyan nga dili mahanduraw.

Aduna sad og usa ka kalingawan nga parke nga naay daghang mga sakyanan nga sama sa kristal tren, ang Viking-ride nga gibuhat sa gold, ug uban pang mga pasilidad nga gidekorasyonan sa hamiling mga bato. Sila nagpagula og makalilipay nga mga kahayag kon kini sila nag-andar. Luwas pa sa kalingawan nga parke adunay usa ka lapad nga dalan nga bulak, ug sa ibabaw nga bahin sa dalan nga bulak naay usa ka uma kon asa ang mga mananap nagdula sa palibot ug malinawon nga nagpahulay sama sa tropiko nga mga uma niining yuta.

Og uban pa sa mga niini, adunay daghang mga balay ug mga

243

building nga gidekorasyonan sa daghang mga klase sa hamiling mga bato aron magsidlak og kaanyag ug mga misteryoso nga kahayag sa palibot sa tanang dapit. Sunod sa hardin, aduna sad og usa ka busay, ug sa likod sa buntod maoy usa ka dagat kon hain adunay usa ka daku nga pampasahero nga barko sama sa "Titanic" nga naglayag palibot. Kining tanan bahin sa usa ka balay, busa imong mahanduraw og gamay kon unsa kadaku ug kalapad kining balay sa karon.

Kining balay, kon hain morag sama sa usa ka daku nga siyudad, usa ka dapit nga gidayo sa mga turista sa langit, ug kini nagdani sa daghang mga tawo dili lang gikan sa Bag-ong Herusalem apan usab gikan sa tibuok nga langit. Ang mga tawo nagpangalipay ug nakig-ambit sa gugma sa Dios. Usab, dili-maihap nga mga anghel ang nagsilbi sa tag-iya, nag-atiman sa mga building ug mga pasilidad, mouban sa panganod nga sakyanan, ug magdayeg sa Dios sa pagsayaw ug pagdula og mga instrumento sa musika. Ang tanang butang giandam alang sa pinakataas nga kalipay ug kaharuhay.

Giandam sa Dios kining balay kay gipildi sa tag-iya ang tanang mga klase sa mga pagsulit ug mga pagtilaw kauban ang pagtoo, paglaum, ug gugma, ug gidala ang daghan kaayong mga tawo sa dalan sa kaluwasan kauban ang pulong sa kinabuhi ug gahom sa Dios, nga naghigugma sa Dios og una kaysa bisan unsa pang mga butang.

Ang Dios sa gugma maghanumdom sa tanan nimong mga paningkamot ug mga pagluha ug mobayad og balik sumala sa unsa ang imong gibuhat. Ug gusto Niyang maghiusa ang tanan kauban Niya ug sa Ginoo sa paghatag-sa-kinabuhi nga gugma ug mahimong mga espirituhanon nga mga trabahador aron madala ang dili-maihap nga mga tawo ngadto sa dalan sa kaluwasan.

Ang kadtong adunay pagtoo nga makapahimuot sa Dios mahimong mahiusa kauban Niya ug sa Ginoo pinaagi sa ilang paghatag-sa-kinabuhi nga gugma kay dili lang sila nag-anggid sa kasingkasing sa Ginoo ug nagtuman sa tibuok espiritu, apan naghatag sa ilang mga kinabuhi aron mahimong mga martir. Bisan pa kon walay langit, sila wala maghinulsol o nagbati og pagkawala mahitungod sa unsang ilang mapangalipayan ug makuha niining yuta. Mobati kini og sobra nga kalipay ug kasadya ang ilang mga kasingkasing aron molihok sumala sa pulong sa Dios ug motrabaho alang sa Ginoo.

Lagi, ang mga tawo nga adunay tinuod nga pagtoo mabuhi sa paglaum nga igabalus sa Ginoo nila sa langit sama sa gisulat sa Sa Mga Hebreohanon 11:6, *"Ug kon walay pagtoo dili gayud mahimo ang pagpahimuot Niya, kay bisan kinsa nga magaduol sa Dios kinahanglan magatoo sa Iyang pagkaanaa ug nga siya magabalus ra sa mga magapangita Niya."*

Bisan pa niana, kini walay bali kon anaa ba'y langit o wala, o kon adunay mga balus o wala kay adunay usa ka butang nga mas bilihon. Sila mobati og mas kalipay kaysa bisan unsa pang butang nga makita ang Amahan nga Dios ug ang Ginoo, nga ilang maikagon nga gihigugma. Busa, ang dili pagkakita sa Amahan nga Dios ug sa Ginoo mas timawa ug masubo kaysa dili pagdawat og mga balus o dili pagpuyo sa langit.

Ang kadtong nagpakita sa ilang malungtaron nga gugma alang sa Dios ug sa Ginoo pinaagi sa paghatag sa ilang mga kinabuhi bisan pa nga walay malipayon nga langitnon nga kinabuhi, sila mahiusa sa Amahan ug sa Ginoo ang ilang pamanhonon pinaagi sa ilang paghatag-sa-kinabuhi nga gugma. Unsa kaha ka daku nga himaya ug mga balus ang giandam sa Dios alang kanila!

Ang apostol nga si Pablo, nga nagpaabot sa pagpadayag sa Ginoo ug nagtimayod sa mga buhat sa Ginoo ug gidala ang daghan kaayong mga tawo ngadto sa kaluwasan, nibungat sa mga masunod:

Kay masaligon ako nga walay kamatayon, o kinabuhi, o mga anghel, o mga punoan, o mga butang karon, o mga butang umalabut, o mga gahum, o kahabugon, o giladmon, o bisan unsa diha sa tibuok kabuhatan, nga arang makapahimulag kanato gikan sa gugma sa Dios, sa gugma nga anaa kang Kristo Hesus nga atong Ginoo (Mga Taga-Roma 8:38-39).

Ang Bag-ong Herusalem mao ang dapit alang sa mga anak sa Dios nga nahiusa kauban ang Amahan nga Dios pinaagi niining klase sa gugma. Ang Bag-ong Herusalem nga tin-aw ug maanyag morag kristal, kon asa adunay dili-mahanduraw, nag-awas nga kalipay ug kasadya, nga giandam ingon niining paagi.

Gusto sa Amahan nga Dios sa gugma nga ang tanang tawo nga dili lang maluwas apan usab maanggid sa Iyang kabalaan ug pagkahingpit aron sila makapadulong ngadto sa Bag-ong Herusalem.

Busa ako nag-ampo sa ngalan sa Ginoo nga imong masabtan nga ang Ginoo nga niadto sa langit aron mag-andam og mga kuwarto alang nimo, mobalik sa dili madugay ug tumanon ang tibuok nga espiritu ug magpabilin sa imong kaugalingon nga walay-kabasolan aron nga ikaw mahimong maanyag nga palangasaw-onon nga mahimong mangompisal, "Ari sa madali, Ginoong Hesus."

Ang Tagsulat:
Dr. Jaerock Lee

Si Dr. Jaerock Lee gipanganak sa Muan, Probinsiya sa Jeonnam, Republika sa Korea, kaniadtong 1943. Sa iyang kapin bayente nga pangedaron, si Dr. Lee nag-antos gikan sa nagkalainlain nga dili-matambalan nga mga sakit alang sa pito ka mga tuig ug naghuwat sa kamatayon uban sa walay paglaom ga maulian pa. Usa ka adlaw sa tingpamulak kaniadtong 1974, nan, gidala siya sa usa ka iglesia sa iyang igsoon nga babaye ug unya sa iyang pagluhod aron mag-ampo, ang Buhing Dios sa labing madali nag-ayo kaniya sa tanan niyang mga sakit.

Gikan sa takna nga si Dr. Lee nakaila sa Buhing Dios pinaagi sa katong makatingalahan nga kasinatian, gihigugma na kaniya ang Dios sa tanan niyang kasingkasing ug katangkod, ug kaniadtong 1978 gitawag siya aron mag-alagad sa Dios. Madilaabon siya nga nag-ampo aron tin-aw niyang masabtan ang pagbuot sa Dios, bug-os nga matuman niini ug magmasinugtanon sa tanan nga Pulong sa Dios. Sa kaniadtong 1982, gitukod kaniya ang Manmin Central Church sa Seoul, Korea, ug ang dilimaihap nga mga buhat sa Dios, lakip ang mga milagroso nga mga pagpangayo ug mga katingalahan, nahitabo sa iyang iglesia.

Sa kaniadtong 1986, si Dr. Lee giordinahan nga usa ka pastor sa Annual Assembly of Jesus' Sungkyul Church sa Korea, ug upat ka tuig sa ulahi kaniadtong 1990, ang iyang mga wali gisugdan og pagsibya sa Australia, Russia, ang Pilipinas ug daghan pa pinaagi sa Far East Broadcasting Company, ang Asia Broadcast Station, ug ang Washington Christian Radio System.

Tulo ka tuig sa ulahi kaniadtong 1993, napili ang Manmin Central Church nga usa sa mga 50 ka Pinakataas nga mga Iglesias sa *Christian World* magazine (US) ug siya nagdawat sa usa ka Honorary Doctorate of Divinity gikan sa Christian Faith College, Florida, USA, ug kaniadtong 1996 usa ka Ph. D. sa Ministry gikan sa Kingsway Theological Seminary, Iowa, USA.

Sukad kaniadtong 1993, si Dr. Lee nagpanguna sa kalibotan nga mga misyon sa daghang pangdayo nga mga krusada sa Tanzania, Argentina, L.A., Siudad sa Baltimore, Hawaii, ug Siudad sa New York sa USA, Uganda, Japan, Pakistan, Kenya, ang Pilipinas, Honduras, India, Russia, Germany, Peru, Demokratiko nga Republika sa Congo, Israel, ug Estonia. Sa kaniadtong 2002 gitawag siya nga "tibuok kalibotan nga pastor" sa mga mayor nga Kristiyano nga mga pamantalaan sa Korea alang sa iyang buhat sa nagkalainlain nga pangdayo nga Great United Crusades.

Kutob sa Enero tuig sa 2016, ang Manmin Central Church adunay kongregasyon nga labi sa 120,000 nga mga miyembro. Adunay 10,000 nga pungsod ug sa pangdayo nga sanga sa mga iglesia sa tibuok nga globo, ug sa kalayuon labi sa 102 nga mga misyonaryo ang nakomisyon ngadto sa 23 ka mga pungsod, lakip ang Estados Unidos, Russia, Germany, Canada, Japan, China, France, India, Kenya, ug daghan pa.

Kutob sa petsa niining pagmantala, si Dr. Lee nakasulat na ug 100 ka mga libro, lakip ang mga pinakamabenta nga *Ang Pagtilaw sa Walay-Katapusan nga Kinabuhi Sa Wala Pa ang Kamatayon, Akong Kinabuhi Akong Pagtoo I & II, Ang Mensahe sa Krus, Ang Sukod sa Pagtoo, Langit I & II, Impiyerno,* ug *Ang Gahom sa Dios,* iyang mga binuhatan nga gihubad sa labi sa 75 nga mga lengguwahe.

Ang iyang Krisitiyano nga mga kolumna naggula sa *The Hankook Ilbo, The JoongAng Daily, The Dong-A Ilbo, The Munhwa Ilbo, The Seoul Shinmun, The Kyunghyang Shinmun, The Korea Economic Daily, The Korea Herald, The Shisa News,* ug *The Christian Press.*

Si Dr. Lee mao ang sa pagkakaron nagpanguna sa daghang misyonaryo nga mga organisasyon ug mga asosasyon: lakip ang Chairman, The United Holiness Church of Hesus Christ; Permanent President, The World Christianity Revival Mission Association; Founder & Board Chairman, Global Christian Network (GCN); Founder & Board Chairman, World Christian Doctors Network (WCDN); and Founder & Board Chairman, Manmin International Seminary (MIS).

Uban pang makagagahom nga mga libro sa samang tagsulat

Langit II

Imbetasyon ngadto sa Balaan nga Siudad sa Bag-ong Herusalem, kon asa ang dose ka mga ganhaan gibuhat sa nagpangidlap nga mga perlas, nga anaa sa taliwala sa halapad nga langit nga nagsidlak og makidlapon sama sa mabilihon kaayo nga mga alahas.

Ang Mensahe sa Krus

Usa ka makagagahom nga kahimungawong mensahe alang sa tanan nga tawo kon kinsa esprituwal nga nakatulog! Sa kining libro makita kanimo ang rason nga si Hesus ang bugtong nga Manluluwas ug ang tinuod nga hinigugma sa Dios.

Impiyerno

Usa ka maikagon nga mensahe sa tanan nga katawhan gikan sa Dios, kon kinsa nagpangandoy nga walay bisan usa ka kalag ang mahagbong ngadto sa kailauman nga mpiyerno! Imong makaplagan ang wala-pa-mapabutyag nga mga pag-asoy sa mapintas nga realidad sa Ubos nga Hades ug Impiyerno.

Espiritu, Kalag, ug Lawas I & II

Pinaagi sa espirituhanon nga pagsabot sa espiritu, kalag, ug lawas, kung hain mao ang mga bahin sa mga tawo, ang mga mambabasa makatan-aw sa ilang 'kaugalingon' ug mag-angkon og panabot sa kinabuhi mismo.

Ang Sukod sa Pagtoo

Unsa nga klase sa puluy-an nga duog, korona ug mga balos ang giandam alang kanimo sa langit? Kining libro naghatag uban ang kaalam ug ang pag-agak alang kanimo aron masukod ang imong pagtoo ug mapa-ugmad ang pinakamaayo ug pinakaguwang nga pagtoo.

Magmata Israel

Nganong gitutok man sa Dios ang Iyang mata sa Israel gikan pa sa sinugdan sa kalibotan hangtud niiining adlawa? Unsa man nga klase sa Iyang kabubut-on ang giandam alang sa Israel sa ulahing mga inadlaw, kon kinsa naghuwat sa Misiyas?

Akong Kinabuhi, Akong Pagtoo I & II

Usa ka pinakahumot nga espirituwal nga alimyon nga gipuga gikan sa kinabuhi nga namulak uban sa usa ka dili maparisan nga gugma alang sa Dios, taliwala sa ngitngit nga mga balod, bugnaw nga pas-anon ug ang pinakailalom nga kawalay.

Ang Gahom sa Dios

Usa ka kinahanglan-mabasa nga nagsilbi nga usa ka mahinungdanon nga giya kon asa ang usa makakupot sa tinuod nga pagtoo ug makasinati sa makahingangha nga gahom sa Dios.

www.urimbooks.com

www.ingramcontent.com/pod-product-compliance
Lightning Source LLC
LaVergne TN
LVHW041659060526
838201LV00043B/492